ब्योमकेश बक्शी
की
रहस्यमयी कहानियाँ

ब्योमकेश बक्शी
की
रहस्यमयी कहानियाँ

सारदेंदु बंद्योपाध्याय

प्र
प्रभात
प्रकाशन

प्रकाशक
प्रभात प्रकाशन प्रा. लि.
4/19 आसफ अली रोड, नई दिल्ली–110002
फोन : 011–23289777 • हेल्पलाइन नं. : 7827007777
इ–मेल : prabhatbooks@gmail.com ❖ वेब ठिकाना : www.prabhatbooks.com

संस्करण
2026

अनुवाद
राजेंद्र कुमार 'राज'

पेपरबैक मूल्य
चार सौ रुपए

मुद्रक
नरुला प्रिंटर्स, दिल्ली

BYOMKESH BAKSHI KI RAHASYAMAYI KAHANIYAN
by Shri Saradindu Bandyopadhyay

Published by **PRABHAT PRAKASHAN PVT. LTD.**
4/19 Asaf Ali Road, New Delhi-110002

ISBN 978-93-5266-121-3

₹ 400.00 (PB)

अनुक्रम

सत्यान्वेषी (दि इनक्विजिटर)

ब्योमकेश से मेरी पहली मुलाकात सन् 1925 की वसंत ऋतु में हुई थी। मैं युनिवर्सिटी से पढ़कर निकला था। मुझे नौकरी वगैरह की कोई चिंता नहीं थी। अपना खर्च आसानी से चलाने के लिए मेरे पिता ने बैंक में एक बड़ी रकम जमा कर दी थी, जिसका ब्याज मेरे कलकत्ता में रहने के लिए पर्याप्त था। इसमें बोर्डिंग हाउस में रहना, खाना-पीना आसानी से हो जाता था। इसलिए मैंने शादी वगैरह के बंधन में न बँधकर साहित्य और कला के क्षेत्र में अपने को समर्पित करने का निर्णय लिया। युवावस्था की ललक थी कि मैं साहित्य और कला के क्षेत्र में कुछ ऐसा कर दिखाऊँ, जो बंगाल के साहित्य में कायापलट कर सके। युवावस्था के इस दौर में बंगाल के युवाओं में ऐसी अभिलाषा का होना कोई आश्चर्य नहीं माना जाता, पर अकसर होता यह है कि इस दिवास्वप्न को टूटने में ज्यादा समय नहीं लगता।

जो भी हो, मैं ब्योमकेश से अपनी पहली भेंट की कहानी को ही आगे बढ़ाता हूँ।

कलकत्ता को भरपूर जानने वाले भी शायद यह नहीं जानते होंगे कि कलकत्ता के केंद्रस्थल में एक ऐसा भी इलाका है, जिसके एक ओर अबंगालियों की अभावग्रस्त बस्ती है, दूसरी ओर एक और गंदी बस्ती और तीसरी ओर पीत वर्ग के चीनियों की कोठरियाँ हैं। इस त्रिकोण के बीचोबीच त्रिभुजाकार जमीन का टुकड़ा है, जो दिन में तो और स्थानों की तरह सामान्य दिखाई देता है, किंतु शाम होने के बाद उसकी पूरी कायापलट हो जाती है। आठ बजते-बजते सभी व्यापारिक प्रतिष्ठानों के शटर गिर जाते हैं। दुकानें बंद हो जाती हैं और रात का सन्नाटा पसर जाता है। कुछेक पान-सिगरेट की दुकानों को छोड़कर सभी कुछ अंधकार

में विलीन हो जाता है। सड़कों पर केवल छाया और परछाइयाँ यदा-कदा दिखाई दे जाती हैं। यदि कोई आगंतुक इस ओर आ भी जाता है तो कोशिश करता है कि जल्द-से-जल्द इस इलाके को पार कर ले।

मैं ऐसे इलाके के पड़ोस में स्थित बोर्डिंग हाऊस में कैसे आया, यह बताने का कोई फायदा नहीं। इतना कहना काफी है कि दिन के उजाले में मुझे ऐसा किसी प्रकार का संदेह नहीं हुआ। दूसरे, मुझे मेस के ग्राउंड फ्लोर में एक बड़ा हवादार कमरा उचित किराए पर मिल रहा था, इसलिए मैंने तुरंत ले लिया।

यह तो मुझे बाद में पता लगा कि उन सड़कों पर हर महीने दो-तीन कटी-फटी लाशों का मिलना आम बात है और यह कि सप्ताह में कम-से-कम एक बार पास-पड़ोस में पुलिस का छापा पड़ना कोई विस्मय की बात नहीं है; लेकिन तब तक रहते हुए मुझे अपने कमरे से एक प्रकार का लगाव हो गया था और अब बोरिया-बिस्तर लेकर कहीं और जाने की मेरी इच्छा नहीं थी। दिन छिपे अकसर मैं कमरे में ही रहकर अपनी साहित्यिक गतिविधियों में तल्लीन रहता, इसलिए मुझे व्यक्तिगत रूप से भय का कोई कारण दिखाई नहीं देता था।

मेस के प्रथम तल में कुल मिलाकर पाँच कमरे थे। प्रत्येक में केवल एक व्यक्ति था। ये पाँचों महानुभाव मध्य वय के थे, जिनके परिवार कलकत्ता से बाहर गाँव या अन्य नगरों में थे। वे कलकत्ता में नौकरी करते थे। हर शनिवार की शाम को वे अपने घरों के लिए प्रस्थान कर जाया करते और सोमवार को अपने दफ्तर जाने के लिए हाजिर हो जाते। ये लोग एक लंबे अरसे से इस मेस में ही रहते आए थे। हाल ही में उनमें एक सज्जन नौकरी से रिटायर होकर घर चले गए तो वह खाली कमरा मुझे मिल गया। दफ्तर से आने के बाद ये सभी सज्जन एक जगह एकत्र होकर जब ब्रिज या पोकर खेलते तो उनकी ऊँची आवाजों से मेस गूँजने लगता। अश्विनी बाबू ब्रिज में माहिर थे और उनके जोड़ीदार घनश्याम बाबू जब-जब बाजी हार जाते, तब हंगामा खड़ा कर देते। ठीक नौ बजे महाराज खाने का ऐलान करता तो सब खेल की बाजी भूलकर शांति से खाने की मेज पर बैठ जाते और खाने के बाद सभी अपने-अपने कमरों के लिए प्रस्थान कर जाते। मेस का यह क्रम बिना किसी परिवर्तन के बड़े आराम से चलता रहता था। मैं भी इस जीवन-क्रम का एक भाग बन गया था।

मकान मालिक अनुकूल बाबू का कमरा भी ग्राउंड फ्लोर पर था। वे पेशे से

होमियोपैथ डॉक्टर थे। व्यवहार में सीधे-सादे और मिलनसार सज्जन थे। संभवत: वे भी कुँआरे थे, क्योंकि उस घर में कोई परिवार था ही नहीं। वे किराएदारों की जरूरतों की देखभाल करते और दोनों समय खाने और नाश्ते का प्रबंध करते थे। यह सब वे बड़ी मुस्तैदी से पूरा करते थे। किसी तरह की कोई शिकायत की गुंजाइश नहीं थी। महीने की पहली तारीख को पच्चीस रुपए के भुगतान के बाद महीने भर किसी को किसी प्रकार की कोई शिकायत नहीं रह जाती थी।

डॉक्टर गरीब रोगियों में अपनी दवा के लिए काफी मशहूर थे। रोजाना सुबह और शाम उनके कमरे के बाहर मरीजों की कतार लग जाती थी। वे अपनी दवा के लिए बहुत ही मामूली फीस लेते थे। रोगी को देखने के लिए वे बहुत कम ही जाते थे और जाते भी थे तो उसकी फीस नहीं लेते थे।

जल्दी ही मैं भी उनका प्रशंसक बन गया। रोजाना लगभग दस बजे मेस के सभी सज्जन अपने दफ्तर चले जाते और पूरे मेस में हम दो ही रह जाते। अकसर हम लोग दोपहर का खाना एक साथ ही खाते और सारी दोपहर समाचार-पत्रों की हेडलाइंस पर चर्चा करने में बीत जाती। यद्यपि डॉक्टर सादे व्यवहारवाले व्यक्ति थे, किंतु उनमें एक विशेषता थी। उनकी आयु चालीस से ज्यादा नहीं थी और नाम के आगे कोई डिग्री वगैरह भी नहीं थी, किंतु उनका ज्ञान अपार था। किसी भी विषय में उनकी जानकारी और अपरिमित ज्ञान को देखकर मुझे कभी-कभी आश्चर्य होता था और मैं चकित होकर उनकी बातों को सुनता रहता था। मैं जब उनकी प्रशंसा में कुछ कहता तो शरमाकर इतना ही कहते, 'दिन भर करने को तो कुछ है नहीं, इसलिए घर पर ही रहकर पढ़ता रहता हूँ। मुझे सारा ज्ञान इन पुस्तकों से ही मिला है।'

मुझे रहते हुए कुछ महीने ही हुए थे। एक दिन सुबह करीब दस बजे मैं अनुकूल बाबू के कमरे में बैठा अखबार पढ़ रहा था। अश्विनी बाबू मुँह में पान दबाकर अपने काम पर निकल गए थे। उसके बाद घनश्याम बाबू गए। जाने से पहले उन्होंने डॉक्टर से दाँतों के दर्द के लिए दवा ली और चले गए। शेष दो सज्जन भी समय होते-होते प्रस्थान कर गए। मेस दिन भर के लिए खाली हो गया।

कुछ रोगी अब भी डॉक्टर के इंतजार में खड़े थे, जिन्हें दवा देकर डॉक्टर ने अपना चश्मा माथे पर चढ़ाया और बोले, "आज अखबार में कोई खास समाचार है क्या?"

"हमारे पड़ोस में कल रात फिर से पुलिस ने छापा मारा है।"

"यह तो रोजाना का किस्सा है।" अनुकूल मुसकराकर बोले।

"बिल्कुल पड़ोस में, मकान नं. 36 किसी शेख अब्दुल गफ्फूर के घर में।"

"अच्छा! मैं जानता हूँ उस व्यक्ति को, वह अकसर इलाज के लिए मेरे पास आता है। क्या खबर में है कि किस चीज के लिए छापा मारा गया?"

"कोकेन! यह रहा, पढ़ लीजिए।" मैंने अखबार 'दैनिक कालकेतु' उन्हें पकड़ा दिया। अनुकूल बाबू ने माथे पर अटके चश्मे को नीचा करके पढ़ना शुरू किया, "गत रात पुलिस ने स्ट्रीट स्थित मकान नं. 36, शेख अब्दुल गफ्फूर के घर पर छापा मारा। हालाँकि छापे में कोई गैरकानूनी चीज नहीं पाई गई, तथापि पुलिस को यकीन है कि इस इलाके में कोई गुप्त स्थान है, जहाँ कोकेन का गैर-कानूनी धंधा चलता है और उसकी सप्लाई पास-पड़ोस तथा अन्य स्थानों में की जाती है। काफी समय से यह अनैतिक गैंग बड़ी चालाकी से इस गैर-कानूनी धंधे को चला रहा है। यह शर्म और खेद की बात है कि अब तक इस गुप्त अड्डे का पर्दाफाश नहीं हो पाया है और अड्डे का नेता रहस्य में छुपा बैठा है।"

अनुकूल बाबू कुछ सोचने के बाद बोले, "यह सही है। मुझे भी लगता है कि इस इलाके में गैर-कानूनी नशीली चीजों का कोई बड़ा गुप्त वितरण केंद्र है। मुझे कभी-कभी इसके चिह्न भी दिखाई दे जाते हैं। जानते हैं कैसे? इतने मरीज जो मेरे पास आते हैं, उनमें से नशेड़ी चाहे जो भी करे, वह डॉक्टर से कोकेन का नशा नहीं छुपा सकता। लेकिन यह अब्दुल गफ्फूर, मुझे नहीं लगता कोकेन का नशा करता है। मैं जानता भी हूँ कि नशा करता है पर अफीम का, यह उसने खुद मुझे बताया है।"

"अनुकूल बाबू, पड़ोस में इतनी हत्याएँ होती हैं, क्या आप सोच सकते हैं, इसकी वजह क्या हो सकती है?" मैंने पूछा।

"इसका बहुत ही आसान स्पष्टीकरण है। जो लोग गैर-कानूनी नशीली चीजों का व्यापार करते हैं, उन्हें हमेशा भय रहता है कि वे पकड़े न जाएँ। इसलिए कोई भी व्यक्ति यदि उनके रहस्य को जान लेता है तो उनके पास उसे खत्म करने के अलावा कोई और रास्ता नहीं रहता। इसे ऐसे समझने की कोशिश करें, मान लो कि मैं कोकेन का अवैध धंधा करता हूँ और तुम यह जान लेते हो तो मेरे लिए तुम्हारा जिंदा रहना क्या मुझे सुरक्षा दे पाएगा? अगर तुमने पुलिस के सामने अपना

मुँह खोला तो न सिर्फ मुझे जेल जाना होगा, बल्कि मेरा इतना बड़ा व्यापार डूब जाएगा। करोड़ों रुपए का माल जब्त हो जाएगा। क्या मैं यह सब होने दूँगा?'' और वे हँसने लगे।

मैंने कहा, ''लगता है, आपने अपराध मनोविज्ञान पर गहन अध्ययन किया है।''

''हाँ, यह मेरी दिलचस्पी का एक विषय है।'' उन्होंने अँगड़ाई ली और उठ खड़े हुए। मैं भी उठने का सोच ही रहा था कि कमरे में एक व्यक्ति ने प्रवेश किया। उसकी अवस्था लगभग तेईस-चौबीस वर्ष होगी। देखने-सुनने में वह पढ़ा- लिखा नौजवान दिखाई देता था। उसका रंग साफ था, अच्छी कद-काठी और देखने में आकर्षक तथा बुद्धिमान लग रहा था। लेकिन उसे देखकर लगता था कि वह बुरे समय से गुजर रहा है। उसके कपड़े अस्त-व्यस्त और उलझे बाल थे, जैसे उनमें कई दिनों से कंघी नहीं की गई हो। उसके जूते भी गर्द से लिपटे हुए थे। उसके मुँह पर आतुरता झलक रही थी। उसने मुझे देखा, फिर अनुकूल बाबू की ओर देखकर बोला,''मुझे पता लगा है कि यह बोर्डिंग हाऊस है। यहाँ क्या कोई रूम खाली है?''

हम दोनों ने उसकी ओर कुछ आश्चर्य से देखा। अनुकूल बाबू ने सिर हिलाया और कहा ''नहीं! आप काम क्या करते हैं श्रीमान?''

वह नौजवान थका होने के कारण मरीजों की बेंच पर बैठ गया और बोला, ''फिलहाल तो मैं अपने आप को जीवित रखने के जुगाड़ में लगा हूँ। नौकरी के लिए एप्लाई कर रहा हूँ और सिर छुपाने की जगह ढूँढ़ रहा हूँ, लेकिन इस अभागे शहर में एक अच्छा बोर्डिंग हाऊस ढूँढ़ना भी असंभव है। सब जगह हाउसफुल है।''

सहानुभूतिपूर्वक अनुकूल बाबू ने कहा, ''सीजन के बीच में कोई जगह मिल पाना मुश्किल होता है, आपका नाम क्या है श्रीमान?''

''अतुल चंद्र मित्र! जब से मैं कलकत्ता आया हूँ, मैं नौकरी के लिए भटक रहा हूँ। जो छोटी सी रकम मैं अपने गाँव में सबकुछ बेचकर लाया था, वह भी अब समाप्त होने को है। मेरे पास मात्र पच्चीस-तीस रुपए ही बचे हैं, जो यदि मुझे दोनों वक्त खाना पड़े तो ज्यादा दिन चलने वाले नहीं हैं। इसलिए मैं एक अच्छे मेस को ढूँढ़ रहा हूँ, ज्यादा दिन के लिए नहीं, बस यही कोई महीना-बीस दिन के

लिए। यदि मुझे दोनों वक्त खाना मिल जाए और रहने के लिए जगह तो मैं अपने आप को सँभाल लूँगा।''

अनुकूल बाबू ने कहा, ''मुझे अत्यंत दुःख है अतुल बाबू, मेरे सभी कमरे लगे हुए हैं।''

अतुल ने एक निश्श्वास छोड़ते हुए कहा, ''तो ठीक है, क्या किया जा सकता है? मुझे जाना होगा। कोशिश करता हूँ, यदि पड़ोस की उड़िया बस्ती में कुछ मिल जाए! मेरी एक ही चिंता है, रात में मेरे पैसे कहीं चोरी न हो जाएँ! क्या मुझे एक गिलास पानी मिलेगा?''

डॉक्टर पानी लाने अंदर चले गए। मुझे उस निस्सहाय नौजवान पर दया आ रही थी। थोड़ी हिचकिचाहट के बाद मैंने कहा, ''मेरा कमरा काफी बड़ा है। उसमें आसानी से दो व्यक्ति रह सकते हैं, यदि आपको कोई आपत्ति न हो तो?''

अतुल उछल पड़ा और बोला,''आपत्ति? क्या कह रहे हैं श्रीमान! यह मेरे लिए बड़े सौभाग्य की बात होगी।'' उसने तुरंत पॉकेट से नोटों का बंडल निकाल लिया और बोला, ''मुझे कितना देना होगा, आप बताएँ? आपकी बड़ी दया होगी यदि आप मेरा किराया पहले ही जमा कर लें। देखिए, मैं कोई…'' उसकी आतुरता देखकर मुझे हँसी आ गई, मैंने कहा, ''सब ठीक है, आप किराया बाद में दे सकते हैं। कोई जल्दी नहीं है।'' अनुकूल बाबू पानी लेकर आ गए तो मैंने उनसे कहा, ''यह नौजवान परेशानी में है। यहाँ फिलहाल मेरे साथ रह सकता है। मुझे कोई दिक्कत नहीं होगी।''

आभार से अनुगृहीत होकर अतुल ने कहा, ''इन्होंने बड़ी दया दिखाई है, लेकिन मैं आपको अधिक समय के लिए कष्ट नहीं दूँगा। इसी बीच यदि मैं कहीं और व्यवस्था कर पाया तो मैं तुरंत चला जाऊँगा।'' उसने पानी का गिलास खत्म करके मेज पर रख दिया। अनुकूल बाबू ने विस्मत होकर मुझे देखा और बोले, ''आपके कमरे में? यह भी ठीक है। यदि आपको कोई आपत्ति नहीं तो मुझे क्या कहना है? आपके लिए भी ठीक ही रहेगा। रूम का भाड़ा आधा-आधा बँट जाएगा।''

मैंने तुरंत उत्तर दिया, ''नहीं, यह कारण नहीं है? बात दरअसल यह है कि यह नौजवान लगता है परेशानी में है?''

डॉक्टर हँसा और बोला, ''हाँ, ऐसा लगता है। तब ठीक है, अतुल बाबू! जाइए, अपना सामान ले आइए, आपका यहाँ स्वागत है।''

"जी हाँ, अवश्य! मेरे पास अधिक सामान नहीं है। बस एक बेडिंग और एक कैनवास बैग। मैं दोनों को होटल में दरबान के पास छोड़कर आया हूँ। मैं अभी जाकर ले आता हूँ।"

मैंने कहा, "ठीक है, जाइए और लौटकर लंच हमारे साथ ही लीजिए।"

"यह तो बहुत ही बढ़िया सुझाव है।" अतुल ने अपनी दृष्टि से मुझे आभार प्रकट करते हुए कहा और चला गया।

उसके प्रस्थान के बाद कुछ मिनट तक हम चुपचाप रहे। अनुकूल बाबू गिलास धोने में जैसे खो गए तो मैंने पूछ लिया, "क्या सोच रहे हैं, अनुकूल बाबू?"

उन्होंने सजग होकर कहा, "नहीं, कुछ नहीं! किसी की परेशानी में उसकी मदद करना अच्छा काम है। आपने जो किया, ठीक किया। लेकिन जैसाकि आप भी वह कहावत जानते होंगे कि जाने-सुने बिना किसी को अपने यहाँ रख लेना··· जो भी हो, मैं समझता हूँ, हमारे लिए कोई दिक्कत नहीं होगी।" वे उठे और कमरे से बाहर चले गए।

अतुल मित्र ने मेरे कमरे में रहना शुरू कर दिया। अनुकूल बाबू ने उसके लिए एक चारपाई मेरे कमरे में लगवा दी। अतुल दिन में कुछ ही समय के लिए दिखाई देता। अधिकतर वह बाहर ही रहता। वह सुबह ही नौकरी की तलाश में निकल जाता और देर रात ग्यारह बजे के आस-पास लौटता। लंच के बाद भी वह बाहर चला जाता। लेकिन जितना अल्प समय भी वह मेस में बिताता, वह उसके लिए सभी लोगों से दोस्ती करने के लिए पर्याप्त था। शाम को 'कॉमन रूम' में रोजाना उसका बेसब्री से इंतजार होता। लेकिन चूँकि उसको ताश खेलना नहीं आता था, वह थोड़ी देर बाद चुपचाप नीचे डॉक्टर से गप्प मारने चला जाता। उससे मेरी दोस्ती जल्दी ही हो गई; क्योंकि हम दोनों हमउम्र थे, इसलिए जल्दी ही हमारे बीच में औपचारिकताएँ खत्म हो गईं।

अतुल के आने के बाद एक सप्ताह सबकुछ शांति से बीता, लेकिन उसके बाद मेस में कुछ अजीब घटनाएँ होने लगीं।

एक दिन शाम को मैं और अतुल अनुकूल बाबू से बातचीत कर रहे थे। मरीजों की भीड़ घटकर कम रह गई थी। इक्का-दुक्का रोगी अब भी आ रहे थे। अनुकूल बाबू उनको दवा दे रहे थे। साथ-साथ 'कैश बॉक्स' सँभालते हुए हम लोगों से बातें भी कर रहे थे। इलाके में कुछ गरमा-गरमी थी और अफवाहों का

बाजार गरम था, क्योंकि पिछली रात हमारे मेस के सामने के मैदान में हत्या हो गई थी और लाश सुबह मिली थी। अफवाहें इसलिए भी गरम थीं, क्योंकि लाश की पहचान में वह व्यक्ति गरीब तबके का अबंगाली प्रतीत होता था, किंतु उसकी धोती के फेंटे से सौ- सौ के नोटों की गड्डी बरामद हुई थी।

डॉक्टर का कहना था, "यह सब कोकेन की तस्करी से ताल्लुक रखता है, क्योंकि यदि हत्या पैसों के लिए की गई होती तो मरनेवाले के फेंटे से एक हजार के नोटों का बंडल कैसे बरामद होता? मेरा मानना है कि वह व्यक्ति कोकेन खरीदने आया था और इसी दौरान उसे स्मगलर के अड्डे के कुछ रहस्य पता लग गए। हो सकता है, उसने पुलिस में जाने की या फिर 'ब्लैकमेल' करने की धमकी दी हो तो उसके बाद…"

अतुल ने कहा, "मैं यह सब नहीं जानता, सर! मैं तो डर गया हूँ। आप लोग कैसे इस इलाके में रहते हैं? मुझे यदि पहले पता होता तो…" डॉक्टर ने हँसकर कहा, "तब क्या करते? ज्यादा-से-ज्यादा पड़ोस के उड़िया बस्ती में जाते, हैं न? लेकिन देखिए, हमें कोई डर नहीं लगता! मैं इस इलाके में पिछले लगभग दस वर्षों से रह रहा हूँ। मैंने कभी किसी के मामले में हस्तक्षेप नहीं किया है। मुझे आज तक कोई दिक्कत या परेशानी नहीं हुई है।"

अतुल ने आहिस्ता से कहा, "अनुकूल बाबू, मुझे यकीन है, आपको भी कुछ रहस्य की जानकारी होगी, है न?"

एकाएक हमें एक आवाज सुनाई दी। हमने पीछे घूमकर देखा कि अश्विनी बाबू दरवाजों से झाँककर हमारी बातें सुन रहे हैं। उनके चेहरे का रंग पीला पड़ गया था। मैंने पूछा, "क्या बात हैं अश्विनी बाबू! आप यहाँ नीचे? इस समय क्या कर रहे हैं?"

अश्विनी घबरा गए और बड़बड़ाए, "नहीं, कुछ नहीं, मैं तो…मुझे बीड़ी चाहिए थी" और बड़बड़ाते हुए ऊपर सीढ़ी चढ़ गए।

हम सबने बारी-बारी से एक-दूसरे को देखा। हम सभी में बुजुर्ग अश्विनी बाबू के लिए काफी सम्मान था; किंतु वे नीचे आकर, चुपचाप हमारी बातें सुन रहे थे?"

हम लोग जब रात के खाने पर बैठे तो पता चला कि अश्विनी बाबू पहले ही खा चुके हैं। खाने के बाद मैंने रोज की तरह अपना चरूट सुलगाया और अपने

कमरे में जाने के लिए उठ गया। कमरे में मैंने देखा, अतुल जमीन पर केवल तकिया लगाए लेटा है। मुझे कुछ आश्चर्य हुआ, क्योंकि अभी इतनी गरमी नहीं पड़ी थी कि फर्श पर सोया जाए। कमरे में अंधकार था और अतुल भी चुपचाप लेटा था। मुझे लगा, वह थककर सो गया है। लाइट जलाने से अतुल जाग जाएगा, इसलिए, पढ़ना या लिखना तो हो नहीं सकता। उसकी कमी को मैं कमरे में चलकर ही पूरी करना चाहता था। इतने में मुझे अश्विनी बाबू का खयाल आया। मुझे लगा, मुझे जाकर देखना चाहिए। हो सकता है, उनकी तबीयत ठीक न हो! उनका कमरा मेरे कमरे से दो कमरे छोड़कर था। कमरा खुला हुआ था और मेरे आवाज देने पर कोई उत्तर नहीं मिला तो उत्सुकतावश मैं कमरे में घुसा। लाइट का स्विच दरवाजे के पीछे था। मैंने लाइट जलाकर देखा, कमरा खाली है। मैंने खिड़की के बाहर झाँककर देखा तो कुछ भी नहीं दिखाई दिया।

तो वास्तव में वे इतनी रात में गए तो गए कहाँ? एकाएक याद आया। हो सकता है, वे नीचे डॉक्टर से दवा लेने गए हों? यह सोचकर मैं तेजी से नीचे गया। डॉक्टर का दरवाजा अंदर से बंद था। वे शायद सो गए थे। मैं दरवाजे के बाहर कुछ मिनट असमंजस में खड़ा रहा। मैं वापस जा ही रहा था कि मुझे कमरे के भीतर कुछ आवाजें सुनाई दीं। अश्विनी बाबू ऊँची आवाज में कुछ कह रहे थे।

पहले तो मुझे लगा, मैं उनकी बातें सुनूँ, फिर अपने पर नियंत्रण करके सोचा, अश्विनी बाबू शायद अपनी बीमारी डॉक्टर को बता रहे हैं। मुझे नहीं सुनना चाहिए और मैं चुपचाप सीढ़ी चढ़कर अपने कमरे में आ गया। देखा, अतुल ज्यों-की-ज्यों वैसे ही फर्श पर लेटा है। मेरे अंदर आते ही उसने गरदन उठाकर मुझसे पूछा, "अश्विनी बाबू अपने कमरे में नहीं हैं, है न?"

मैं उसकी बात से चौंक गया, "नहीं, पर क्या तुम सोए नहीं हो?"

"हाँ, अश्विनी बाबू नीचे डॉक्टर के पास हैं।"

"तुम्हें कैसे मालूम?"

"इसके लिए बस एक काम करने की जरूरत है, फर्श पर लेट जाओ और अपने कानों को तकिए से लगा दो।"

"क्या? तुम पागल हो गए क्या?"

"मैं पागल नहीं, ठीक हूँ! जरा तुम यह कोशिश करो।"

उत्सुकतावश मैंने भी फर्श पर लेटकर तकिए पर कान लगाए। कुछ क्षण बाद

मुझे दोनों की आवाजें साफ-साफ सुनाई देने लग गईं और तब मुझे अनुकूल बाबू की तेज आवाज सुनाई दी। वे कह रहे थे,''लगता है, आप उत्सुकता में ज्यादा व्याकुल हो गए हैं। यह कुछ नहीं, यह केवल आपके मस्तिष्क का भ्रम है। गहरी नींद में ऐसा अकसर हो जाता है। मैं आपको दवा दे रहा हूँ। उसे खाकर सोने चले जाएँ। सुबह उठकर भी यदि आपको ऐसा कुछ लगे तो आप चाहे जो कर लीजिएगा।''

अनुकूल बाबू का उत्तर जरा अस्पष्ट था। नीचे से कुरसी सरकाने की आवाजों से लगा कि दोनों उठ गए हैं। मैं यह कहते हुए फर्श से उठ गया,''मैं तो यह भूल ही गया था कि डॉक्टर का कमरा हमारे कमरे के ठीक नीचे है। लेकिन आप क्या सोचते हैं, मामला क्या है? अश्विनी बाबू को हुआ क्या है?''

अतुल ने जम्हाई लेते हुए कहा, ''कौन जाने? बहुत रात हो गई। चलो सोते हैं।''

संदेह को मिटाने के लिए मैंने पूछ लिया, ''आप फर्श पर क्यों लेटे थे?''

अतुल बोला, ''दिनभर सड़कों को नापते-नापते मैं बहुत थक गया था और मुझे फर्श ठंडा लगा। इसलिए मैं लेट गया, लेकिन आपके आने से पहले इनकी आवाजें कान में पड़ने लगीं और मैं जाग गया।''

मुझे अश्विनी बाबू के सीढ़ियों पर चढ़ने की पदचाप सुनाई दी। वे अपने कमरे में घुसे और दरवाजा बंद की आवाज हुई। मैंने अपनी घड़ी देखी, ग्यारह बज रहे थे। अतुल भी सो चुका था और मेस में सब शांत हो गया था। मैं लेटे हुए अश्विनी बाबू के बारे में सोचता रहा और कुछ देर बाद सो गया।

सुबह होते ही अतुल ने मुझे जगाया। सात बजे थे,''ऐ भाई उठो। यहाँ कुछ गोलमाल है।''

''क्यों? क्या हुआ है?''

''अश्विनी बाबू कमरा नहीं खोल रहे हैं। वे आवाज देने पर उत्तर भी नहीं दे रहे हैं।''

''क्या हुआ है उन्हें?''

''कोई नहीं जानता। आओ चलकर देखें।'' और तेजी से वह कमरे से निकल गया। मैं उसके पीछे-पीछे गया तो सभी अश्विनी बाबू के कमरे के सामने एकत्र थे। जोर-जोर की आवाजों में तरह-तरह के अनुमान लगाए जा रहे थे और दरवाजा पीटा जा रहा था। अनुकूल बाबू भी नीचे से आ गए थे। सभी लोग बहुत उत्सुक

दिखाई दे रहे थे, क्योंकि अश्विनी बाबू को इतनी देर तक सोने की आदत नहीं थी और यदि सो भी रहे थे तो क्या दरवाजे को इतना भड़भड़ाने पर भी उनकी नींद नहीं खुली थी?

अतुल ने अनुकूल बाबू के पास जाकर कहा, "देखिए, हम लोग दरवाजा तोड़ देते हैं। मुझे दाल में कुछ काला दिखाई दे रहा है।"

अनुकूल बाबू ने हाँ में हाँ मिलाते हुए कहा, "हाँ-हाँ, और कोई चारा नहीं है। संभव है, वे बेहोश हों, अन्यथा क्यों नहीं उत्तर दे रहे? हमें अधिक देर नहीं करनी चाहिए। कृपया सब मिलकर दरवाजा तोड़ डालिए।"

दरवाजा लकड़ी का था। मोटाई लगभग डेढ़ इंच रही होगी और उसमें येल ताला लगा था। लेकिन जब अतुल के साथ-साथ कई लोगों ने जोर का धक्का मारा तो ब्रिटिश ताला एक आवाज के साथ दरवाजे के साथ टूटकर गिर गया। दरवाजा गिरते ही जो दृश्य हमारे सामने आया, उसे देखकर भय और दहशत से हमारी साँसें थम गईं। अश्विनी बाबू कमरे के अंदर पीठ के बल लेटे हुए थे। उनका गला एक ओर से दूसरी ओर तक कटा हुआ। खून की धार फर्श पर उनके सिर के नीचे से होते हुए कंधे के नीचे जमकर लाल मखमल के टुकड़े जैसी दिखाई दे रही थी। उनके दाहिने हाथ की उँगलियों के नीचे खून से लथ-पथ रेजर ब्लेड एक दुष्ट की तरह हमारी नजरों का मजाक उड़ा रहा था।

हम सब जड़ गए जैसे उसी स्थान पर खड़े रह गए। उसके बाद अतुल बाबू और अनुकूल बाबू, दोनों ने एक साथ कमरे में प्रवेश किया।

अनुकूल बाबू ने घृणा मिश्रित चिंता से लाश को देखा और उखड़ी आवाज में बड़बड़ाए, "ओ बाबा! क्या भयानक! अश्विनी बाबू ने अपना जीवन अपने आप ही ले लिया!"

लेकिन अतुल की दृष्टि लाश पर नहीं थी। उसकी नजर कमरे की प्रत्येक वस्तु और कमरे के हरेक कोने पर तेज कटार की तरह घूम रही थी। उसने पहले चारपाई को देखा। सड़क पर खुलने वाली खिड़की से झाँककर देखा और हम लोगों के पास आकर धीरे से कहा, "आत्महत्या नहीं, हत्या है। एक जघन्य हत्या है। मैं पुलिस को बताने जा रहा हूँ। कृपया कोई भी किसी चीज को हाथ न लगाए।"

अनुकूल बाबू बोले, "क्या बात कर रहे हैं, अतुल बाबू, हत्या? लेकिन दरवाजा तो अंदर से बंद था और फिर वह देखिए।", उन्होंने खून से लथ-पथ हथियार की ओर इशारा किया।

अतुल ने सिर हिलाते हुए कहा, ''यह जो भी हो, लेकिन यह हत्या है। आप सब लोग यहीं रहें, मैं अभी पुलिस को बुलाकर लाता हूँ।'' वह तेजी से बाहर चला गया।

अनुकूल बाबू हाथों में अपना सिर पकड़कर बैठ गए, ''हे भगवान्! यह सब मेरे ही घर में होना था!''

पुलिस ने हम सभी से पूछताछ की, जिसमें नौकर और महाराज भी शामिल थे। लेकिन अश्विनी बाबू की मृत्यु पर किसी के बयान से यह पता नहीं लग पाया कि उनकी हत्या क्यों हुई?

अश्विनी बाबू एक सीधे-सादे सज्जन थे, जिनके मेस तथा दफ्तर के अलावा और कोई दोस्त नहीं थे। वे प्रत्येक शनिवार को अपने घर जाया करते थे। इस साप्ताहिक क्रम में पिछले दस-बारह वर्षों से कभी चूक नहीं हुई थी। पिछले कुछ समय से वे डायबिटीज रोग से ग्रस्त थे। ऐसी कुछ ही बातों का पता चल पाया।

डॉक्टर ने अपना बयान दिया। जो कुछ उसने कहा, उसने अश्विनी बाबू की मृत्यु को और गूढ़ बना दिया, ''अश्विनी बाबू मेरे मेस में पिछले बारह वर्षों से रह रहे थे। उनका घर बर्दवान जिले के हरिहरपुर ग्राम में है। वे एक मर्केंटाइल फर्म में नौकरी करते थे, जहाँ उनका वेतन एक सौ तीस रुपया था। इतनी कम आय में कलकत्ता में सपरिवार रहना संभव नहीं था, इसलिए वे अकेले ही मेस में रहते थे।

''जहाँ तक मैं जानता हूँ, अश्विनी बाबू एक सीधे-सादे और जिम्मेदार सज्जन थे। वे उधार लेने पर विश्वास नहीं करते थे, इसलिए उन पर कोई कर्ज वगैरह नहीं था। जहाँ तक मैं जानता हूँ, उनमें नशे आदि का कोई ऐब नहीं था। इस मेस का हर व्यक्ति इस बात की तसदीक कर सकता है।

''उनके पूरे प्रवास में मैंने उनमें कभी कोई संदिग्ध आचरण नहीं पाया। पिछले कुछ महीने से उन्हें डायबिटीज की शिकायत थी, इसलिए मैं उनका उपचार कर रहा था, लेकिन मैंने कभी उनमें कोई मानसिक विकार का संकेत नहीं पाया। कल पहली बार मैंने उनका व्यवहार कुछ असामान्य पाया।

''कल सुबह लगभग नौ बजकर पैंतालीस मिनट पर मैं अपने कमरे में बैठा था, जब एकाएक अश्विनी बाबू अंदर आए और बोले, 'डॉक्टर, मैं प्राइवेट में आपसे कुछ विमर्श करना चाहता हूँ।' मैंने कुछ आश्चर्य से उन्हें देखा। वे काफी परेशान दिखाई दे रहे थे। मैंने पूछा, 'क्या बात है?' उन्होंने चारों तरफ देखा और

आहिस्ता से बोले, 'अभी नहीं, फिर कभी!' और जल्दबाजी में अपने दफ्तर के लिए निकल गए।

"शाम को अजित बाबू, अतुल बाबू और मैं बात कर रहे थे, तब अजित बाबू ने पीछे मुड़कर देखा कि अश्विनी बाबू दरवाजे के पीछे छुपकर हमारी बातें सुन रहे हैं। जब हमने उन्हें पुकारा तो कुछ बहाना बनाते हुए तेजी से चले गए। हम सभी आश्चर्यचकित थे कि उन्हें क्या हुआ है?

"तब लगभग दस बजे वे मेरे कमरे में आए। उनके चेहरे से यह स्पष्ट हो रहा था कि उनके दिमाग में कुछ उथल-पुथल हो रही है। उन्होंने घुसते ही दरवाजा बंद कर लिया और कुछ देर तक कुछ बड़बड़ाते रहे। पहले तो बोले कि उन्हें भयंकर सपने आ रहे हैं और फिर बोले, उन्हें कुछ भयानक रहस्यों का पता लगा है। मैंने उन्हें शांत करने के लिए प्रयास किया, किंतु वे उत्तेजना में बोलते गए। आखिरकर मैंने उन्हें सोने की दवा देकर कहा कि आज की रात वे इसे खाकर सो जाएँ। मैं कल सुबह आपकी बातें सुनूँगा। वे दवा लेकर ऊपर अपने कमरे में चले गए।

"यह अंतिम बार था, जब मैंने उन्हें देखा था और फिर सुबह यह हो गया। मुझे उनके मानसिक संतुलन के बारे में शक जरूर हुआ था, किंतु मैंने सपने में भी नहीं सोचा था कि यह क्षणिक व्याकुलता उन्हें अपना ही जीवन लेने पर मजबूर कर देगी।"

जब अनुकूल ने अपना बयान समाप्त कर दिया, तब इंस्पेक्टर ने पूछा, "तो आपका मत यह है कि यह आत्महत्या है?"

अनुकूल बाबू ने उत्तर दिया, "और क्या हो सकता है? फिर भी अतुल बाबू का कहना है कि यह आत्महत्या नहीं है, यह कुछ और है। इस विषय पर शायद वे मुझसे ज्यादा जानते हैं। वे ही बताएँगे अपने विचार।"

इंस्पेक्टर ने अतुल बाबू की ओर मुड़कर कहा, "अतुल बाबू, आप ही हैं न? क्या आपके पास कोई कारण है, जिसके आधार पर आपकी धारणा है कि यह आत्महत्या नहीं है?"

"जी हाँ! कोई भी व्यक्ति अपना गला इतने वीभत्स तरीके से नहीं काट सकता। आपने लाश देखी है। जरा सोचिए, यह असंभव है।"

इंस्पेक्टर कुछ क्षण तक सोचता रहा। फिर उसने प्रश्न किया, "क्या आपको कोई आइडिया है कि हत्यारा कौन हो सकता है?"

''नहीं।''

''क्या आप सोच सकते हैं कि हत्या के पीछे उद्देश्य क्या हो सकता है ?''

अतुल ने खिड़की की तरफ इशारा करते हुए कहा, ''यह खिड़की ही हत्या का कारण है।''

इंस्पेक्टर ने एकाएक चौंककर पूछा, ''खिड़की हत्या का कारण है ? आपका मतलब हत्यारा इस खिड़की से अंदर आया ?''

''नहीं, हत्यारा तो दरवाजे से ही अंदर घुसा।''

इंस्पेक्टर ने अपनी हँसी रोकते हुए कहा, ''शायद आपको याद नहीं है कि दरवाजा अंदर से बंद था ?''

''मुझे याद है।''

थोड़ा मजाकिया अंदाज में इंस्पेक्टर बोला, ''तो क्या अश्विनी बाबू ने हत्या के बाद दरवाजा बंद कर दिया ?''

''जी नहीं, हत्यारे ने हत्या के बाद कमरे से बाहर आकर दरवाजा लॉक कर दिया।

''यह कैसे संभव है ?''

अतुल बाबू मुसकराकर बोले, ''बड़ा आसान है। जरा तसल्ली से सोचिए तो आपको समझ में आ जाएगा।''

इस सबके बीच अनुकूल बाबू ने दरवाजे को आगे-पीछे से देखा और बोले, ''यह सही है। बिल्कुल सही है। दरवाजा आसानी से अंदर और बाहर दोनों ओर से बंद हो सकता है। हम लोगों ने ध्यान नहीं दिया। देखिए, यह इसमें 'येल लॉक' लगा है।''

अतुल ने कहा, ''दरवाजे में लॉक लग जाता है, यदि आप बाहर से लॉक लगा दें। तब अंदर से खोले बिना वह खुल नहीं सकता।''

इंस्पेक्टर अनुभवी व्यक्ति था। गहन सोच में अपनी ठोढ़ी को अंगुली से ठोंकते हुए बोला,''यह मुमकिन है। लेकिन एक बात अभी भी उलझी हुई है। क्या इसका कोई सबूत है कि अश्विनी बाबू ने रात को दरवाजा खुला ही छोड़ दिया था ?''

अतुल बोला, ''नहीं, सच्चाई यह है कि उन्होंने दरवाजा लॉक कर दिया था। इसका सबूत है।'' मैंने इस बात के सबूत रूप में कहा, ''यह सही है, क्योंकि मैंने दरवाजा बंद करने की आवाज सुनी थी।''

इंस्पेक्टर बोला, ''तो ठीक है। तब यह मुमकिन नहीं लगता कि अश्विनी बाबू उठकर अपने हत्यारे के लिए दरवाजा खोलेंगे। है कि नहीं ?''

अतुल ने कहा, ''नहीं, लेकिन संभवत: आपको याद हो कि अश्विनी बाबू पिछले कुछ महीनों से एक बीमारी से ग्रस्त थे।''

''बीमारी ? ओह, आप ठीक कह रहे हैं ? अतुल बाबू यह बात तो मेरे दिमाग से निकल ही गई।'' और फिर बड़े इत्मीनान से इंस्पेक्टर उसकी ओर मुड़कर बोला, ''मैं देख रहा हूँ, आप काफी बुद्धिमान व्यक्ति हैं। क्यों नहीं पुलिस में भरती हो जाते। पुलिस में काफी आगे बढ़ जाएँगे। लेकिन मामला अब भी उलझा पड़ा है और उलझता ही जा रहा है। यदि यह वास्तव में हत्या ही है, तब यह स्पष्ट है कि हत्यारा बहुत ही शातिर है। क्या आप लोगों को यहाँ किसी पर संदेह है ?'' उसने सभी को बारी-बारी से देखना शुरू कर दिया।

हम सभी ने अपनी गरदन हिलाकर इनकार कर दिया। अनुकूल बाबू ने कहा, ''देखिए सर! आप शायद जानते होंगे, इस इलाके में आए दिन हत्या होना बड़ी बात नहीं है। अभी परसों ही एक हत्या इस घर के ठीक सामने हुई थी। मेरा मानना है कि यह सारी हत्याएँ एक-दूसरे से जुड़ी हैं। यदि एक का पता लग जाए तो सभी का रहस्य उजागर हो जाएगा। और यह तभी हो सकता है, जब हम वास्तव में अश्विनी बाबू की मृत्यु को हत्या मानकर चलें।''

इंस्पेक्टर ने कहा, ''यह बात सही है, लेकिन यदि हम इसके साथ दूसरी हत्याओं को सुलझाना चाहेंगे तो मुझे लगता है यह जाँच कभी खत्म ही न होगी।''

अतुल बोला, ''यदि आप इस हत्या की तह में जाना चाहते हैं तो केवल इस खिड़की पर ध्यान केंद्रित कीजिए।''

थके शब्दों में इंस्पेक्टर ने उत्तर दिया, ''हमें एक नहीं, सभी पहलुओं पर विचार करना होगा अतुल बाबू! मुझे अब आप लोगों के कमरों की तलाशी लेनी है।''

सभी ऊपर-नीचे के कमरों की पूरी छानबीन की गई, किंतु कहीं से हत्या की गुत्थी सुलझने का कोई सुराग नहीं मिल पाया। अश्विनी बाबू के कमरे की भी जाँच हुई, किंतु उसमें भी कुछ साधारण पत्रों के अलावा कुछ नहीं मिला। रेजर की खाली डिबिया पलंग के नीचे पड़ी मिली। हम सभी लोग जानते थे कि अश्विनी बाबू अपनी दाढ़ी स्वयं बनाते थे और इसलिए इसे उस डिबिया को पहचानने में

मुश्किल नहीं हुई। लाश को पहले ही उठा लिया गया था। उसके बाद उनके रूम को बंद करके सील कर दिया गया। अपना काम करके इंस्पेक्टर दोपहर लगभग डेढ़ बजे चला गया।

अश्विनी बाबू के परिवार को तार द्वारा खबर कर दी गई थी। शाम तक उनका बेटा निकट संबंधियों सहित आ गया। वे सभी इस दुर्घटना से हतप्रभ थे। यद्यपि हम लोगों का अश्विनी बाबू से कोई रिश्ता नहीं था, फिर भी हममें से प्रत्येक सदस्य इस घटना से शोक संतप्त था। इसके अतिरिक्त हम लोग भी जान के खतरे से सहमे हुए थे। यदि यह घटना हमारे साथी के साथ हो गई है तो हमारे साथ भी हो सकती है। पूरा दिन इसी उधेड़बुन में व्यतीत हो गया।

रात में सोने से पहले मैं डॉक्टर के पास गया। उनके चेहरे पर अब भी गंभीरता छाई हुई थी। पूरे दिन की घटनाओं से उनके शांत और स्थिर चेहरे पर क्लांति और चिंता की रेखाएँ उभर आई थीं। मैं उनके पास बैठ गया और बोला, "मेरे खयाल से प्रत्येक सदस्य किसी दूसरी जगह जाने के बारे में सोच रहा है।"

अनुकूल बाबू ने एक हारी मुसकान के साथ कहा, "इनका इसमें क्या दोष है, अजित बाबू? कौन चाहेगा ऐसी जगह रहना, जहाँ ऐसी दुर्घटना होती हो? लेकिन मैं अब तक यही सोच रहा हूँ कि यह वास्तव में हत्या है या नहीं, क्योंकि यह तय बात है कि कोई बाहर का व्यक्ति तो यह कर नहीं सकता, जो कुछ हुआ है, उसको देखकर तो यही लगता है, क्योंकि हत्यारा प्रथम तल तक पहुँचेगा कैसे? आप सभी जानते हैं कि मेस का दरवाजा रात को अंदर से बंद कर दिया जाता है, इसलिए बाहर का आदमी, अंदर आकर सीढ़ियाँ नहीं चढ़ सकता। फिर अगर मान भी लिया जाए कि हत्यारा असंभव को संभव बनाने में सफल हो भी गया, तो उसे अश्विनी बाबू के कमरे में रेजर ब्लेड कैसे मिल गया? क्या ऐसा नहीं लगता है कि संभावना को ज्यादा ही महत्त्व दिया जा रहा है? यह सब साबित करता है कि अपराध में बाहरी व्यक्ति का हाथ नहीं है। ऐसी स्थिति में यह काम मेस में रहनेवालों को छोड़कर और किसका हो सकता है? हम लोगों में से कौन हो सकता है, जो अश्विनी बाबू की जान लेना चाहेगा? अलबत्ता, अतुल बाबू जरूर नए हैं, जिनके बारे में हम लोग ज्यादा जानते नहीं हैं।"

मैं चौंक गया और मुँह से निकल गया, "अतुल? अरे नहीं-नहीं, यह मुमकिन नहीं। भला अतुल बाबू क्यों अश्विनी बाबू की जान लेंगे?"

डॉक्टर ने कहा, ''यही तो! आपकी प्रतिक्रिया से और भी स्पष्ट हो जाता है कि यह काम मेस के किसी व्यक्ति का नहीं हो सकता। तो केवल एक ही संभावना बचती है कि उन्होंने स्वयं ही अपनी जान ली हो, है न?''

''लेकिन आत्महत्या का भी तो कोई कारण होना चाहिए?''

''मैं भी यह सोचता रहा हूँ। आपको याद है, मैंने कुछ दिन पहले आपसे कहा था कि इस इलाके में कोकेन स्मगलिंग का कोई गुप्त अड्डा है, कोई नहीं जानता कि उसका मुखिया कौन है?''

डॉक्टर ने आहिस्ता से कहा, ''अब सोचिए कि अश्विनी बाबू उस अड्डे के मुखिया थे?''

मैंने आश्चर्यमिश्रित उदासी से कहा, ''क्या? यह कैसे हो सकता है?''

डॉक्टर ने उत्तर दिया, ''दुनिया में कुछ भी असंभव नहीं है। इसके विपरीत इस संदेह में मेरा विश्वास और गहन हो जाता है, यदि मैं अश्विनी बाबू की बातों पर ध्यान देता हूँ, जो कल वे रात मुझसे कर रहे थे। वे अपने से ही घबराए हुए लग रहे थे। जब व्यक्ति खुद ही दहशत में होता है तो अकसर अपना मानसिक संतुलन खो देता है। क्या पता इस सबके कारण उन्होंने आत्महत्या कर ली! जरा सोचने का प्रयास कीजिए, क्या यह सब कारण का स्पष्टीकरण नहीं करती?''

मेरा मस्तिष्क इन दलीलों को सुन-सुनकर चकरा गया था। इसलिए मैंने कहा, ''मैं नहीं जानता अनुकूल बाबू! मैं इन सब बातों से कुछ भी समझ नहीं पा रहा हूँ। मेरे विचार से आपको अपने संदेहों की चर्चा पुलिस से करनी चाहिए।''

डॉक्टर उठकर बोले, ''मैं कल करूँगा। जब तक मामला सुलझ नहीं जाता, मुझे चैन नहीं मिलेगा।''

उसके बाद दो-तीन दिन गुजर गए। इस दौरान बार-बार पुलिस और सी.आई. डी. के विभिन्न अफसरों के आने और बार-बार पूछताछ करने से हम लोगों के पहले ही से चल रहे परेशान दिनों ने जीवन ही दूभर कर दिया। मेस का प्रत्येक सदस्य जल्द-से-जल्द अपने सामान के साथ मेस छोड़ने के लिए तैयार बैठा था, लेकिन पहल करने से डर रहा था। यह सभी के मन में था कि मेस को जल्दी छोड़ना पुलिस की नजर में शंका पैदा कर सकता था।

अब तक यह स्पष्ट होता जा रहा था कि संदेह की सूई मेस के एक व्यक्ति की ओर झुक रही थी, लेकिन हम लोगों को यह अंदाज नहीं हो पा रहा था कि

वह व्यक्ति कौन हो सकता है? कभी–कभी क्षणिक भय से दिल की धड़कनें तेज हो जाती थीं कि कहीं वह व्यक्ति मैं तो नहीं हूँ!

एक दिन सुबह मैं और अतुल डॉक्टर के दफ्तर में अखबार पढ़ रहे थे। अनुकूल बाबू के लिए कुछ दवाएँ एक बड़े पैकेट में आई थीं। वे उन्हें खोलकर बड़े यत्न से अपने शेल्फ पर लगा रहे थे। पैकेट में अमेरिकन स्टैंप लगे थे। डॉक्टर कभी देशी दवाओं का प्रयोग नहीं करते थे। जब कभी उन्हें जरूरत होती, वे अमेरिका या जर्मनी से मँगाते थे। लगभग हर माह उनके लिए पानी के जहाज से दवा के पैकेट आते थे।

अतुल ने अखबार पढ़कर रख दिया और बोला, "अनुकूल बाबू, आप दवाएँ विदेशों से ही क्यों मँगाते हैं? क्या देशी दवाएँ अच्छी नहीं होतीं? उसने शुगर मिल्क की एक बड़ी बोतल उठाकर दवा निर्माता का नाम पढ़ा 'ऐरिक एंड हेवल' क्या यह मार्केट में सर्वोत्कृष्ट है?"

"हाँ।"

"अच्छा बताएँ, क्या होमियोपैथी वाकई बीमारी का इलाज करती है? मुझे कुछ संदेह होता है। कैसे पानी की एक बूँद इलाज कर सकती है?"

डॉक्टर ने मुसकराते हुए कहा, "तो क्या मैं समझूँ कि ये सब लोग जो दवा लेने आते हैं, बीमारी का नाटक करते हैं?"

अतुल ने उत्तर दिया, "संभवतः इलाज प्राकृतिक रूप से होता है, किंतु उसका श्रेय दवा को दिया जाता है। विश्वास अपने आप में ही इलाज है।"

डॉक्टर केवल मुसकराकर रह गए। उन्होंने कोई जवाब नहीं दिया। कुछ देर बाद उन्होंने प्रश्न किया, "अखबार में हमारे इस घर का कहीं नाम आया है?"

"नाम है!" मैंने जोर से पढ़ना शुरू किया, "श्री अश्विनी चौधरी की दुर्भाग्यपूर्ण हत्या का रहस्य अभी तक पता नहीं लग पाया है। अब सी.आई.डी. ने केस को अपने जिम्मे ले लिया है। बताया जाता है कि कुछ तथ्यों का पता चला है। अनुमान है कि अपराधी को जल्दी ही पकड़ लिया जाएगा।"

"मेरी जूती! यह लोग जब तक चाहें उम्मीद की आस लगाए बैठे रहें!" डॉक्टर ने मुड़कर देखा और बोले, "ओह इंस्पेक्टर साहेब!"

इंस्पेक्टर ने कमरे में प्रवेश किया। पीछे–पीछे दो सिपाही थे। वही पुराना इंस्पेक्टर था। बिना किसी बातचीत के वह सीधे अतुल के पास गया और बोला,

''आपके नाम वारंट है। आपको हमारे साथ पुलिस चौकी चलना होगा। कृपया कोई व्यवधान न डालें। कोई भी प्रयास व्यर्थ होगा। रामधनी सिंह हथकड़ी लगाओ।'' एक सिपाही आगे बढ़ा और उसने अपने काम को बड़ी दक्षता से पूरा कर दिया।

हम सभी भय और आतंक से खड़े हो गए। अतुल चिल्लाया, ''क्या है यह सब?''

इंस्पेक्टर ने कहा, ''यह रहा! अतुल चंद्र मित्र को अश्विनी चौधरी की हत्या के अपराध के लिए गिरफ्तार किया जाता है। क्या आप दोनों पहचान सकते हैं कि अतुल चंद्र मित्र यही सज्जन हैं?''

दहशत से त्रस्त हम दोनों ने अपना सिर हिला दिया।

अतुल ने थोड़ा हँसकर कहा, ''तो आपका संदेह अंततः मेरे ऊपर ही हुआ। तो ठीक है, मैं आपके साथ पुलिस थाने चलता हूँ। अजित घबराना नहीं, मैं निर्दोष हूँ।''

एक पुलिस वैन आकर मेस के दरवाजे पर रुक गई। सिपाही लोगों ने अतुल को ले जाकर वैन में बिठाया और चले गए। डॉक्टर के दहशत से हुए पीले चेहरे से निकला, ''तो वह अतुल बाबू निकले! कितना अजीब है? चेहरा देखकर किसी की प्रकृति का पता लगाना असंभव है।''

मेरे जैसे शब्द ही खो गए थे। अतुल···हत्यारा! इतने दिन साथ रहते हुए मेरे अतुल से संबंधों में एक लगाव हो गया था। उसके मृदुल स्वभाव से मैं काफी प्रभावित था और वही अतुल एक हत्यारा! मुझे सच में बड़ा झटका लगा था।

अनुकूल बाबू ने अपनी बात आगे बढ़ाते हुए कहा, ''इसीलिए यह कहा जाता है कि किसी अजनबी को शरण देते समय दो बार सोचना चाहिए, लेकिन कौन कह सकता था कि वह व्यक्ति इतना···''

मेरा मन बहुत अशांत हो रहा था। मैं तुरंत कुरसी से उठकर अपने रूम में गया और जोर से दरवाजा बंद करके लेट गया। मेरा मन नहाने या खाने को नहीं हुआ। अतुल की चीजें दूसरी तरफ रखी हुई थीं। उन्हें देखकर मेरी आँखों में आँसू आ गए। यह अहसास था कि वह कितना मेरे नजदीक आ गया था।

जाते समय वह बोला था कि वह निर्दोष है। क्या पुलिस से गलती हुई है? मैं उठकर बैठ गया और अश्विनी बाबू की हत्या की रात से एक-एक घटना को विस्तार से सोचने लगा। अतुल फर्श में लेटकर अश्विनी बाबू और डॉक्टर की

बातचीत सुन रहा था। वह यह क्यों कर रहा था? उसका क्या प्रयोजन था? यह सोचते-सोचते लगभग ग्यारह बजे मैं भी सो गया था और मेरी आँख सुबह ही खुली थी। क्या पता इसी अवधि में अतुल ने…

लेकिन वह अतुल ही था, जो शुरू से ही यह कहता रहा है कि यह हत्या है, न कि आत्महत्या। यदि हत्या उसी ने की थी, तो क्या वह ऐसा कहकर खुद हीं अपने गले में फंदा लगाता? और क्या यह संभव है कि उसने अपने को संदेह से दूर रखने के लिए जान-बूझकर यह कहा हो और पुलिस यह सोचे कि चूँकि उसने खुद ही हत्या की बात पर जोर दिया है, इसलिए हत्यारा वह नहीं हो सकता?

मैं अपने बिस्तर पर करवटें बदल-बदलकर अपने मस्तिष्क को हर तरह से दौड़ाता रहा। उठकर तेज कदमों से इधर-उधर चलकर विचारों में मग्न रहा। अब दोपहर हो गई। घड़ी ने तीन बजाए। मुझे विचार सूझा, क्यों न मैं किसी वकील से राय लूँ? मैं समझ नहीं पा रहा था कि ऐसी परिस्थिति में क्या किया जाए? न ही मैं किसी वकील को जानता था। जो भी हो, मैंने सोचा कि वकील ढूँढ़ना उतना मुश्किल नहीं है। मैं कपड़े बदलने लगा। इतने में दरवाजे पर आहट सुनाई दी। कोई बुला रहा था। मैंने दरवाजा खोला तो देखा अतुल खड़ा है।

"अतुल तुम हो!" मैंने खुशी से उसे बाँहों में भर लिया। सारी दुविधाएँ कि वह अपराधी है या नहीं, सब मेरे दिमाग से हट गईं जैसे कभी आई न हों।

उसके बाल उलझे थे और चेहरे पर थकान थी। वह मुसकराकर बोला, "हाँ अजित, मैं हूँ अतुल! उन्होंने मुझे बड़ा हैरान किया। बड़ी मुश्किल से मुझे एक सज्जन मिले, जिन्होंने मेरी बेल कराई, अन्यथा आज मुझे जेल जाना पड़ता। तुम कहीं जाने के लिए निकल रहे थे?"

जरा संकोच से मैं बोला, "वकील के पास।"

अतुल ने मेरे हाथों को प्यार से दबाकर कहा, "मेरे लिए? यदि ऐसा है तो अब आवश्यकता नहीं है। जो भी हो, इसके लिए धन्यवाद! मुझे फिलहाल अस्थायी बेल मिल गई है।"

हम लोग वापस कमरे में आकर बैठ गए। अपनी कमीज उतारते हुए अतुल बोला, "उफ! मेरा सिर चकरा रहा है। मैंने दिनभर से कुछ नहीं खाया है। लगता है, तुमने भी नहीं खाया है, तो चलो जल्दी से नहा लें और चलकर खाना खाएँ। मेरे पेट में चूहे कूद रहे हैं।"

मैं अपने संदेह को समाप्त करना चाहता था, इसलिए मुँह से निकल गया, "अतुल तुमने क्या... ?"

"तुमने क्या? अश्विनी बाबू की हत्या की है या नहीं?" अतुल फीकी हँसी हँसकर बोला, "यह बहस हम लोग बाद में करेंगे। इस समय हमें जरूरी है खाना। मुझे चक्कर आ रहे हैं। लेकिन इस समय नहाने से अधिक और कुछ जरूरी नहीं है।"

डॉक्टर कमरे में आ गए। अतुल ने उन्हें देखकर कहा, "अनुकूल बाबू! कहावत के अनुसार विलक्षण प्रतिभा की तरह मैं लौट आया हूँ। अंग्रेजी में एक कहावत है, खोटा सिक्का नहीं चलता। मेरी स्थिति बिल्कुल वैसी ही है। पुलिस ने भी बैरंग वापस कर दिया।"

गंभीर मुखमुद्रा में डॉक्टर ने कहा, "अतुल बाबू! यह जानकर खुशी हुई कि आप वापस लौट आए हैं। शायद पुलिस ने भी आपको निर्दोष पाया हो और छोड़ दिया हो। लेकिन आप अब यहाँ और नहीं...मैं समझता हूँ, आप समझ गए होंगे, मेरा मंतव्य क्या है? यह पूरे मेस का सवाल है। सभी चाहते हैं जाना, देखिए मुझे अन्यथा न लीजिए। मुझे आपके खिलाफ व्यक्तिगत रूप से कुछ नहीं है, पर..."

अतुल ने तुरंत जवाब दिया, "ओह, मैं समझ गया। निश्चित रूप से। मुझ पर तो अपराधी का बिल्ला लग चुका है। मुझे शरण देकर आप क्यों मुसीबत में पड़ना चाहेंगे? क्या पता पुलिस आपके विरूद्ध भी अपराध उकसाने या मदद करने का चार्ज ला सकती है, कैसे कहा जाए? तो क्या आप चाहते हैं कि मैं आज ही मेस छोड़ दूँ?"

डॉक्टर कुछ देर तो चुप रहा, फिर अनिच्छा से बोला, "ठीक है, आज रात रह जाइए, किंतु कल सवेरे।" अतुल बोला, "जरूर, मैं कल आपको कष्ट नहीं दूँगा। कल मैं अपनी जगह तलाश कर लूँगा। जहाँ भी हो, कुछ न मिला तो अंततः पड़ोस में उड़िया होटल तो मिल ही जाएगा।" और वह हँस दिया।

अनुकूल बाबू ने पुलिस स्टेशन में हुई बातों को पूछना चाहा, जिसके उत्तर में अतुल दो-एक मामूली बातें बताकर नहाने चला गया। डॉक्टर ने मुझसे कहा, "मुझे लग रहा है कि मैंने अतुल बाबू को नाराज कर दिया, लेकिन मेरे पास कोई दूसरा उपाय नहीं है। मेस पहले ही बदनाम हो चुका है। यदि मैं उसमें किसी अपराधी को और शरण दूँ तो सुरक्षा की दृष्टि से क्या सही होगा, आप ही कहिए?"

सच्चाई यह थी कि सुरक्षा और अपने को बचाए रखने के एहतियात के लिए किसी को दोषी नहीं ठहराया जा सकता। मैंने उदासी से सिर हिलाकर हाँ में हाँ मिलाई और कहा, "देखिए आप मेस के स्वामी हैं। इसलिए आप जो ठीक समझते हैं, वह आपको करना पड़ेगा।"

मैंने भी कंधे पर तौलिया डाला और बाथरूम की तरफ बढ़ गया। डॉक्टर पश्चात्ताप की मुद्रा में चुपचाप अकेले बैठे रह गए।

मैं और अतुल लंच के बाद अपने कमरे में आ रहे थे कि देखा, घनश्याम बाबू दफ्तर से आ रहे हैं। उन्होंने जैसे ही अतुल को देखा तो चेहरा सफेद हो गया। चिल्लाकर बोले, "अतुल बाबू आप? क्या वाकई में…"

अतुल थोड़ा मुसकराया और बोला, "हाँ, मैं अतुल ही हूँ, घनश्याम बाबू, क्या आप दृष्टिदोष समझ रहे हैं?"

घनश्याम बाबू बोले, "लेकिन मैने सोचा, पुलिस ने…" उन्होंने दो बार थूक को गले में निगला और तेजी से अपने कमरे में चले गए।

अतुल ने खुशी में आँखें नचाकर धीरे से कहा, "एक बार का अपराधी सदा ही अपराधी रहता है, है न? लगता है, घनश्याम बाबू मुझे देखकर चौंककर घबरा गए।"

उसी शाम अतुल बाबू ने बताया, "ऐ भाई! हमारे दरवाजे में जो लॉक लगा है, लगता है वह टूट गया है।"

मैंने भी देखा, हमारे दरवाजे का विदेशी ताला काम नहीं कर रहा था। हमने अनुकूल बाबू को बताया। उन्होंने भी आकर देखा और बोले, विदेश के तालों में यही समस्या है। जब तक ठीक हैं, तब तक बढ़िया काम करते हैं, पर जब खराब हो जाएँ तो इंजीनियर को छोड़कर कोई बना ही नहीं सकता। हमारे देशी ताले इससे कहीं अच्छे हैं। जो भी हो, मैं कल सुबह पहला काम इसे ठीक कराऊँगा।" और वे सीढ़ियों से वापस उतर गए।

रात को सोने से पहले अतुल ने कहा, "अजित, सिर दर्द से फटा जा रहा है, क्या तुम कुछ सुझा सकते हो?"

मैंने कहा, "तुम अनुकूल बाबू से दवा क्यों नहीं ले लेते?"

अतुल बोला, "होमियोपैथी? क्या उससे कुछ होगा? चलो ठीक है, देखा जाए! पानी की बूँदें क्या कुछ कर सकती हैं?"

मैंने कहा, ''मैं भी चलता हूँ तुम्हारे साथ। मुझे भी कुछ अच्छा नहीं लग रहा है।''

डॉक्टर अपनी दुकान बंद करने जा रहे थे। हमें देखते ही उन्होंने प्रश्नवाचक दृष्टि से देखा। अतुल बोला, ''हम लोग आपकी दवा चखने आए हैं। मुझे बड़े जोरों का सिरदर्द हो रहा है। क्या आप मदद कर सकते हैं?''

डॉक्टर ने प्रसन्न मुद्रा में कहा, ''अवश्य, मैं जरूर आपको राहत दिला सकता हूँ। यह और कुछ नहीं, थोड़ी सी बदहजमी है, जो आपको परेशान कर रही है। इसी से सिरदर्द है। बैठिए, मैं अभी एक डोज देता हूँ।'' उन्होंने कुछ ताजी दवाई शेल्फ से निकाली। एक पुड़िया बनाकर दी और बोले, ''जाइए, इसे खाकर सो जाइए। आप को याद भी नहीं रहेगा कि आपको सिरदर्द था भी या नहीं। अजित बाबू! आप भी कुछ बुझे-बुझे लग रहे हैं। उत्तेजना के बाद आप भी थकान से पस्त दिखाई देते हैं, क्यों, है न यही बात? तो क्यों न मैं आपको भी दवा दे दूँ, ताकि सुबह आप भी स्वस्थ और ताजा महसूस करें?''

हम दवा लेकर वापस जा ही रहे थे कि अतुल ने अनुकूल बाबू से पूछा, ''क्या आप ब्योमकेश बक्शी नामक किसी व्यक्ति को जानते हैं?''

थोड़ा चौंककर अनुकूल बाबू बोले, ''नहीं तो, ये कौन हैं?''

अतुल ने कहा, ''मैं भी नहीं जानता। मैंने इनका नाम आज पुलिस स्टेशन में सुना। मुझे लगता है, वे ही इस केस के इनचार्ज हैं।''

डॉक्टर ने दुबारा सिर हिलाकर कहा, ''नहीं, मैंने कभी यह नाम नहीं सुना।''

अपने कमरे में लौटने के बाद मैंने कहा, ''अतुल, अब तुम्हें मुझे सबकुछ बताना होगा।''

''क्या सबकुछ बताऊँ?''

''तुम मुझसे कुछ छुपा रहे हो। लेकिन यह नहीं चलेगा। तुम्हें मुझे सबकुछ बताना होगा।''

अतुल कुछ देर शांत रहा, फिर एक नजर दरवाजे पर डालकर वह बोला, ''अच्छा ठीक है! मैं बताता हूँ। आओ इधर आकर मेरे बेड पर बैठो। मैं भी सोच रहा था कि समय आ गया है कि तुम्हें भी कुछ बता दिया जाए।''

मैं उसके बेड पर बैठ गया। अतुल भी दरवाजा बंद करके मेरे पास ही बैठा। मेरे हाथ में दवा की पुड़िया थी। मैंने सोचा, मैं उसे खा लूँ, फिर उसकी बातें सुनूँ।

लेकिन जैसे ही मैं दवा खाने को उठा, उसने टोक दिया, "उसे अभी रहने दो। पहले मेरी कहानी सुन लो, फिर उसे ले लेना।"

उसने लाइट बुझा दी और मेरे कान के पास आकर आहिस्ता से अपनी कहानी सुनाने लगा। मैं चुपचाप दहशत में और कभी प्रशंसा में पूरी कहानी सुनता रहा। करीब पौन घंटे के बाद संक्षेप में अपनी कहानी कहकर अतुल बोला, "आज के लिए इतना पर्याप्त है। शेष कहानी कल तक इंतजार कर सकती है। उसने घड़ी के चमकते डायल में देखा। अभी काफी समय है। दो बजे से पहले कुछ नहीं होगा। क्यों न तब तक थोड़ी नींद ले लें। मैं समय होने पर जगा दूँगा।"

लगभग डेढ़ बजे मैं जागा हुआ लेटा था। मेरे कान इतने सजग थे कि मुझे अपने हृदय की धड़कन भी साफ सुनाई दे रही थी। मेरी मुट्ठी में वह वस्तु जकड़ी हुई थी, जो अतुल ने मुझे दी थी।

अंधकार में सन्नाटे के अलावा कुछ नहीं था। एकाएक मेरे कंधे पर अतुल के हाथ से मैं सजग हो गया। यह संकेत हमने पहले ही तय कर लिया था। मेरी साँस धीमी और गहरी हो गई, जैसे सोए हुए व्यक्ति की होती है। मुझे लग रहा था कि वह घड़ी आ गई है। कब दरवाजा खुला, मुझे पता नहीं चला, लेकिन एकाएक अतुल के बेड पर एक धमाका हुआ और कमरे में रोशनी हो गई। मैं हाथ में लोहे की छड़ लेकर झपट्टे के साथ खड़ा हो गया। मैंने देखा कि अतुल हाथ में रिवॉल्वर लिये और दूसरे हाथ से लाइट के स्विच को दबाए खड़ा है। अतुल के बेड के पास घुटनों के बल झुके हुए अनुकूल बाबू अतुल को ऐसे घूर रहे थे, जैसे एक घायल शेर अपने शिकारी को घूरता है।

अतुल की आवाज गूँजी, "क्या दुर्भाग्य है अनुकूल बाबू! आप जैसा अनुभवी व्यक्ति अंततः एक तकिया में ही घोंप पाया। यही न? जरा भी हिलने की कोशिश न कीजिए और छुरा फेंक दीजिए। जरा भी हिले तो गोली चला दूँगा। अजित जाकर खिड़की खोल दो। देखो पुलिस बाहर खड़ी इंतजार कर रही है, जरा देखो न?"

डॉक्टर मौका देखकर दरवाजे की ओर झपटा, लेकिन अतुल के मजबूत हाथ का एक मुक्का उसके जबड़े पर लगते ही वह गिर पड़ा।

डॉक्टर उठ बैठा और बोला, "ठीक है! मैं भागने की कोशिश नहीं करूँगा, लेकिन दया करके यह तो बता दो कि मुझ पर किस बात का अपराध लगेगा?"

"उसकी फेहरिस्त बनाने में बहुत समय लगेगा डॉक्टर! पुलिस ने पूरी चार्जशीट बना ली है, वह समय आने पर आपको मिल जाएगी। लेकिन अभी के लिए…"

उसी समय पुलिस इंस्पेक्टर कमरे के अंदर आते हुए दिखा। उसके पीछे सिपाही।

अतुल ने अपनी बात जारी रखते हुए कहा, "अभी के लिए मैं आपको सत्यान्वेषी ब्योमकेश बक्शी पर हमला करने और उनकी हत्या करने की कोशिश के लिए पुलिस को सौंपता हूँ। इंस्पेक्टर ये है अपराधी।"

इंस्पेक्टर ने बिना कुछ कहे अनुकूल बाबू के हाथों में हथकड़ी पहना दी। डॉक्टर ने खूँखार आँखों से देखा और बोला, "यह षड्यंत्र है। इस ब्योमकेश बक्शी और पुलिस ने मिलकर मुझे झूठे केस में फँसाया है। लेकिन आपको छोड़ूँगा नहीं। देश में कानून है और मेरे पास पैसे की भी कमी नहीं है।"

अतुल ने कहा, "जरूर कीजिए। आखिर बाजार में कोकेन का अच्छा दाम मिलता है।"

विकृत चेहरा बनाकर वह डॉक्टर बोला, "कोई सबूत है कि मैं कोकेन का धंधा करता हूँ?"

"जरूर है, अनुकूल बाबू! शुगर मिल्क की बोतलों में क्या है?"

डॉक्टर इस प्रकार चौंका, जैसे उसके पैर के नीचे साँप आ गया हो। पर बोला कुछ नहीं। उसकी आँखों से अतुल के लिए क्रोध और चिंगारियाँ निकलती रहीं। यह अनुकूल बाबू की छवि नहीं थी। सज्जनता के जामे से एकाएक एक खूँखार हत्यारा निकल आया था। यह सोचकर कि पिछले कुछ महीने मैंने इस व्यक्ति के साथ काटे हैं, मेरे रोंगटे खड़े हो गए।

अतुल ने पूछा, "डॉक्टर, अब यह बताएँ कि कल रात आपने हमें क्या दवा दी थी? क्या वह मोर्फिया का चूर्ण था? चलिए, आप नहीं बताएँगे। मुझे कोई फर्क नहीं पड़ता। केमिकल जाँच हमें सबकुछ बता देगी। उसने चरूट जलाया और बिस्तर पर सहारा लगाकर बैठ गया और बोला, "इंस्पेक्टर अब कृपया मेरा बयान ले लें। एफ.आई.आर. बनने के बाद डॉक्टर के रूम की तलाशी हुई, जिसमें कोकेन से भरी दो बड़ी बोतल पाई गईं।" डॉक्टर चुप बना रहा। लगभग सुबह होने

वाली थी, जब डॉक्टर तथा उसके माल के साथ पुलिस ने प्रस्थान किया। अतुल बोला, "यह जगह तमाम उपद्रव और उठापटक से भरी पड़ी है, क्यों न तुम मेरे घर चलकर एक कप चाय पी लो।"

हम लोग हैरीसन रोड स्थित तीन मंजिली इमारत के सामने उतरे। घर के बाहर गेट पर पीतल की प्लेट पर लिखा था, 'ब्योमकेश बक्शी सत्यान्वेषी! दि इनक्वीजिटर।' ब्योमकेश जरा तक्कलुफ से बोला, "आपका स्वागत है। कृपया मेरे घर में प्रवेश करके मुझे आदर प्रदान करें।"

मैंने पूछा, "यह सत्यान्वेषी, दि इन्क्वीजिटर? यह मामला क्या है?"

"यह है मेरी पहचान। मैं 'जासूस' शब्द पसंद नहीं करता। जाँच पर्यवेक्षक शब्द तो उससे भी व्यर्थ है। इसीलिए मैं अपने आपको सत्यान्वेषी अर्थात् सच की खोज करनेवाला कहता हूँ। क्या बात है, आपको पसंद नहीं?"

ब्योमकेश इमारत की पूरी दूसरी मंजिल में रहता था। कुल मिलाकर चार से पाँच विशाल कमरे थे, जिन्हें पूरी रुचि के साथ सजाया गया था। मैंने पूछा, "क्या तुम अकेले ही रहते हो?"

"हाँ, केवल मेरा सेवक पुतीराम साथ रहता है।"

मैंने निश्‍श्वास छोड़कर कहा, "बहुत ही अच्छी जगह है। कब से रहते आए हो?"

"लगभग एक वर्ष हो गया। थोड़े समय के लिए नहीं था, जब मैं तुम्हारे मेस में रुका हुआ था।"

इसी बीच पुतीराम ने स्टोव जलाकर चाय बना दी थी। ब्योमकेश ने गरमा-गरम चाय की चुस्की लेकर कहा, "मैं समझता हूँ, कुछ दिन जो मैंने भेस बदलकर तुम्हारे यहाँ बिताए, वास्तव में काफी रोचक रहे। लेकिन अंतिम दिनों में डॉक्टर ने पकड़ लिया था और इसके लिए मैं ही जिम्मेदार था।"

"वो कैसे?"

"खिड़की के बारे में मैंने ही पहली बार बताया था और वही मेरा भेदिया हो गया। अब भी नहीं समझे? अरे भाई! अश्‍विनी बाबू ने इसी खिड़की से⋯"

"ऐसे नहीं। अब कहानी शुरू से बताइए।"

ब्योमकेश ने चाय की दूसरी चुस्की लेकर कहा, "कुछ तो मैंने तुम्हें कल रात

ही बता दिया था। अब शेष कहानी सुनो—''तुम्हारे इलाके में जो आए दिन हत्याएँ हो रही थीं, उसको लेकर पुलिस कुछ महीनों से काफी परेशान थी। पुलिस पर एक ओर सरकार का दबाव बढ़ रहा था, दूसरी ओर प्रेस अपना अभियान चलाए हुए था और जरा भी मौका मिलने पर सरकार का गला पकड़ रहा था। ऐसी स्थिति में मैंने पुलिस कमिश्नर से समय माँगा और उन्हें बताया कि मैं एक प्राइवेट डिटेक्टिव हूँ और मुझे विश्वास है कि इन हत्याओं के पीछे के रहस्य का पता लगा सकता हूँ। काफी चर्चा के बाद कमिश्नर ने आज्ञा प्रदान कर दी कि मैं स्वतंत्र रूप से इन मामलों की छानबीन कर सकता हूँ। शर्त केवल यह थी कि स्वीकृति की जानकारी मेरे और कमिश्नर के बीच ही रहेगी।

''और इस प्रकार मैं तुम्हारे मेस में आया। छानबीन के लिए यह जरूरी था कि मुझे काम करने के लिए ऐसा स्थान मिले, जो वारदात के निकट हो। इसी उद्देश्य से मैंने तुम्हारे मेस का चयन किया। उस समय मुझे यह पता नहीं था कि विपरीत पार्टी का कर्मस्थल भी वही मेस है।

''शुरू से डॉक्टर स्वभाव से अत्यंत सज्जन पुरुष लगा। मुझे इस बात का भी भान हुआ कि होम्योपैथी जैसा पेशा गैर-कानूनी कोकेन स्मगलिंग को रोकने के लिए एक बहुत ही कारगर उपाय है। किंतु मैं तब तक इस निर्णय पर नहीं पहुँच पाया था कि इस धंधे का रिंग लीडर कौन हो सकता है?

''मुझे पहली बार डॉक्टर पर संदेह अश्विनी बाबू की मृत्यु से एक दिन पूर्व हुआ। शायद तुम्हें याद हो, उस दिन हमारे मेस के सामने एक गरीब अबंगाली की लाश मिली थी। जब डॉक्टर ने सुना, जो व्यक्ति मरा था, उसकी धोती के फैंटे से एक हजार के नोट मिले हैं तो उसके मुँह पर क्षणभर के लिए नोटों के हाथ से निकलने के लालच का भाव झलका था। उसके बाद से मेरे सारे संदेह उस पर ही केंद्रित हो गए।

''फिर उस दिन की घटना जब अश्विनी बाबू छुपकर हमारी बातें सुन रहे थे। दरअसल वे हमारी बातें सुनने नहीं आए थे, बल्कि डॉक्टर से बात करने आए थे। जब उन्होंने देखा कि हम लोग बैठे हैं तो कुछ बहाना बनाकर ऊपर अपने कमरे में चले गए।

''अश्विनी बाबू के व्यवहार से मैं भी कुछ समझ नहीं पा रहा था और कुछ समय तक मैं भी इस उधेड़-बुन में रहा कि कहीं वे ही तो अपराधी नहीं हैं?

जब मैंने उनकी अनुकूल बाबू से हुई बातों को फर्श पर लेटकर सुना, तब भी मेरे मस्तिष्क में कुछ स्पष्ट नहीं हो पा रहा था, लेकिन इतना मुझे आभास हो गया था कि अश्विनी बाबू ने कोई भयंकर घटना देखी है, लेकिन जब उस रात उनकी हत्या हुई तो मेरे मस्तिष्क में सबकुछ स्पष्ट हो गया।

"क्या अब भी तुम समझ नहीं पाए? डॉक्टर नितांत गोपनीय तरीके से गैर-कानूनी नशीली दवाओं का धंधा करता था और अपने इस रिंगलीडर के काम को रहस्य की अभेद्य चादर से छिपाए रखता था। जो कोई भी उसके भेद को जान जाता था, उसे फौरन रास्ते से हटा दिया करता था। यही कारण था, जिसकी वजह से उस पर अभी तक कोई आँच नहीं आ पाई थी।

"जो व्यक्ति सड़क पर मरा पाया गया था, वह अनुकूल बाबू का ही दलाल था या फिर माल सप्लाई करनेवाला सरगना था। यह मेरी धारणा है, हो सकता है, मैं गलत भी हूँ। उस रात जब वह व्यक्ति डॉक्टर के पास आया था, तब दोनों में तकरार हो गई थी। हो सकता है, उस आदमी ने अनुकूल बाबू को ब्लैकमेल करने की कोशिश की हो या उन्हें पुलिस में जाने की धमकी दी हो और जब वह जाने लगा हो तो अनुकूल बाबू ने उसका पीछा किया और मौका मिलते ही उसे समाप्त कर दिया।

"अश्विनी बाबू ने यह घटना अपनी खिड़की से देखी थी और कुछ मतिभ्रष्ट हो जाने की स्थिति में इस घटना की जानकारी डॉक्टर को देने गए थे। मैं कह नहीं सकता, उनकी मंशा क्या थी? वे अनुकूल बाबू के अहसानों से दबे हुए थे और शायद इसीलिए अनुकूल बाबू को इस घटना से सचेत करना चाहते थे। लेकिन उसका परिणाम ठीक इसके विपरीत हुआ। डॉक्टर की नजर में अश्विनी बाबू ने जिंदा रहने का अधिकार खो दिया था। उसी रात जब वे बाथरूम जाने के लिए उठे थे, उनकी नृशंस हत्या कर दी गई।

"मैं कह नहीं सकता कि शुरू-शुरू में डॉक्टर का मुझ पर कोई संदेह था, लेकिन जब मैंने पुलिस को यह बताया कि वह खिड़की ही हत्या का कारण है, तब डॉक्टर समझ गया कि मैं भी कुछ करने जा रहा हूँ और इस प्रकार मैंने भी अपने जीवन समाप्त करने का अधिकार अर्जित कर लिया था। लेकिन मैं उसके लिए अभी तैयार नहीं था। इसलिए मेरे दिन पैनी नजर और सजग पहरेदारी में कटने लगे।

"और तब पुलिस ने एक भूल कर दी। मुझे गिरफ्तार कर लिया गया। जो

भी हो, कमिश्नर ने स्वयं आकर मुझे छुड़ा दिया। मैं मेस में लौट आया और तभी अनुकूल बाबू को विश्वास हो गया कि मैं इंवेस्टिगेटर हूँ, लेकिन उन्होंने अपने विचारों को छुपा लिया और विशाल हृदय दिखाते हुए मुझे उस रात रहने की अनुमति दे दी। इस दरियादिली का एक ही उद्देश्य था कि उसी रात किसी भी समय मुझे मौत के घाट उतार दिया जाए। मैं जितना डॉक्टर के बारे में जानता था, उतना शायद कोई नहीं जान पाया था। तब तक डॉक्टर के खिलाफ कोई सबूत नहीं था। उस समय उसके कमरे की यदि तलाशी हो जाती तो कुछ कोकेन की बोतलों के सिवाय कुछ नहीं मिलता, जिसके बिना पर उसे जेल हो जाती, पर अदालत में कानून की निगाह में यह नहीं साबित किया जा सकता था कि वह एक जघन्य हत्यारा है। इसलिए मुझे उसे ट्रेप करना जरूरी था। दरवाजे के ताले में एक नाखून फँसाकर मैंने ही उसे जाम किया था। जब डॉक्टर ने सुना तो मन-ही-मन प्रसन्न हो गया कि हमारा दरवाजा रात में खुला ही रहेगा। और अंत में जब हमने उससे दवा माँगी तो उसे अपने भाग्य पर यकीन ही नहीं हुआ। उसने मोर्फिया की डोज दी और समझ लिया कि हम उसे खाकर उसके आने तक बेहोश हो जाएँगे और वह बड़ी आसानी से हमें हमेशा के लिए नींद के आगोश में सुला देगा और इस प्रकार वह खुद मेरे जाल में फँस गया और क्या?''

मैंने कहा, ''अब मुझे जाना चाहिए, तुम तो फिलहाल उस ओर जाना नहीं चाहोगे?''

''नहीं, पर क्या तुम मेस जा रहे हो?''

''हाँ''

''क्यों?''

''क्या मतलब है क्यों का? अरे भाई! क्या मुझे वापस नहीं जाना है?''

''मैं सोच रहा था कि तुम्हें भी अंततः मेस तो छोड़ना ही पड़ेगा। तो क्यों न यहाँ आकर मेरे साथ ही रहो। यह भी तो अच्छी ही जगह है।''

कुछ क्षण की शांति के बाद मैं आहिस्ता से बोला, ''क्या मेरा अहसान उतारना चाहते हो?''

ब्योमकेश ने अपनी बाँहें मेरे कंधे पर रख दीं और कहने लगा, ''अरे नहीं भाई! ऐसा कुछ नहीं है। मैं सोचने लगा हूँ कि तुम नहीं रहोगे तो तुम्हारी कमी

महसूस होगी। मैं कुछ सप्ताह में तुम्हारे साथ रहने का आदी हो गया हूँ।"

"क्या वाकई ऐसी बात है?"

"इससे ज्यादा नहीं।"

"ऐसी बात है तो यहीं रहूँ, मैं अपना सामान लेकर आता हूँ।"

मुसकराकर ब्योमकेश ने कहा, "मेरा सामान भी लाना न भूलना!"

❑

ग्रामोफोन पिन का रहस्य

ब्योमकेश ने सुबह का अखबार अच्छे से तह करके एक ओर रख दिया। उसके बाद अपनी कुरसी पर पीछे सिर टिकाकर खिड़की के बाहर देखने लगा।

बाहर सूरज चमक रहा था। फरवरी की सुबह थी। न कोहरा, न बादल, आसमान दूर-दूर तक नीला था। हम लोग घर की दूसरी मंजिल में रहते थे। ड्राइंग-रूम की खिड़की से शहर की आपा-धापी और ऊपर खुला आसमान साफ दिखाई देता था। नीचे तरह-तरह के ट्रैफिक की आवाजों से पता चलता था कि शहर रोजाना के शोर-शराबे के लिए जाग रहा है। नीचे हैरीसन रोड का शोरगुल बढ़कर आकाश तक कुलाँचे मारने लग गया था, क्योंकि पक्षियों की चहचहाट आसमान में उड़ने लगी थी। ऊपर दूर तक कबूतरों की कतारें उड़ती दिखाई दीं, लगा, जैसे वे सूरज के इर्द-गिर्द घेरा बनाना चाह रहे हों। सुबह के आठ बजे थे। हम दोनों नाश्ता करके आराम से अखबार के पन्ने उलट रहे थे, इस आस में कि कोई दिलचस्प समाचार दिखाई दे जाए।

ब्योमकेश ने खिड़की से हटने के बाद कहा, ''तुमने वह अजीब विज्ञापन देखा, जो कुछ दिनों से बराबर छप रहा है?''

मैंने उत्तर दिया, ''नहीं, मैं विज्ञापन नहीं पढ़ता।''

आश्चर्य से देखते हुए ब्योमकेश बोला, ''तुम विज्ञापन नहीं पढ़ते? तो क्या पढ़ते हो?''

''जो हरेक व्यक्ति पढ़ता है, समाचार!''

''दूसरे शब्दों में वो कहानियाँ जैसे मंचूरिया में कोई व्यक्ति है, जिसकी

उँगली से खून बहता है या फिर ब्राजील में एक महिला के तीन बच्चे हुए—यही सब पढ़ते हो! क्या फायदा यह पढ़कर? क्यों पढ़ा जाए यह सब? यदि तुम आज के संदर्भ में असली खबर चाहते हो तो विज्ञापन पढ़ो।''

ब्योमकेश विचित्र व्यक्ति था। यह जल्दी ही पता लग जाएगा। ऊपर से उसे देखकर, उसके चेहरे या बातचीत से कोई यह कह नहीं सकेगा कि उसमें अनेक विशेष गुणों का समावेश है, लेकिन यदि उसे ताना मारो या उसे तर्क में उद्वेलित कर दो तो उसका यह वास्तविक रूप सामने आ जाता है। लेकिन आमतौर पर वह एक गंभीर और कम बोलनेवाला व्यक्ति है। लेकिन जब कभी उसकी खिल्ली उड़ाकर उसका मजाक बनाया जाता है तो उसकी जन्मजात प्रखर बुद्धि सभी संभावनाओं और अवरोधों को तोड़कर उसकी जुबान पर खेलने लग जाती है, तब उसका वार्त्तालाप सुनने लायक हो जाता है।

मैं यही लोभ सँवरण नहीं कर पाया और सोचा कि क्यों न उसे एक बार उद्वेलित करके देखा जाए? मैंने कहा, ''तो यह बात है? इसका मतलब यह हुआ कि अखबारवाले सब बदमाश लोग हैं, जो अखबार के पन्नों को विज्ञापनों से भरने की जगह फिजूल की खबरें छापकर जगह भर देते हैं?''

ब्योमकेश की आँखों में एक चमक दिखाई देने लगी। वह बोला, ''कसूर उनका नहीं है, क्योंकि वे जानते हैं कि यदि वे तुम्हारे जैसे व्यक्तियों के मनोरंजन के लिए ये फिजूल की कहानियाँ न छापें तो उनका अखबार नहीं बिकेगा। लेकिन वास्तव में चटपटी खबर व्यक्तिगत कॉलमों में मिलती है। यदि तुम सभी प्रकार की महत्त्वपूर्ण खबरें चाहते हो, जैसे कि तुम्हारे इर्द-गिर्द क्या हो रहा है; दिनदहाड़े कौन किसे लूटने की साजिश कर रहा है; स्मगलिंग जैसे गैर-कानूनी काम को बढ़ाने के लिए क्या नए हथकंडे अपनाए जा रहे हैं, तो तुम्हें व्यक्तिगत कॉलम के विज्ञापन पढ़ने चाहिए। 'रायटर्स' ये सब खबरें नहीं भेजता।'' मैंने हँसकर जवाब दिया, ''अगर ऐसा है तो आज ही से केवल विज्ञापन ही पढ़ा करूँगा। पर तुमने यह नहीं बताया आज तुम्हें कौन सा विज्ञापन विचित्र लगा?''

ब्योमकेश ने अखबार मेरी तरफ फेंकते हुए कहा, ''पढ़ लो, मैंने निशान लगा दिया है।''

मैंने पन्नों को पलटकर देखा। एक पेज पर लाल पेंसिल से तीन लाइन की लाइनों पर निशान लगा था। यदि लाल निशान न होता तो शायद साधारण दृष्टि में

वह दिखाई भी न देता। विज्ञापन इस प्रकार था—

शरीर में काँटा

यदि शरीर से काँटा निकलवाना चाहते हैं तो कृपया शनिवार साढ़े पाँच बजे 'वाइट वे लेडलॉ' के दक्षिण-पश्चिमी कोने पर लगे बिजली के खंभे से कंधों को टिकाए खड़े रहें।

मैंने उस विज्ञापन को कई बार पढ़ा और जब मुझे उसका कोई सिर-पैर नहीं मिला तो मैंने पूछा, "वह आखिर कहना क्या चाहता है? उस चौराहे के लैंपपोस्ट से कंधा टिकाने पर क्या जादू से शरीर से काँटा निकल जाएगा? उस विज्ञापन का अर्थ क्या है? और क्या है यह शरीर का काँटा?"

ब्योमकेश ने उत्तर दिया, "मैं भी तो अभी यह समझ नहीं पाया हूँ। अगर तुम पिछले अखबारों पर नजर डालोगे तो पाओगे कि यह विज्ञापन प्रत्येक शुक्रवार बिना किसी नाम के छप रहा है।"

"लेकिन इस खबर में संदेश क्या है? आमतौर पर किसी विज्ञापन को छपवाने का कोई उद्देश्य होता है। इस विज्ञापन से तो कुछ पता नहीं चलता।"

ब्योमकेश बोला, "पहली नजर में तो यही लगता है कि इसमें कोई संदेश नहीं है, पर कुछ भी नहीं है, यह कैसे मान लिया जाए? आखिर कोई व्यक्ति अपनी मेहनत की कमाई फिजूल के विज्ञापन पर क्यों खर्च करेगा? यदि ध्यान से पढ़ा जाए तो पहला संदेश बिल्कुल स्पष्ट है।"

"और वो क्या है?"

"विज्ञापनकर्ता बताना नहीं चाहता कि वह कौन है? विज्ञापन में कहीं कोई नाम नहीं है। अकसर विज्ञापन ऐसे छपते हैं, जिनके विज्ञापनकर्ता का नाम-पता नहीं होता, पर यह सब जानकारी अखबार के दफ्तर में रहती है। अखबार अपनी ओर से एक बॉक्स नं. छापता है। इसमें यह भी नहीं है। तुम जानते होंगे कि जब कोई विज्ञापन छपवाता है तो उसका उद्देश्य यह होता है कि वह खुद मौजूद रहकर लेन-देन पर कोई सौदेबाजी करे। यह भी वही करना चाहता है, पर सौदेबाजी के लिए सामने नहीं आना चाहता।"

"मैं ठीक-ठीक समझ नहीं पाया?"

"ठीक है, मैं समझाता हूँ। ध्यान से सुनो। विज्ञापन देनेवाला व्यक्ति इस

विज्ञापन के माध्यम से लोगों से यह कहना चाहता है कि 'हे भाई, सुनो! यदि तुम में से कोई अपने शरीर का काँटा निकाल देना चाहता हो तो अमुक जगह इतने बजे मिलो। और इस मुद्रा में खड़े रहो, ताकि मैं तुम्हें पहचान सकूँ।' अभी हम इसकी चर्चा न करें कि आखिरकार यह शरीर में काँटा है क्या चीज? इस समय हम इतना ही सोच लें कि हम यदि उस काँटे को निकाल फेंकना चाहते हैं तो हमें क्या करना होगा? उस जगह उतने बजे वहाँ जाएँ और लैंपपोस्ट से कंधा टिकाकर खड़े हो जाएँ। मान लो, तुम उसी समय पर जाकर इंतजार करते हो, तो क्या होगा?''

''क्या होगा?''

मुझे यह बताने की जरूरत नहीं है कि शनिवार की शाम को उस स्थान पर कितनी भीड़ हो जाती है। 'वाइटवे लैडलो' एक तरफ है, उसके दूसरी तरफ न्यू मार्केट है और चारों तरफ अनेक सिनेमा हॉल हैं। तुम वहाँ निर्धारित समय से लेकर आधा घंटे तक उक्त लैंपपोस्ट से टिककर खड़े रहते हो तो खंभे के आगे-पीछे चलने वाली भीड़ के धक्के तुम्हें खाने पड़ेंगे। लेकिन इतने इंतजार के बाद भी जिस काम के लिए तुम वहाँ खड़े हो, उसका कोई अता-पता तक नहीं और जादू से तो शरीर का काँटा निकल नहीं सकता! अंत में, तुम निराश होकर सोचने लगते हो कि किसी ने तुम्हें क्या मूर्ख बनाया है? तब एकाएक तुम्हें अपनी पॉकेट में एक रुक्का मिलता है, जो भीड़ में से किसी ने बड़ी सफाई से तुम्हारी पॉकेट में डाल दिया है।''

''और फिर?''

''फिर क्या? बीमार और दवा देनेवाला आपस में मिलते नहीं, फिर भी इलाज का नुस्खा मिल जाता है। तुम्हारे और विज्ञापनदाता के बीच संपर्क कायम हो जाता है, लेकिन तुम्हें नहीं पता लगता कि वह कौन है? और देखने में कैसा लगता है?''

मैं कुछ देर उसकी बातों पर ध्यान देता रहा और बोला, ''मान लो, मैं तुम्हारे वर्णन को सही मान भी लूँ, तो भी क्या साबित होता है इससे?''

''सिर्फ यह कि 'शरीर में काँटें' का सरगना हर कीमत पर अपनी पहचान को छुपाए रखना चाहता है और जो व्यक्ति अपनी पहचान उजागर करने में हिचकिचाता हो तो जाहिर है कि वह कोई सीधा-सादा व्यक्ति हर्गिज नहीं है।''

मैंने अपना सिर हिलाकर कहा, "यह तुम्हारा केवल अनुमान है। इसका कोई सबूत नहीं कि जो तुम कह रहे हो, वह सही हो।"

ब्योमकेश उठ खड़ा हुआ और फर्श पर चहलकदमी करते हुए बोला, "सुनो! सही अनुमान सबसे बड़ा सबूत होता है। जिसे तुम जाँच पर आधारित सबूत कहते हो, उसे तुम यदि बारीकी से अध्ययन करो तो पाओगे कि वह अनुमानों के एक क्रम के अलावा कुछ नहीं है। परिस्थिति पर आधारित प्रमाण बौद्धिक अनुमान नहीं है तो क्या है? फिर भी इसके आधार पर कितने ही लोगों को आजन्म कैद की सजा हुई है।"

मैं चुप रहा, किंतु हृदय से उसके तर्कों को स्वीकार नहीं कर पाया। एक अनुमान को प्रमाण मान लेना आसान नहीं लगा, लेकिन फिर ब्योमकेश के तर्कों को यों ही झुठला देना भी मुश्किल था। इसलिए मैंने निर्णय किया कि इस समय यही बेहतर होगा कि प्रतिक्रिया के रूप में मैं फिलहाल कुछ न कहूँ। मैं जानता था कि मेरी चुप्पी ब्योमकेश को उद्वेलित करेगी और जल्दी ही वह कोई तर्क प्रस्तुत करेगा, जिनको मैं किसी तरह भी अस्वीकार नहीं कर पाऊँगा।

इसी बीच एक गौरैया उड़कर हमारी खिड़की के दरवाजे पर बैठ गई। उसकी चोंच में एक छोटी सी टहनी थी। उसने अपनी छोटी चमकती आँखों से देखा। ब्योमकेश चलते-चलते एकाएक रुक गया और गौरैया की ओर इशारा करके उसने पूछा, "क्या तुम बता सकते हो कि यह चिड़िया क्या कहना चाह रही है?"

चौंककर मैं बोला, "क्या करना चाह रही है माने? मैं समझता हूँ कि वह अपना घोंसला बनाने के लिए जगह ढूँढ़ रही है, और क्या?"

"क्या यह निश्चयपूर्वक कह सकते हो, बिना किसी संदेह के?"

"हाँ, बिना किसी संदेह के।" ब्योमकेश दोनों बाजुओं को आपस में बाँधकर खड़ा हो गया और हल्की मुसकान से बोला, "तुमने ऐसा कैसे सोच लिया? क्या प्रमाण है?"

"प्रमाण…वह तो है, उसके मुँह में पेड़ की टहनी…"

"उसके मुँह में टहनी क्या निश्चित रूप से यह बताती है कि वह घोंसला ही बनाना चाहती है?"

मैं समझ गया कि मैं ब्योमकेश के तर्कों के जाल में फँस गया हूँ। मैंने कहा, "नहीं…लेकिन…"

"अनुमान? अब तुम लाइन पर आए। तो क्यों इतनी देर से मानने से इनकार करते रहे?"

"नहीं, इनकार नहीं। लेकिन तुम्हारा कहना है कि जो अनुमान गौरैया के बारे में लगाया गया, वह मनुष्य पर लागू होता है?"

"क्यों नहीं?"

"यदि तुम मुँह में टहनी दबाकर किसी की दीवार पर चढ़कर बैठ जाओ तो यह साबित हो जाएगा कि तुम घोंसला बनाना चाहते हो?"

"नहीं, इससे तो यह साबित होगा कि मैं बहुत ही ऊँचे दर्जे का उल्लू हूँ।"

"क्या इसके लिए भी कोई सबूत चाहिए?"

ब्योमकेश हँसने लगा। उसने कहा, "तुम मुझे किसी भी तरह नाराज नहीं कर सकते। तुम्हें यह मानना ही पड़ेगा कि भले ही जाँच पर आधारित प्रमाण में भूल हो जाए, पर तर्क पर आधारित अनुमान गलत नहीं हो सकता।"

मैं भी अपनी जिद पर अड़ गया और बोला, "मैं इस विज्ञापन को लेकर तुम्हारे तरह-तरह के अनुमानों और अटकलों पर यकीन करने के लिए तैयार नहीं हूँ।"

ब्योमकेश ने कहा, "इससे तो यही साबित होता है कि तुम्हारा दिमाग कितना कमजोर है? जानते हो, आस्था को भी मजबूत इच्छाशक्ति की जरूरत पड़ती है। खैर, तुम्हारे जैसे लोगों के लिए जाँच पर आधारित प्रमाणपत्र ही सर्वाधिक उपयोगी मार्ग है। कल है शनिवार! शाम को हमारे पास कोई काम नहीं है। मैं कल दिखा दूँगा कि मेरा अनुमान सही है।"

"क्या करोगे?"

इतने में सीढ़ियों से किसी के चढ़ने की पदचाप सुनाई दी। ब्योमकेश ने कानों पर जोर दिया और बोला, "आगंतुक...अजनबी...मध्य वय का...भारी-भरकम...या फिर गोल-मटोल...हाथ में बेंत...कौन हो सकता है? जरूर हम ही से मिलना चाहता है, क्योंकि इस मंजिल में हमारे अलावा और कौन है?" वह अपने आप पर ही हँस दिया।

दरवाजे पर दस्तक सुनाई दी। ब्योमकेश जोर से बोला, "भीतर आ जाइए। दरवाजा खुला है।"

एक मध्य वय के भारी-भरकम व्यक्ति ने दरवाजा खोलकर प्रवेश किया।

उसके हाथ में 'मलाका' बाँस से बनी बेंत थी, जिसकी मूठ पर चाँदी चढ़ी हुई थी। वह बटनोंवाला 'अप्लाका' ऊन का काला कोट पहने हुए था। नीचे बढ़िया प्लेटोंवाली फाइन धोती झलक रही थी। वह गोरा-चिट्टा क्लीन शेव था। आगे के बाल उड़ गए थे, पर देखने में वह प्रियदर्शी था। तीन मंजिल सीढ़ियाँ चढ़ने से अंदर आते ही बोलने में उसे असुविधा हो रही थी। उसने अपनी जेब से रूमाल निकालकर चेहरा पोंछा।

ब्योमकेश मेरी ओर इशारा करके आहिस्ता से बड़बड़ाया, "अनुमान··· अनुमान।"

मुझे ब्योमकेश का ताना चुपचाप सहना पड़ रहा था, क्योंकि उसका अजनबी के बारे में अनुमान सही निकला था।

आगंतुक सज्जन तब तक सहज हो चुके थे। उन्होंने प्रश्न किया, 'आप दोनों में से जासूस ब्योमकेश बाबू कौन है?'

ब्योमकेश ने पंखा चलाकर कुरसी की ओर इशारा करते हुए कहा, 'तशरीफ रखिए, मैं ही ब्योमकेश बक्शी हूँ, लेकिन मुझे जासूस शब्द से चिढ़ है। मैं एक सत्यान्वेषी हूँ; सच को खोजनेवाला! मैं देख रहा हूँ, आप काफी परेशान हैं। कुछ देर आराम कर लें, फिर आपसे ग्रामोफोन-पिन का रहस्य सुनूँगा।"

वे सज्जन बैठ गए और बड़ी देर किंकर्तव्यविमूढ़ होकर ब्योमकेश की तरफ ताकते ही रह गए। आश्चर्य में तो मैं भी था, क्योंकि मेरे भेजे में यह घुस नहीं पा रहा था कि ब्योमकेश ने एक ही नजर में उन मध्य वय के संभ्रांत सज्जन को उस कुख्यात ग्रामोफोन-पिन की कहानी से कैसे जोड़ दिया? मैंने ब्योमकेश के कई अजूबे देखे हैं, पर यह तो कोई जादुई कारनामे से कम नहीं था।

बहुत प्रयास करने के बाद उन सज्जन ने अपने विचारों पर नियंत्रण किया और पूछ ही लिया, "आप! यह कैसे जान गए?"

ब्योमकेश ने हँसकर उत्तर दिया—"केवल अनुमान! पहला यह कि आप मध्य वय के हैं; दूसरा आप संपन्न व्यक्ति हैं; तीसरा आपको यह समस्या हाल ही में होने लगी और अंततः आप मेरे पास सहायता के लिए आए हैं, इसलिए···" ब्योमकेश ने वाक्य वहीं छोड़ दिया और अपने हाथों को हवा में इस प्रकार उड़ाया, जैसे कह रहा हो कि इतना सब होने के बाद उनके आने का कारण तो एक बच्चा भी जान जाएगा।

यहाँ यह बताना जरूरी है कि इधर कुछ सप्ताहों से शहर में कुछ अजीब घटनाएँ घट रही थीं। अखबारों ने उन घटनाओं को 'ग्रामाफोन-पिन का रहस्य' के शीर्षक से छापना शुरू कर दिया था और उन घटनाओं की विस्तृत जानकारी पहले पेज की हेडलाइन के रूप में छाप रहे थे। इन समाचारों ने कलकत्ता की जनता को उत्सुकता, व्याकुलता और आतंक के मिले-जुले प्रभाव से त्रस्त कर दिया था। अखबारों में भयमिश्रित आतंक पैदा करनेवाले वृत्तांत पढ़ने से पान और चाय के अड्डों पर तरह-तरह की आशंकाओं और अफवाहों का बाजार गरम था। भय और आतंक से शायद ही कोई कलकत्तावासी रात के अँधेरे में घर से बाहर निकलता हो।

घटना की शुरुआत इस प्रकार हुई : करीब डेढ़ महीने पहले सुकिया स्ट्रीट निवासी जयहरि सान्याल सुबह के समय कार्नवालिस रोड पर चल रहे थे। सड़क पार करने के लिए जैसे ही उन्होंने कदम बढ़ाया, वे एकाएक औंधे मुँह सड़क पर गिर गए। उस समय सड़क पर काफी भीड़ थी। उन्हें सड़क से उठाकर एक ओर लाया गया तो पता चला कि उनकी मृत्यु हो चुकी है। उनकी एकाएक मृत्यु की जब खोजबीन की गई तो देखा गया कि उनके सीने पर खून की बूँद है, पर आस-पास किसी घाव का कोई निशान नहीं पाया गया। पुलिस ने अपनी रिपोर्ट में अप्राकृतिक मृत्यु घोषित करके लाश को अस्पताल भेज दिया। पोस्टमार्टम में एक विचित्र तथ्य सामने आया, जिससे पता चला कि मौत ग्रामाफोन के छोटे से पिन (सुई) से हुई है, क्योंकि वह हृदय में पाई गई, जो गढ़कर अंदर पहुँची थी। यह पिन कैसे हृदय के अंदर पहुँची? इस प्रश्न के उत्तर में हथियार विशेषज्ञों ने अपने निर्णय में बताया कि इसे छोटी रिवॉल्वर या उसी प्रकार के यंत्र से सीने के ठीक सामने, बिल्कुल पास से मारा गया है, जिससे पिन मृत व्यक्ति की खाल और मांस से होकर सीधा हृदय में पहुँची और उसकी तत्काल मृत्यु हो गई।

अखबारों में इस वृत्तांत को पढ़कर काफी शोरगुल हुआ था। इसके बाद मृत व्यक्ति की संक्षिप्त जीवनी भी प्रकाशित हुई और पत्रों में ऐसी अटकलें भी छापी गईं कि यह वास्तव में हत्या ही है या कुछ और? अगर हत्या है तो इसको कैसे अंजाम दिया गया? लेकिन एक बात, जो कोई नहीं बता पाया कि इस हत्या के पीछे उद्देश्य क्या था और हत्यारे को इससे क्या लाभ हुआ? अखबारों में यह भी छपा कि पुलिस ने अपनी जाँच शुरू कर दी है। चाय के अड्डों से अब वह उड़ने

लगा कि यह झाँसापट्टी के सिवाय कुछ नहीं है। उस व्यक्ति को दिल का दौरा पड़ा था और अखबारों के पास कोई सनसनीखेज समाचार नहीं था तो उन्होंने यह कहानी गढ़कर तिल को ताड़ बना दिया है। लेकिन आठ दिनों के बाद अखबारों ने अपने मुखपृष्ठों पर डेढ़ इंच के बड़े-बड़े टाइप में जो समाचार छापा, उसको पढ़कर कलकत्ता का संभ्रांत तबका भी चौंककर सोचने पर मजबूर हो गया। चाय के अड्डों के धुरंधर भी सन्नाटे में आ गए। अफवाहों, आशंकाओं और अटकलों का बाजार बरसात के कुकुरमुत्तों की भाँति तेजी से बढ़ने लगा। दैनिक 'कालकेतु' ने लिखा—

'ग्रामाफोन-पिन ने फिर से तांडव शुरू किया।'

'अजीब और रहस्यमय घटनाओं से लोग भयभीत।'

'कलकत्ता की सड़कें पूर्णतः असुरक्षित'। 'कालकेतु' के पाठकों को याद होगा कि कुछ दिन पहले श्री जयहरि सन्याल की सड़क पार करते समय एकाएक मृत्यु हो गई थी। जाँच से पता चला कि एक ग्रामाफोन-पिन उनके हृदय में घुसा मिला और डॉक्टर ने उस पिन को ही मृत्यु का कारण घोषित किया था। उस समय हमने संदेह उजागर किया था कि वह कोई साधारण दुर्घटना नहीं है और उसके पीछे कोई छुपा भयानक षड्यंत्र है। हमारा वह संदेह अब पक्का हो गया है। कल ठीक वैसी ही अजीब दुर्घटना घटी है। प्रख्यात व्यवसायी कैलाश चंद्र मौलिक कल शाम लगभग पाँच बजे मैदान के निकट गाड़ी से जा रहे थे। रेड रोड पर उन्होंने अपनी कार रुकवाई और पैदल चलने के लिए गाड़ी से बाहर आए। एकाएक उनके मुँह से एक चीख निकली और वे जमीन पर गिर पड़े। उनके ड्राइवर और अन्य लोग उन्हें उठाकर कार तक लाए, लेकिन तब तक उनका प्राणांत हो गया। यह देखकर वहाँ एकत्र सभी लोग घबरा गए, लेकिन भाग्यवश जल्दी ही पुलिस आ गई। कैलाश बाबू रेशमी कुरता पहने हुए थे और पुलिस को उनके सीने पर खून की बूँद दिखी। इस भय से कहीं यह अस्वाभाविक मृत्यु न हो, पुलिस ने तुरंत लाश को अस्पताल भेजा। डॉक्टर की रिपोर्ट में कहा गया कि मृतक के हृदय में ग्रामाफोन पिन घुसा पाया गया और बताया गया कि वह पिन नजदीक से उनके सीने में सामने से 'शूट' किया गया था। यह स्पष्ट है कि यह कोई अप्रत्याशित अपराध नहीं है और यह कि जघन्य हत्यारों का गिरोह शहर में आ गया है। यह कहना मुश्किल है कि ये कौन लोग हैं? और कलकत्ता के इन

जाने-माने नागरिकों को मारने में उनका प्रयोजन क्या हो सकता है? लेकिन जो वास्तव में अनोखा है, वह है उनकी हत्या का तरीका। इसके अलावा, हथियार और उसका इस्तेमाल भी रहस्य के परदे में छिपा हुआ है।

कैलाश बाबू अत्यंत उदार और मिलनसार सज्जन पुरुष थे। यह कल्पना भी नहीं की जा सकती कि उन जैसे व्यक्ति का कोई अहित चाहता हो। मृत्यु के समय उनकी आयु केवल अड़तालीस वर्ष थी। कैलाश बाबू विधुर थे। उनके बाद उनकी संपत्ति की स्वामी उनकी बेटी होगी। हम कैलाश बाबू की बेटी और दामाद के लिए गहन सहानुभूति प्रकट करते हैं, जो उनकी मृत्यु से शोकाकुल हैं।

पुलिस अपनी जाँच-पड़ताल कर रही है। फिलहाल कैलाश बाबू के ड्राइवर को संदेह के चलते हिरासत में ले लिया गया है।

इसके बाद लगभग दो सप्ताह तक अखबारों में काफी उत्तेजना फैली रही। पुलिस जोर-शोर से अपराधी की तलाश में व्यस्त रही, लेकिन हाथ-पल्ले कुछ पड़ता न देख करके भी हैरान और परेशान पुलिस खोजबीन में लगी रही; लेकिन अपराधी का कोई सुराग पाना तो दूर, वह ग्रामाफोन-पिन के गहन रहस्य के बारे में भी कोई प्रकाश नहीं डाल पाई।

और फिर करीब पंद्रह दिन बाद ग्रामाफोन-पिन ने अपनी करामात दिखाई। इस बार का शिकार कृष्ण दयाल लाह्व नामक एक सूदखोर धनवान था। वह धर्मतल्ला और वेलिंगटन स्ट्रीट के चौराहे पर सड़क पार करते समय सड़क पर ही गिर गया और फिर कभी नहीं उठा। इस बार फिर मीडिया में ऐसा घमासान छिड़ा, जिसने खबरों के परखच्चे उड़ा दिए। संपादकीय लेखों में पुलिस की कार्यक्षमता और व्यर्थता पर तीखे प्रहार और तेज हो गए। कलकत्ता महानगर में आतंक छा गया। नागरिकों में भय और दहशत घर करने लगे। अड्डों में, चाय-दुकानों, होटलों और ड्राइंगरूमों में इस विषय को छोड़कर कोई और विषय ही नहीं रहा।

कुछ ही दिन के अंतराल में ऐसी ही दो मौतें और हो गईं। सारा शहर दहशत से सकते में आ गया। एक नागरिक यह समझ नहीं पा रहा था कि वह हत्यारे से अपने को कैसे सुरक्षित रखे?

कहना न होगा कि ब्योमकेश भी गहन रूप से इस रहस्य पर अपना ध्यान

केंद्रित किए हुए था। गलत कार्य करनेवालों को पकड़ना उसका व्यवसाय था और इस क्षेत्र में उसने पर्याप्त नाम भी अर्जित किया था। वह चाहे जितना 'जासूस' शब्द से घृणा करता हो, पर वह अच्छी तरह से जानता था कि सभी तत्त्वों और उसके कार्यक्षेत्र को देखते हुए वह एक प्राइवेट डिटेक्टिव ही है। इसलिए भी इस जघन्य हत्याकांड ने उसके मस्तिष्क की समस्त क्षमताओं को हिला दिया था। हम दोनों सभी अपराध के घटनास्थलों पर जाते और प्रत्येक घटनास्थल को सभी कोणों से जाँचते। मैं कह नहीं सकता कि ब्योमकेश को इस जाँच-पड़ताल से कोई नया सुराग मिला या नहीं, और यदि मिला भी हो तो उसने मुझसे इस बारे में कोई चर्चा नहीं की। लेकिन इतना जरूर था कि वह अपनी नोटबुक में बड़ी मुस्तैदी से छोटी-छोटी जानकारी को दर्ज करता जा रहा था। संभवत: अपने मन के भीतर से उसे विश्वास था कि किसी दिन रहस्य की कोई टूटी डोर उसके हाथ लग ही जाएगी।

इसलिए आज जब वह टूटी डोर उसके हाथ के करीब आ गई तो मुझे अहसास हो गया कि शांत चेहरे के बावजूद भीतर से वह कितना उद्वेलित और अशांत है। वे सज्जन कहने लगे, ''मैं आया था, क्योंकि मैंने आपके बारे में सुना था और अब देख रहा हूँ कि वह सब गलत नहीं है। आश्चर्यजनक दक्षता, जो आपने अभी दिखाई है, उसे देखकर मुझे लगता है कि आप ही ही हैं, जो मुझे बचा सकते हैं। पुलिस कुछ भी नहीं कर पाएगी। इसलिए मैं उसके पास गया ही नहीं। जरा देखिए तो, कम-से-कम पाँच हत्याएँ दिनदहाड़े उसकी नाक के नीचे हो गईं, क्या वे कुछ कर पाए? और आज तो मैं भी जाने कैसे बच गया।'' उनकी आवाज लड़खड़ाकर मध्यम हो गई और उनकी कनपटी पर पसीने की बूँदें चमक आईं।

ब्योमकेश ने उन्हें सांत्वना देकर शांत करते हुए कहा, ''मुझ पर विश्वास कीजिए। अच्छा हुआ कि आप पुलिस के बजाय मेरे पास चले आए। अगर कोई इस रहस्य को खोल सकता है तो यकीनन वह पुलिस नहीं है। कृपा करके शुरू से सारी बात विस्तारपूर्वक बताइए। कोई भी बात छोड़िए नहीं, क्योंकि मेरे लिए कोई भी जानकारी व्यर्थ नहीं होती। उन सज्जन ने सहज होकर कहना शुरू किया, ''मेरा नाम आशुतोष मित्र है। मैं नजदीक ही नेबुटोला में रहता हूँ। अठारह साल की उम्र से ही मैं अपने व्यवसाय में लगा हुआ हूँ। मुझे कभी समय ही न मिला कि मैं

अपने परिवार या शादी वगैरह के बारे में सोच पाऊँ। दूसरे, मुझे बच्चों का भी कोई शौक नहीं, इसलिए मैं इन सब झंझटों से दूर ही रहा। मेरे शौक भी कुछ अलग ही हैं। कुछ चीजें बहुत अधिक पसंद हैं; कुछ से मुझे सख्त नफरत है और इसलिए मैं अकेला रहना ही पसंद करता हूँ। समय के साथ उम्र भी बीत गई। मैं अगली जनवरी को पचास वर्ष पूरे कर लूँगा। दो साल पहले मैंने अपने काम से अवकाश ले लिया। मेरे पास मेरी बचत का पैसा लगभग डेढ़ एक लाख रुपया बैंक में जमा है, जिसका ब्याज मेरी जरूरतों को पूरा करने के लिए पर्याप्त है। मुझे रहने के लिए भाड़ा भी नहीं देना पड़ता, क्योंकि जिस घर में रहता हूँ, वह मेरा है। मुझे केवल संगीत का ही शौक है। सबकुछ होते हुए मुझे जीवन से कोई शिकायत नहीं है।''

ब्योमकेश ने प्रश्न किया, ''लेकिन क्या आपके ऊपर कोई निर्भर भी है?''

आशुतोष ने सिर हिलाकर कहा, ''नहीं मेरा कोई भी संबंधी नहीं है और इसीलिए मेरे ऊपर कोई बोझ नहीं है। एक निठल्ला भानजा जरूर है, जो पहले पैसा माँगने आया करता था। लेकिन वह छोकरा शराबी और जुआरी है, इसलिए मैंने उसके घर में घुसने पर रोक लगा दी है।''

ब्योमकेश ने पूछा, ''ये भानजा अब कहाँ है?''

आशुतोष बड़े संतोष के साथ बोले, ''आजकल वह जेल में है। उसे मार-पीट करने और पुलिस से हाथापाई करने के जुर्म में दो महीने की कैद हुई है। अब जेल में है।''

''अच्छा ठीक है! अब आगे कहिए, जो आप कह रहे थे।''

''जब से वह बेहूदा विनोद, मेरा भानजा जेल गया है, तब से जीवन आराम से कट रहा था। मेरा कोई मित्र नहीं है और मैंने जान-बूझकर कभी किसी का नुकसान नहीं किया है, इसलिए मुझे नहीं लगता कि कोई मेरा दुश्मन भी होगा। लेकिन कल एकाएक मैं जैसे आसमान से गिरा। मैं सोच भी नहीं सकता था कि मेरे साथ भी ऐसा हो सकता है! मैंने अखबारों में ग्रामाफोन-पिन के रहस्य की खबरों को पढ़ा जरूर था, लेकिन मुझे उन पर विश्वास नहीं होता था। मुझे लगता था, ये सब मनगढ़ंत कहानियाँ हैं, लेकिन मैं गलत था।''

''वह कैसे?''

''कल शाम मैं रोजाना की तरह घूमने निकला। जोड़ासाँको के पास एक

संगीत संगोष्ठी है, जहाँ मैं शाम का समय गुजारता हूँ और रात में नौ बजे के आस-पास लौटता हूँ। आमतौर पर मैं पैदल ही जाता हूँ, क्योंकि मेरी उम्र में स्वास्थ्य के लिए यह फायदेमंद है। कल रात को लौटते समय जब मैं हरीसन रोड और एम्हर्स्ट स्ट्रीट के चौराहे पर पहुँचा, उस समय वहाँ की घड़ी सवा नौ बजा रही थी। उस समय भी सड़कों पर भीड़ काफी थी। मैं फुटपाथ पर कुछ समय के लिए रुका रहा, मैं चाहता था कि आने वाली दो ट्राम भी निकल जाएँ। जब ट्रैफिक बिल्कुल साफ हो गया तो मैं सड़क पार करने लगा। मैं सड़क के बीच में पहुँचा ही था कि एकाएक मैंने अपने सीने पर झटका महसूस किया। मुझे ऐसा लगा, जैसे किसी ने मेरे हृदय के ऊपर की हड्डियों के पास, जहाँ मैं अपनी ब्रेस्ट पॉकेट में अपनी घड़ी रखता हूँ, कुछ ठोंक दिया है। इसके साथ ही मुझे दर्द हुआ, जैसे किसी ने हृदय में काँटा घुसा दिया हो। मैं गिरते-गिरते बचा। किसी तरह मैंने अपना संतुलन बनाए रखा और सड़क पार कर गया। मुझे चक्कर आया और मैं समझ नहीं पाया कि यह हुआ क्या? जब मैंने ब्रेस्ट पॉकेट से अपनी घड़ी निकालकर देखी तो वह ठप्प हो गई थी, उसका शीशा पूरी तरह से टूट गया था…और…और एक ग्रामाफोन पिन उसमें घुस गया था।'' आशु बाबू फिर पसीने से तरबतर हो गए। उन्होंने काँपते हाथों से अपनी भौंह पर आए पसीने को पोंछा और अपनी जेब से निकालकर एक डिब्बी दे दी और बोले, ''यह रही, वह घड़ी।''

ब्योमकेश ने डिब्बी खोलकर घड़ी निकाली। घड़ी 'गनमेटल' की बनी थी। ऊपर का शीशा नदारद था। घड़ी में समय साढ़े नौ बजे का था और एक ग्रामाफोन का पिन घड़ी के बीचोबीच गढ़ा हुआ था। ब्योमकेश ने घड़ी को बड़ी बारीकी से कुछ देर देखा, फिर उसे डिबिया में रखकर सामने मेज पर रख दिया और बोला, ''हाँ तो, आप अपनी बात जारी रखिए।''

आशु बाबू बोले, ''भगवान् ही जानता है कि उसके बाद मैं कैसे घर पहुँचा। मैं तनाव और परेशानी में सारी रात सो नहीं पाया। यह घड़ी मेरे लिए वरदान ही समझिए, अन्यथा तो अब तक अस्पताल में पोस्टमार्टम की टेबिल पर मेरी लाश पड़ी होती।''…आशु बाबू के रोंगटे खड़े हो गए, ''एक ही रात में मैंने अपने जीवन के दस वर्ष खो दिए हैं, ब्योमकेश बाबू। पूरी रात मैं सोचता रहा हूँ कि मैं क्या करूँ? किसके पास जाऊँ? अपने को कैसे बचाऊँ? दिन की पहली किरण के साथ ही मुझे आपका नाम सूझा। मैंने आपकी अभूतपूर्व क्षमताओं के बारे में सुना था और

इसलिए मैं पहली ही फुरसत में आपके पास चला आया हूँ। मैं एक बंद टैक्सी में आया हूँ। पैदल चलने की मेरी हिम्मत नहीं हुई, क्योंकि कहीं...''

ब्योमकेश उठकर आशुतोष बाबू के पास गया और उनके कंधों पर हाथ रखकर बोला, ''आप अब आराम से रहिए। मैं आपको विश्वास दिलाता हूँ कि आपका अब कोई बाल बाँका भी नहीं कर पाएगा। यह सही है कि कल आप बाल-बाल बचे हैं, लेकिन आगे से यदि आप मेरी सलाह पर अमल करेंगे तो आपके जीवन को कोई खतरा नहीं रहेगा।'' आशु बाबू ने ब्योमकेश के हाथों को अपने हाथों में लेते हुए कहा, ''ब्योमकेश बाबू, कृपा करके मुझे इस दुर्गति से बचा लीजिए; मेरा जीवन बचा लीजिए। मैं आपको एक हजार रुपए का पुरस्कार दूँगा।''

ब्योमकेश मुसकराते हुए वापस अपनी कुरसी पर बैठकर बोला, ''यह तो आपकी उदारता है। इसको मिलाकर कुल तीन हजार रुपए हो जाते हैं, क्योंकि दो हजार रुपए के इनाम की घोषणा सरकार कर चुकी है, है कि नहीं? लेकिन यह सब बाद में। पहले मेरे कुछ प्रश्नों का उत्तर दीजिए। कल जब आप पर हमला हुआ, उस समय आपने कोई आवाज सुनी थी?''

''किस तरह की आवाज?''

''कोई भी, जैसे कार के टायर फटने की आवाज?''

आशु बाबू ने निश्चयपूर्वक कहा, ''नहीं।''

ब्योमकेश ने फिर पूछा, ''कोई और आवाज या ध्वनि?''

''जैसाकि मुझे याद आता है, मैंने ऐसा कुछ नहीं सुना।''

''ध्यान से सोचिए।''

काफी देर सोचने के बाद आशु ने कहा, ''मैंने वे ध्वनियाँ सुनीं, जो अकसर भीड़ भरी सड़कों पर होती हैं। जैसे कारों, ट्रामों, रिक्शों की आवाजें और जहाँ तक मुझे याद आ रहा है, मुझे झटका लगने के समय मैंने साइकिल की घंटी की आवाज सुनी थी।''

''कोई और अस्वाभाविक आवाज?''

''नहीं।''

ब्योमकेश कुछ क्षणों तक चुप रहने के बाद बोला, ''क्या आपके ऐसे दुश्मन हैं, जो चाहते हों कि आपकी मृत्यु हो जाए?''

''नहीं, जहाँ तक मेरी जानकारी में है, मैं ऐसे किसी व्यक्ति को नहीं जानता।''

''आपने शादी नहीं की, इसलिए आपके बच्चे तो हैं नहीं। मैं समझता हूँ, आपका भानजा ही आपका वारिस है?''

आशु बाबू पहले तो दुविधा में हिचकिचाए और बाद में बोले, ''नहीं।''

''क्या आपने अपनी वसीयत लिख दी है?''

''हाँ।''

''कौन है आपका वारिस?''

आशु बाबू संकोच में मुसकराए और कुछ क्षण चुप रहने के बाद कुछ अटकते हुए बोले, ''आप मुझसे इसे छोड़कर कोई भी प्रश्न पूछ सकते हैं। यह मेरा निजी मामला है, प्राइवेट है।'' और वह अपनी उलझन में खो गए।

ब्योमकेश पैनी निगाह से आशु बाबू को देखकर बोला, ''ठीक है, लेकिन क्या आपका भविष्य का वारिस, जो भी हो, आपकी वसीयत्त के बारे में जानता है?''

''नहीं। यह मेरे और मेरी वकील के बीच पूरी तरह से गोपनीय है।''

''क्या आप अपने वारिस से अकसर मिलते रहते हैं?''

आशु बाबू ने दूसरी ओर देखकर कहा, ''हाँ।''

''आपके भानजे को जेल गए कितने दिन हुए हैं?''

आशु बाबू ने हिसाब लगाकर बताया, ''लगभग तीन सप्ताह।''

ब्योमकेश बाबू कुछ देर व्यग्रता में बैठा रहा, फिर एक निःश्वास छोड़कर उठ खड़ा हुआ—''आप अभी घर जाइए। यह घड़ी और अपना पता मेरे पास छोड़ जाइए। यदि मुझे और किसी जानकारी की जरूरत पड़ेगी तो मैं आपसे संपर्क करूँगा।''

आशु बाबू एकाएक परेशान हो उठे और बोले, ''लेकिन आपने तो मेरे लिए कोई व्यवस्था नहीं की? यदि मुझे फिर···''

''आपको केवल इतना ही खयाल रखना है कि आप अपने घर से बाहर न निकलें।''

आशु बाबू का चेहरा भय से सफेद हो गया। उन्होंने कहा, ''मैं घर में अकेला रहता हूँ, यदि कोई···।''

ब्योमकेश बोला, ''घबराइए नहीं, आप घर में पूर्ण सुरक्षित हैं। हाँ, यदि आप दरबान चाहते हों तो रख सकते हैं।''

आशु बाबू बोले, ''क्या मैं घर से बाहर बिल्कुल नहीं निकल सकता?''

ब्योमकेश कुछ क्षण सोचता रहा, फिर बोला, ''यदि आप घर से बाहर निकलना ही चाहते हैं तो केवल फुटपाथ का ही प्रयोग करें। किसी भी स्थिति में सड़क का प्रयोग न करें। यदि करते हैं तो मैं आपकी सुरक्षा की जिम्मेदारी नहीं ले पाऊँगा।''

आशु बाबू के चले जाने के बाद ब्योमकेश काफी देर तक त्यौरी चढ़ाकर विचारों में डूबा रहा। इसमें कोई संदेह नहीं कि फिलहाल उसके मस्तिष्क के लिए उन्हें काफी मसाला मिल गया था। इसलिए मैंने उसे छेड़ना नहीं चाहा। कोई आधा घंटे के बाद उसने मुँह उठाकर देखा और बोला, ''तुम सोच रहे हो कि मैंने आशु बाबू को घर से निकलने के लिए मना कर दिया और मैं कैसे इस निर्णय पर आया कि वे केवल घर में ही सुरक्षित रहेंगे?''

मैंने चौंककर देखा और मेरे मुँह से निकल गया, ''हाँ।''

ब्योमकेश ने कहा, ''ग्रामाफोन-पिन केस में यह स्पष्ट है कि सभी हत्याएँ सड़क पर हुई हैं। सड़क के किनारे भी नहीं, बल्कि सड़क के बीच में। क्या तुमने सोचा, ऐसा क्यों हुआ है?''

''नहीं, क्या कारण है?''

''दो कारण हो सकते हैं। पहला, कि सड़क पर मारने से इल्जाम से बच जाना आसान हो सकता है हालाँकि, यह ज्यादा मुमकिन नहीं लगता। दूसरे, हत्या का हथियार भी ऐसा है, जिसका प्रयोग केवल सड़क पर ही संभव हो।''

मैंने उत्सुकता से पूछा, ''किस तरह का हथियार हो सकता है?''

ब्योमकेश बोला, ''अगर यही पता लग जाए तो ग्रामाफोन-पिन का रहस्य ही न खुल जाए?''

मेरे मस्तिष्क में एक विचार रह-रहकर उठ रहा था। मैंने कहा, ''क्या कोई व्यक्ति ऐसा रिवॉल्वर रख सकता है, जिसमें गोली के स्थान पर ग्रामाफोन-पिन का इस्तेमाल हो सके?''

ब्योमकेश ने मेरी बात की हाँ में हाँ मिलाते हुए कहा, ''आइडिया मार्के का है। लेकिन इसमें कुछ संदेह दिखाई दे रहा है। कोई व्यक्ति, जो बंदूक और

पिस्तौल इस्तेमाल करना चाहता है, वह क्यों चाहेगा? तर्क के अनुसार वह एकांत ही खोजेगा। दूसरे, बंदूक तो छोड़ो, पिस्तौल के शॉट का धमाका भी भीड़ के कोलाहल में छुप नहीं सकता। फिर गनपाउडर की महक रह जाती है। वो कहते हैं न कि एक धमाका दूसरे को छुपा सकता है, लेकिन महक कैसे छिपेगी?''

मैंने कहा, ''संभव है, वह एयरगन हो?''

ब्योमकेश जोर से हँसा, ''वाह! क्या बेहतरीन आइडिया है? कंधे पर एयरगन लटकाकर हत्या करने जाना! लेकिन क्या यह व्यावहारिक है? नहीं, मेरे प्यारे मित्र! यह इतना आसान नहीं है। यहाँ सोचने की बात यह है कि जो भी हथियार होगा, वह धमाका करेगा ही। तब कैसे उस धमाके को छुपाया जा सकता है?''

मैंने कहा, ''तुम अभी-अभी क्या कह रहे थे कि एक धमाका दूसरे को छुपा सकता है।''

एक झटके से ब्योमकेश खड़ा हो गया और मुझे बड़ी-बड़ी आँखों से घूरने लगा और बड़बड़ाने लगा, ''यह सही है, यह बिल्कुल सही है।''

''...''

मैं चौंक उठा, ''क्या बात है?'' ब्योमकेश ने सिर हिलाते हुए कहा, ''कुछ नहीं। मैं जितना ग्रामाफोन-पिन रहस्य के बारे में सोचता हूँ, उतना ही मुझे लगता है, जैसे सारी हत्याएँ एक-दूसरे से जुड़ी हुई हैं। एक विशेष प्रकार की समानता सभी हत्याओं में दिखाई दे रही है। हालाँकि ऊपर से ऐसा कुछ नहीं लगता।''

''वह कैसे?''

ब्योमकेश ने उँगली पर चिह्न लगाते हुए कहा, ''शुरू करें तो सभी शिकार मध्य वय के व्यक्ति थे। आशुबाबू जो घड़ी के कारण बच गए, वे भी मध्य आयु के हैं। दूसरे, सभी खाते-पीते संपन्न व्यक्ति हैं। कुछ दूसरों से अधिक धनी हो सकते हैं, किंतु निर्धन कोई नहीं था। प्रत्येक व्यक्ति की हत्या सड़क के बीचोबीच हुई, सैकड़ों की भीड़ में, और अंत में महत्त्वपूर्ण तथ्य यह है कि सभी संतानहीन थे।''

मैंने कहा, ''तो तुम्हारा अनुमान यह है...''

ब्योमकेश बोला, ''मैंने अभी तक कोई अनुमान नहीं लगाया है। यह सब बातें मेरे अनुमान के केवल आधार हैं। तुम इन्हें संभावना कह सकते हो।''

मैंने कहा, ''लेकिन केवल इन संभावनाओं से हत्यारों को पकड़ना...''

ब्योमकेश ने टोक दिया, ''हत्यारे नहीं, अजीत! हत्यारा। बहुवचन का प्रयोग केवल प्रतिष्ठा जोड़ने के लिए है। वास्तव में व्यर्थ है। अखबारवाले भले ही हल्ला मचा रहे हैं कि इनके पीछे हत्यारों का गिरोह है, लेकिन उस गिरोह में एक ही व्यक्ति है, जो इस मानवीय हत्याओं का पोषक, गुरु और हत्यारा है। सभी हत्याओं के पीछे केवल एक ही व्यक्ति है।''

मैं अपने संदेह को रोक नहीं पाया, ''तुम यह सब इतने विश्वास से कैसे कह सकते हो? क्या तुम्हारे पास कोई सबूत है?''

ब्योमकेश ने उत्तर दिया ''सबूत तो अनेक हैं, लेकिन फिलहाल एक ही पर्याप्त है। क्या यह संभव है कि सभी लोग इतनी अद्‌भुत दक्षता से एक ही जगह पर दागे गए हथियार से मारे जाएँ? प्रत्येक बार पिन हृदय के बीच में ही घुसा है, रंचमात्र भी, न इधर, न उधर। आशुबाबू का केस ही लो। यदि घड़ी न होती तो वह पिन कहाँ लगता? तुम्हारी नजर में कितने लोग हो सकते हैं, जो इतनी दक्षता से यह कार्य कर पाएँगे, जिनका निशाना इतना अचूक होगा? यह तो उस तरह हो गया, जैसे पानी में लकड़ी की मछली की छाया को देखकर घूमते पहिए के बीच मछली की आँख में तीर मारना। मैं समझता हूँ, तुम्हें द्रौपदी के स्वयंवर की कथा याद होगी! जरा सोचो, यह केवल अर्जुन ही कर पाया था—महाभारत काल में भी इतनी अचूक दक्षता का श्रेय केवल एक ही व्यक्ति को मिला था।'' ब्योमकेश जब उठा तो हँस रहा था।

ड्राइंगरूम के बगलवाला कमरा ब्योमकेश का निजी कमरा था, जिसमें वह हर समय मुझे भी आने नहीं देता था। वास्तव में यह उसकी लाइब्रेरी, प्रयोगशाला, संग्रहालय और ड्रेसिंग-रूम था। उसने आशुबाबू की घड़ी उठाकर अपने कमरे की ओर जाते हुए कहा, ''लंच के बाद इस केस पर मस्तिष्क लगाने के लिए पर्याप्त समय होगा, अब समय है नहाने का।''

ब्योमकेश दोपहर में साढ़े तीन के आस-पास बाहर चला गया। मुझे नहीं मालूम कहाँ और क्यों गया? और वापस आया, तब तक अँधेरा हो चुका था। मैं उसके इंतजार में बैठा था। चाय का समय बीता जा रहा था। जैसे ही वह आया, पुत्तीराम नाश्ता ले आया। हम लोगों ने पूर्ण शांति में नाश्ता किया। हम लोगों की शाम को साथ-साथ चाय पीने की आदत थी।

ब्योमकेश ने कुरसी पर कमर टिकाते हुए चरूट जलाकर पहली बार मौन तोड़ा, ''तुम्हें आशु बाबू कैसे व्यक्ति लगे?''

मुझे प्रश्न कुछ अटपटा लगा, मैंने पूछा, ''ऐसा क्यों पूछते हो? मैं समझता हूँ वे सज्जन पुरुष, काफी सहज और मिलनसार व्यक्ति हैं।''

ब्योमकेश ने कहा, ''और उनका नैतिक चरित्र?''

मैंने उत्तर दिया, ''जिस प्रकार अपने उस शराबी भानजे के बारे में उनकी नफरत देखी, मैं तो कहूँगा कि वे सीधे तथा सच्चे इनसान हैं। फिर उनकी उम्र भी हो गई है। उन्होंने विवाह भी नहीं किया। संभव है, जवानी में उन्होंने कुछ प्यार-व्यार की हरकतें की हों, लेकिन उन सबके लिए उनकी अब अवस्था नहीं है।''

ब्योमकेश हँस पड़ा, ''उनकी अवस्था न भी हो तो क्या उन बातों ने उन पर कोई रोक लगाई है? जोड़ासांको के जिस घर में आशु बाबू रोज शाम को संगीत सुनने जाते हैं, वह एक स्त्री का घर है। दरअसल यह कहना कि वह उस स्त्री का घर है, गलत है, क्योंकि आशुबाबू उसका भाड़ा भरते हैं। उस घर को संगीत संगोष्ठी स्कूल कहना भी शायद गलत होगा, क्योंकि संगोष्ठी बनाने के लिए कम-से-कम दो व्यक्तियों की दरकार होती है। यहाँ तो वे केवल एक ही है।''

''क्या बात कर रहे हो? तो बुढ़ऊ काफी रंगीन तबीयत के हैं, वाह!''

''और भी है। आशु बाबू उस स्त्री की पिछले बारह-तेरह वर्षों से देखभाल कर रहे हैं। इसलिए उनकी वफादारी पर शक नहीं किया जा सकता और जाहिर है कि बदले में उन्हें भी वही वफादारी मिली है, क्योंकि और किसी संगीत का शौकीन को घर में घुसने की इजाजत नहीं है। दरवाजे पर सख्त पहरा है।''

मैं उत्सुकता से भर गया था, ''तो क्या वास्तव में तुम संगीत-प्रेमी बनकर उस घर में गए थे? क्या देख पाए उस स्त्री को? कैसी थी देखने में?''

ब्योमकेश बोला, ''मैं एक झलक ही देख पाया। लेकिन मैं नहीं चाहता कि मैं उसके रूप का वर्णन करके तुम्हारे जैसे कुँवारे दोस्त की अनमोल रातों की नींदें उड़ा दूँ। एक ही शब्द कहूँगा, लाजवाब! उसकी आयु संभवत: 27-28 बरस की होगी। जो भी हो, मैं आशु बाबू की पसंद का कायल हो गया हूँ।''

मैंने हँसकर कहा, ''मुझे यह लग भी रहा था कि तुम्हें एकाएक आशु बाबू के निजी जीवन में इतनी दिलचस्पी क्यों हो गई है?''

ब्योमकेश बोला, ''अनियंत्रित उत्सुकता मेरी कमियों में से एक है। दूसरे, आशु बाबू का वारिस मुझे परेशान किए हुए था।''

''तो ये हैं आशु बाबू की वारिस?''

''यह मेरा अनुमान है। मैंने वहाँ एक और व्यक्ति को देखा, जिसकी आयु पैंतीस के लगभग होगी। देखने में काफी तड़क-भड़कवाला लगा। वह दरबान के पास तेजी से आया और उसके हाथ में एक पत्र देकर गायब हो गया। जो भी हो, विषय चाहे जितना भी मजेदार हो, पर इस समय हमारे लिए इतना उपयोगी नहीं है।''

ब्योमकेश उठकर फर्श पर चक्कर लगाने लगा।

मैं समझ गया कि ब्योमकेश नहीं चाहता कि आशु बाबू के निजी जीवन की ये घटनाएँ आशु बाबू को सुरक्षा प्रदान करने के उसके प्रयासों में आड़े न आ जाएँ। मैं भी जानता था कि मानवीय मस्तिष्क कई बार ऐसी स्थितियों में अनजाने में केंद्र बिंदु से भटक जाता है। इसलिए मैंने भी विषय बदलते हुए कहा, ''क्या तुम्हें घड़ी की जाँच करके कुछ मिला?''

ब्योमकेश चलते-चलते मेरे सामने रुक गया और हल्की मुसकान के साथ बोला, ''घड़ी को जाँचने के बाद मुझे तीन जानकारी मिली हैं। पहली, ग्रामाफोन-पिन साधारण एडीसन ब्रांड का है। दूसरी, उसका भार ठीक दो ग्राम है और तीसरी, घड़ी अब ठीक नहीं हो सकती। उसकी मरम्मत संभव ही नहीं है।''

मैंने कहा, ''इसका मतलब है कि तुम्हें कोई उपयोगी जानकारी हाथ नहीं लगी।''

ब्योमकेश ने चेयर खींचकर बैठते हुए कहा, ''लेकिन मैं तुम्हारी बात से सहमत नहीं हूँ, क्योंकि इससे मुझे यह पता चला कि जिस समय यह पिन मृतक के हृदय में दागा गया, उस समय मृतक और हत्यारे की दूरी सात-आठ फीट से ज्यादा नहीं हो सकती। एक ग्रामाफोन-पिन इतना हल्का होता है कि इससे अधिक दूरी से दागा जाए तो अपने निशाने पर नहीं लग सकता। और तुम जानते ही हो कि हत्यारे का निशाना कितना अचूक रहा है। प्रत्येक बार हथियार ने अपना काम बखूबी पूरा किया है।''

''आश्चर्य है,'' मैंने भी प्रश्न किया, ''हत्यारे ने इतने नजदीक आकर हत्या की है, फिर भी गायब हो गया, पकड़ा नहीं गया?''

ब्योमकेश बोला, ''यही तो सबसे बड़ी पहेली है। जरा सोचो, हत्या कर देने के बाद वह व्यक्ति भी भीड़ में खड़ा होगा, हो सकता है कि मृतक की लाश को हटाने में सहायक भी रहा हो। फिर भी कोई उसे पकड़ नहीं पाया, कितनी सफाई

से उसने अपने को छुपाए रखा।''

मैंने कुछ देर सोचकर कहा, ''मान लो कि हत्यारे की पॉकेट में एक ऐसा यंत्र है, जो ग्रामाफोन-पिन को दाग सकता हो। जैसे ही वह अपने शिकार के सामने आता है, वह अपनी पॉकेट के अंदर से यंत्र को चला देता हो। अपना हाथ वह पॉकेट में ही रखता हो। किसी को शक भी नहीं होगा, क्योंकि बहुत से लोग चलते समय अपने हाथ पॉकेट में रखते हैं।''

ब्योमकेश ने कहा, ''अगर ऐसा होता तो वह अपना काम फुटपाथ पर भी कर सकता था। वह अपने शिकार के सड़क पार करने के लिए ही क्यों रुकेगा? दूसरे, मैं किसी ऐसे यंत्र को नहीं जानता, जो बिना कोई आवाज किए त्वचा और मांसपेशियों को चीरकर सीधे हृदय पर आघात कर सकता हो। क्या तुमने सोचा कि इसके लिए यंत्र में कितनी शक्ति की जरूरत होगी?''

मैं चुपचाप सुनता रहा। ब्योमकेश बहुत देर तक अपनी कोहनियों को घुटनों पर रखे, मुँह हाथों में लिये गहन चिंतन में डूबा रहा। अंत में बोला, ''मुझे लग रहा है, इसका बहुत ही साधारण हल है, जो मेरे हाथों के निकट ही है, लेकिन सामने नहीं आ रहा। जितना मैं प्रयास कर रहा हूँ, उतना ही हाथों से फिसलता जा रहा है।''

उस रात हत्या के विषय पर और चर्चा नहीं हुई। जब तक ब्योमकेश सोया नहीं तब तक वह विचारों में उलझा रहा। यह जानकर कि रहस्य का हल उसके हाथों के नजदीक पहुँच गया है, जो बार-बार उसके हाथों से फिसला जा रहा है, मैंने भी उसके विचारों में व्यवधान पहुँचाना उचित नहीं समझा।

दूसरे दिन सुबह भी उसका चेहरा परेशान दिखाई दिया। वह जल्दी ही उठ गया और एक कप चाय पीकर चला गया। तीन घंटे बाद जब वह आया तो मैंने पूछ ही लिया, ''कहाँ गए थे?''

जूते के फीते खोलते हुए ब्योमकेश ने बड़ी व्यस्तता से उत्तर दिया, ''वकील के पास।'' मैंने देखा कि वह अब भी विचारों में डूबा है, तो और कोई बात नहीं की। दोपहर भर वह कमरा बंद करके काम में लगा रहा। एक बार मैंने फोन पर बात करते भी सुना। लगभग साढ़े चार बजे उसने दरवाजा खोला और झाँककर चिल्लाया, ''अरे भाई! कल की बात क्या भूल गए? शरीर में काँटे का रहस्य ढूँढ़ने का समय हो रहा है।''

''वाकई! मेरे दिमाग से भी वह बात एकदम निकल गई थी। ब्योमकेश ने

हँसते हुए कहा, ''तो आ जाओ भाई, तुम्हारा ड्रेसिंग कर दूँ। हम लोग ऐसे ही तो जा नहीं सकते?''

मैंने उसके कमरे में घुसते हुए पूछा, ''क्यों हम ऐसे ही नहीं जा सकते?''

ब्योमकेश ने एक लकड़ी की अलमारी खोलकर टिन का बॉक्स निकाला। जिसमें से उसने क्रेप का टुकड़ा, छोटी कैंची, गोंद वगैरह कुछ चीजें निकालकर बाहर रख दीं और मेरे गाल पर स्पीरिट तथा गोंद लगाते हुए बोला, ''लोगों में यह कोई अनजानी बात नहीं रह गई कि अजित बंद्योपाध्याय ब्योमकेश बक्शी के परम मित्र हैं, इसलिए थोड़ी सी सावधानी जरूरी है।''

लगभग सवा घंटे तक ब्योमकेश काम करता रहा। जब उसने अपना काम कर लिया तो मैंने शीशे में जाकर देखा तो चौंककर मेरे मुँह से निकल गया, ''ओरे बाबा! अजित ने मूँछ या फ्रेंचकट दाढ़ी कभी नहीं रखी।'' जो व्यक्ति शीशे में दिख रहा था, उसकी आयु करीब दस वर्ष अधिक होगी। गालों पर कुछ झाँइयाँ थीं और रंग भी कुछ दबा हुआ था। मैंने किंचित् भय से पूछा, ''यदि पुलिस ने धर लिया तो?''

ब्योमकेश बड़े धैर्य से बोला, ''डरो नहीं, काबिल से काबिल पुलिसवाला भी तुम्हें पहचान नहीं पाएगा कि तुमने भेष बदला है। यदि तुम्हें विश्वास न हो तो नीचे सड़क पर जाओ और अपनी जान-पहचान के किसी भी व्यक्ति से पूछो कि अजित बाबू कहाँ रहते हैं?''

मेरा आतंक और भी बढ़ गया। मैंने कहा, ''नहीं-नहीं भाई! इसकी जरूरत नहीं है। मैं जैसा हूँ, वैसे ही जाऊँगा।''

मैं जब चलने के लिए तैयार हो गया तो ब्योमकेश बोला, ''तुम्हें मालूम भी है, तुम्हें क्या करना है? बस लौटते समय सावधान रहना। हो सकता है, तुम्हारा पीछा किया जाए?''

''क्या इसकी भी आशंका है?''

''आशंका को निर्मूल नहीं किया जा सकता। मैं घर पर ही हूँ। प्रयास करना कि काम पूरा करके जल्दी से जल्दी लौट सको।''

घर से बाहर निकलकर पहले तो मैं घबराता रहा, लेकिन जब मैंने देखा कि मेरे बदले भेष से कोई भी आकर्षित नहीं हो रहा है तो मैं सहज हो गया और मेरा आत्मविश्वास भी लौट आया। सड़क के कोने में पान की दुकान से मैं पान खाया करता हूँ। पानावाला पश्चिम का है और मुझे देखकर हमेशा अभिवादन करके पान

बना देता है। मैंने उसकी दुकान पर जाकर पान माँगा। उसने पान बनाकर मुझे दिया। मेरे पैसे देने पर उसने एक सरसरी निगाह से देखा और पैसे ले लिये।

पाँच बज गए थे और अधिक समय अब नहीं बचा था। मैं ट्राम पकड़कर एसप्लेनेड में उतरा और निर्धारित स्थल की तरफ बढ़ने लगा। यद्यपि यह कोई रोमांटिक मुलाकात नहीं थी और न ही मेरे मन में रूमानी सपने थे, फिर भी एक प्रकार की उत्सुकता और उत्तेजना का अहसास हो रहा था। लेकिन यह उत्तेजना जल्दी ही विलुप्त हो गई। भीड़ के रेले में खंभे की तरह एक ही स्थल पर जमे रहना कोई मामूली काम तो था नहीं। अब तक न जाने कितने लोगों की कोहनी और घुटने टकरा चुके थे और मैं कुछ भी नहीं कर पा रहा था। लैंपपोस्ट पर टिककर यों ही खड़े रहने पर एक और भी डर पैदा हो गया, क्योंकि सड़क के उस पार क्रॉसिंग पर खड़ा सार्जेंट कई बार मुझे घूर चुका था। अगर वह मेरे पास आए और पूछे कि मैं यहाँ क्या कर रहा हूँ, तो उसकी नजरों से बचने के लिए मैंने सामने 'वाइटवे लैडलॉज' के सजावटी शोरूमों पर अपनी दृष्टि गढ़ा दी, जैसे कि मैं उनमें रखी सुंदर वस्तुओं को निहार रहा हूँ। मैंने सोचा कि पॉकेटमार समझकर पकड़ा जाऊँ, इससे तो बेहतर है कि शहर देखने आया एक मूर्ख और गँवार बनकर ही खड़ा रहूँ।

मैंने अपनी घड़ी देखी। छह बजने में सिर्फ दस मिनट शेष थे। दस मिनट बिताकर मैं इस झंझट से पार हो जाऊँगा। व्याकुलता बढ़ती जा रही थी। मैं खंभे से टिककर जरूर खड़ा था, लेकिन बार-बार कुरते की जेब टटोल रहा था। जेब अब तक खाली थी।

आखिरकार छह बजे और मैंने आहिस्ता से लैंपपोस्ट से अपना कंधा हटाया। एक बार और जेब टटोली पर निराशा ही हाथ लगी। निराशा के साथ-साथ मन में खुशी भी हुई। अंततः मुझे एक उदाहरण मिला था, जिसके आधार पर मैं ब्योमकेश को चिढ़ा सकूँगा कि उसके सभी अनुमान सही नहीं होते। मन-ही-मन प्रसन्न होते हुए मैंने एसप्लानेड डिपो की तरफ कदम बढ़ाए ही थे कि 'फोटो चाहिए, बाबू' शब्दों ने मुझे चौंका दिया। मैंने मुड़कर देखा, लुँगी पहने एक मुसलिम नौजवान हाथ में एक लिफाफा लिये मेरी ओर देख रहा है। दुविधा में मैंने हाथ में लिफाफा ले लिया और लेने के बाद जैसे ही उसमें से अश्लील फोटो निकलकर जमीन में बिखरी, मैं घबरा गया। मैं जानता था कि कलकत्ता की सड़कों पर यह धंधा चलता है। मैंने अपने हाथ को उसकी ओर बढ़ाते हुए घृणा से इनकार कर दिया, लेकिन

इससे पूर्व ही वह आदमी गायब हो गया। मैंने दाएँ-बाएँ, चारों ओर देखा, पर वह लुँगीवाला युवक कहीं भी दिखाई नहीं दिया।

मैं हैरानी में खड़ा हुआ था। समझ में नहीं आ रहा था कि क्या करूँ? एकाएक एक दबी हुई स्थिर आवाज ने मेरे विचारों को भंग कर दिया। मेरे बगल में एक उम्र वाला अंग्रेज व्यक्ति खड़ा था। मुझे न देखकर वह सामने की ओर देख रहा था और शुद्ध बँगला में एक जानी-पहचानी आवाज में बोल रहा था—"मैं देख रहा हूँ, तुम्हें पत्र मिल गया है। इसलिए अब घर जाओ। सीधे नहीं बल्कि घूमकर जाओ। ट्राम से पहले बऊ बाजार जाओ। वहाँ उतरकर हावड़ा क्रॉसिंग तक बस लो, फिर टैक्सी से घर।" इतने में हमारे सामने सर्कुलर रोड जाने वाली ट्राम आकर रुकी। वह व्यक्ति उछलकर उसमें चढ़ गया।

आधे कलकत्ता का चक्कर लगाने के बाद जब मैं थका-हारा घर पहुँचा तो देखा कि ब्योमकेश आरामकुरसी पर पैर फैलाए चरूट पी रहा है। मैंने कुरसी खींचकर बैठते हुए पूछा, "तो साहेब! आप कब लौटे?"

ब्योमकेश ने धुआँ उड़ाते हुए कहा, "करीब बीस मिनट हुए।"

मैंने कहा, "तुमने मेरा पीछा क्यों किया?"

"इसलिए कि मैं कुछ ही मिनटों के लिए चूक गया था। जब तुम लैंपपोस्ट पर कंधा टिकाकर खड़े थे, उस समय मैं 'लैडला' के अंदर रेशमी मौजे देख रहा था और काँच की पारदर्शी दीवारों से तुम पर नजर रखे हुए था। उस समय 'शरीर में काँटे' का सरगना तुम्हें देखकर हिम्मत बँधा रहा था। उसका भी कारण था, क्योंकि तुम हड़बड़ी में बार-बार पॉकेट देख रहे थे। इसलिए वह रुककर चांस ले रहा था। मुझे स्टोर से बाहर आने में कुछ मिनट ही लगे होंगे, लेकिन तब तक तुम वहाँ से हट गए थे और पत्रवाहक को तुम्हें लिफाफा देने का पर्याप्त समय मिल गया। जब तुम कुछ दूरी पर मुझे मिले तो तुम हाथ में लिफाफा लिये भौंचक खड़े हुए थे। तुम्हें वह लिफाफा कैसे मिला?"

जब मैंने लिफाफा पाने का वृत्तांत सुनाया तो ब्योमकेश ने पूछा, "तुमने ठीक से उस आदमी को देखा? क्या तुम उसका चेहरा याद कर सकते हो?"

मैंने कुछ देर सोचकर कहा, "नहीं, बस इतना ही याद है कि उसके नाक के पास एक बड़ा मस्सा था।"

निराश होकर ब्योमकेश सिर हिलाते हुए बोला, "वह तो जाली था, असल

नहीं। ठीक वैसे, जैसे तुम्हारी दाढ़ी और मूँछें। जो भी है, लाओ देखूँ तो सही वह पत्र क्या है ? तुम तब तक यह 'मैकअप' उतार आओ।''

जब मैं अपना भेष उतारकर वापस आया तो देखा कि ब्योमकेश का व्यवहार एकदम बदल गया है। वह उत्तेजना में दोनों हाथ पीछे किए तेज कदमों से चहलकदमी कर रहा है। उसके चेहरे पर एक चमक थी। मेरा हृदय उम्मीद में धड़कने लगा। मैंने उत्सुकता में पूछा, ''क्या है उस पत्र में ? क्या तुमने कुछ पा लिया है ?''

एक नियंत्रित उल्लास से ब्योमकेश ने मेरी पीठ ठोंकते हुए कहा, ''अजीत, एक बात बताओ ? क्या तुमने हावड़ा ब्रिज को तब देखा है, जब वह जहाज के आने पर खुलता है ? मेरा मस्तिष्क भी ठीक वैसा था—दो छोर दो तरफ से आकर मिलते हैं, लेकिन एक छोटा सँकरा भाग खाली रह जाता है—छोटे से पुल के लिए, आज वह भाग भर गया है।''

''यह कैसे हुआ ? आखिर उस पत्र में क्या है ?'' ब्योमकेश ने वह कागज मेरे हाथों में पकड़ा दिया।

मैंने तब भी देखा था कि लिफाफे में उन अश्लील चित्रों के अलावा भी एक कागज है, लेकिन मैं उसे पढ़ नहीं पाया था। अब पढ़ रहा हूँ। बड़े अक्षरों में स्पष्ट रूप से लिखा गया था—

> 'तुम्हारे शरीर का काँटा कौन है ? उसका नाम और पता क्या है ? तुम जो चाहते हो, उसे एक कागज पर स्पष्ट अक्षरों में लिख दो। कुछ भी न छिपाओ। अपना नाम लिखने की जरूरत नहीं है। कागज को लिफाफे में सीलबंद करके रविवार, 10 मार्च की आधी रात को खिदिरपुर रेसकोर्स पहुँचो और रेसकोर्स से सटी सड़क पर पश्चिम की ओर चलना शुरू करो। तुम्हें दूसरी ओर से एक साइकिल सवार आता दिखाई देगा। तुम्हारी पहचान के लिए, उसने धूप का चश्मा पहना होगा। जैसे ही तुम उसे देखो, अपने हाथ में लिफाफे को दिखाते हुए आगे बढ़ते जाओ। वह साइकिल सवार तुम्हारे हाथ से लिफाफा ले लेगा और फिर समय आने पर तुमसे संपर्क किया जाएगा। कृपया अकेले और पैदल चलकर ही आओ। यदि तुम्हारे साथ किसी और को देखा गया तो हमारा मिलन रद्द कर दिया जाएगा।'

सावधानी से मैंने उसे दो या तीन बार पढ़ा। इसमें संदेह नहीं कि यह सब बहुत ही विचित्र तथा उतना ही रोमांचक भी था। इसलिए मैंने पूछ लिया, "लेकिन यह तो बताओ कि आखिर यह सब क्या है ? मेरा मतलब है, मुझे कुछ दिखाई नहीं…"

"तुम्हें कुछ भी नहीं दिखाई देता ? हाँ, इतना तो है कि जो कुछ तुमने कल भविष्यवाणी की थी, वह सबकुछ सच निकली है। यह भी दिखाई देता है कि उस व्यक्ति को अपनी पहचान छिपाने में उसकी कोई मंशा रही होगी। लेकिन इसके बाद क्या है ?"

"अब सूरदासजी को कैसे दिखाया जाए ? जो स्पष्ट दिखाई दे रहा है, वह तुम्हें दिखाई नहीं दे रहा ?" एकाएक ब्योमकेश रुक गया। सीढ़ियों पर किसी के चढ़ने की आवाज थी। एक क्षण सुनता रहा, फिर बोला, "आशु बाबू हैं। उन्हें कुछ बताने की जरूरत नहीं है।" उसने वह कागज मेरे हाथ से लिया और अपनी पॉकेट में रख लिया।

जब आशु बाबू अंदर आए, तब उनकी शक्ल देखने लायक थी। मैं सोच भी नहीं सकता था कि एक ही दिन में उनका चेहरा यों बदल जाएगा। उनके कपड़े अस्त-व्यस्त थे, बाल उलझे हुए, गालों में गड्ढे दिखाई दे रहे थे। आँखों के चारों ओर काले स्याह गोले। ऐसा प्रतीत होता था कि किसी गहरे आघात से उन्हें सिर से पाँव तक हिला दिया है। कल जब वे लगभग मौत से बचकर आए थे, तब भी मैंने उनको इतना हैरान-परेशान नहीं देखा था। उन्होंने अपने आपको सामने की कुरसी पर लगभग फेंकते हुए कहा, "बुरी खबर है, ब्योमकेश बाबू! मेरे वकील विलास मल्लिक लापता हो गए हैं।"

सहानुभूति दिखाते हुए गंभीर स्वर में ब्योमकेश बोला, "मुझे मालूम था। आपको शायद यह पता चल गया होगा कि जोड़ासाँको का आपका मित्र भी उसके साथ मारा गया है।" आशु बाबू अवाक् होकर उसे देखते रह गए। कुछ क्षण बाद बोले, "तुम्हें…तुम्हें मालूम है सबकुछ ?"

"सबकुछ!" ब्योमकेश शांत स्वर में बोला, "मैं कल जोड़ासाँको गया था। वहाँ मैंने विलास मल्लिक को भी देखा। काफी दिनों से विलास बाबू और उस घर में रहनेवाली महिला आपके विरुद्ध साजिश में लगे हुए थे और जाहिर है कि आपको इसकी जानकारी नहीं थी। आपकी वसीयत लिखने के बाद विलास बाबू आपके वारिस से मिलने गए थे। आरंभ में तो शायद यह उनकी केवल उत्सुकता

रही हो, पर बाद में तो आप समझ ही सकते हैं। वे दोनों इन तमाम वर्षों में सही अवसर की प्रतीक्षा कर रहे थे। आशु बाबू, आपको हिम्मत नहीं हारनी चाहिए। अब आप बहुत अच्छे हैं। एक दगाबाज औरत और धोखेबाज वकील के चंगुल से बिल्कुल स्वतंत्र हो गए हैं। आपके जीवन को अब कोई खतरा नहीं है। अब आप सड़क के बीचोबीच निर्भय होकर चल सकते हैं।

आशु बाबू ने चिंतित निगाहों से ब्योमकेश को देखा और पूछा, "मतलब ?"

"मतलब, स्पष्ट है। जिस संशय से आप घिरे रहते थे और बताने की हिम्मत नहीं जुटा पाते थे, वह एक सच्चाई थी। उन दोनों ने आपकी हत्या का षड्यंत्र रचा था, लेकिन अपने हाथों से नहीं। इस शहर में एक आदमी रहता है, कोई नहीं जानता वह कौन है या कैसा लगता है ? लेकिन उसके जालिम हथियार ने अब तक बड़ी खामोशी से पाँच सीधे-सादे मासूम लोगों का इस पृथ्वी से सफाया कर दिया है। यदि आपका भाग्य साथ न देता तो आप भी उन्हीं के कदमों पर चलकर अपनी जान खो देते।"

कई मिनटों तक आशु बाबू अपने हाथों में मुँह छिपाए बैठे रहे। अंत में उन्होंने एक उदास निश्श्वास छोड़ा और बोलना शुरू किया—"मैं इस बुढ़ापे में अपने पापों की सजा भोग रहा हूँ, इसलिए मैं किसी और को दोषी नहीं ठहरा सकता। अड़तीस बरस तक मेरे चरित्र पर कोई दाग नहीं था, लेकिन फिर एकाएक मेरा पैर फिसल गया। अतिशय सुंदरी को देखकर मेरा माथा घूम गया। शादी से मेरा शुरू से ही लगाव नहीं रहा, लेकिन एकाएक मैं उससे विवाह करने के लिए पागल हो गया। अंत में एक दिन मुझे पता चला कि वह एक नाचनेवाली की बेटी है, इसलिए शादी तो नहीं हो सकती थी, पर मैं उसे छोड़ना भी नहीं चाहता था। मैं उसे ले आया और उसके लिए किराए पर मकान ले लिया। उसके बाद आज तक यानी बारह वर्षों से मैं उसकी देखभाल पत्नी के रूप में करता रहा हूँ। आप यह जान ही गए हैं कि मैंने अपनी सारी संपत्ति उसके नाम लिख दी और इस भ्रम में रहा कि वह भी मुझे पति की तरह उतना ही प्यार करती है। मुझे कभी कोई संदेह नहीं हुआ। मैं इस सच्चाई को नहीं समझ पाया कि पाप से जन्मी स्त्री में निष्ठा या वफादारी संभव ही नहीं है। जो भी हो, बुढ़ापे में मिले इस सबक का लाभ मैं अब दूसरे जन्म में ही ले पाऊँगा।" एक अंतराल के बाद उन्होंने टूटती आवाज में पूछा, "ये दोनों, क्या आपको मालूम है कि कहाँ गए हैं ?"

ब्योमकेश ने कहा, ''नहीं और इस जानकारी का कोई लाभ भी नहीं है। आप उन दोनों के पीछे उस रास्ते पर जा भी नहीं सकते, जहाँ उनका भाग्य उन्हें खींचे ले जा रहा है। आशु बाबू! आपका यह सामाजिक उल्लंघन हो सकता है समाज की दृष्टि में निंदनीय माना जा सकता है, किंतु विश्वास कीजिए, मेरी दृष्टि में आप हमेशा सम्मानित रहेंगे। आपका हृदय कीचड़ और दलदल से निकलकर सही स्थान पर आ गया है, आपने अपनी ईमानदारी पुनः प्राप्त कर ली है और यही योग्यता तारीफ के लायक है। फिलहाल आपको गहन आघात पहुँचा है और वह कौन होगा, जो इतना बड़ा धोखा झेलकर मायूस न होगा? लेकिन धीरे-धीरे आप समझ जाएँगे कि इससे बढ़िया भाग्य आपको नहीं मिल पाता।''

भावनाओं में डूबी आवाज में आशु बाबू बोले, ''ब्योमकेश बाबू, आयु में आप मुझसे छोटे हैं, पर जो दिलासा और भरोसा आपने मुझे दिया है, वह मेरी उम्मीदों से कहीं ऊपर है। अपने पाप की सजा जब कोई भोगता है तो कोई भी उससे सहानुभूति नहीं दरशाता। इसीलिए पछतावा इतना कठिन माना जाता है। आपकी सहानुभूति और दया ने मेरे कंधों का आधा बोझ हल्का कर दिया है। इससे अधिक मैं क्या कहूँ? मैं जीवन भर आपके इस कर्ज से दबा रहूँगा।''

आशु बाबू के चले जाने के बाद उनकी दुःख भरी कहानी ने पूरी शाम मुझे बोझिल बनाए रखा। सोने से पहले मैंने ब्योमकेश से केवल एक प्रश्न पूछा, ''तुम्हें कब पता चला कि वह स्त्री और विकास बाबू आशु बाबू की हत्या के प्रयास के पीछे हैं?'' ब्योमकेश ने ऊपर छत में लगे बीमों से अपनी दृष्टि हटाते हुए कहा, ''कल शाम को।''

''तब तुमने उसे भागने से पहले पकड़ा क्यों नहीं?''

''वह सब व्यर्थ ही जाता, क्योंकि उनका अपराध किसी भी अदालत में साबित नहीं किया जा सकता था।''

''लेकिन उन्हें पकड़ने से ग्रामाफोन-पिन रहस्य के हत्यारे का तो पता लग सकता था?''

ब्योमकेश ने अपनी मुसकान दबाते हुए कहा, ''यदि यह संभव होता तो मैं निजी तौर पर उन्हें भाग जाने में सहायता नहीं करता।''

''तो क्या तुमने उन्हें भागने में मदद की है?''

''हाँ, चूँकि आशु बाबू उनके शिकार होने से बच गए थे। फिर वे दोनों तो

भागने की योजना बना ही चुके थे। मैं आज सुबह विलास बाबू के घर गया था और बातों ही बातों में मैंने उन्हें बता दिया कि मैं पहले ही बहुत कुछ जान चुका हूँ, यदि वे तुरंत नहीं भाग जाते हैं तो उन्हें जेल जाना पड़ सकता है। विलास बाबू बुद्धिमान व्यक्ति हैं। उन्होंने देर नहीं की। शाम को ही अपनी साथी के साथ ट्रेन पकड़ ली।''

''लेकिन उनके भागने से तुम्हें फायदा क्या हुआ ?''

ब्योमकेश जोर की अँगड़ाई लेते हुए बोला, ''अधिक लाभ तो नहीं हुआ, अलबत्ता उनकी निकृष्ट योजना के चक्र में मैंने एक छोटा तार जरूर घुसा दिया है। विलास बाबू खाली हाथ तो जाने वाले हैं नहीं, वे अपने साथ अपने सभी मुवक्किलों का पैसा भी ले गए हैं। अब तक, मैं समझता हूँ, पुलिस ने उन्हें बर्दवान में पकड़ लिया होगा, क्योंकि पुलिस को इसकी पूर्व सूचना थी। जो भी हो, वह कम-से-कम दो साल की जेल से तो नहीं बच सकते। उनकी सही सजा तो उम्रकैद होनी चाहिए, लेकिन वर्तमान परिस्थितियों में यह संभव नहीं है तो कम-से-कम दो वर्ष की कैंद कुछ नहीं से तो अच्छा ही है।''

दूसरे दिन प्रात: हमारे यहाँ एक अजनबी का आगमन हुआ। मैंने चाय पीकर अखबार खोला ही था कि दरवाजे पर दस्तक सुनाई दी।

ब्योमकेश ने सजग होकर देखा और जोर से बोला, ''कौन है ? कृपया अंदर आ जाएँ।'' शालीन वस्त्रों में एक तीस-बत्तीस साल के युवक ने प्रवेश किया। उसका चेहरा दाढ़ी-मूँछ से साफ था और जिस अंदाज से वह अंदर आया था, उससे लगता था कि वह एथलीट है। मुसकराते हुए उसने अभिवादन किया और बोला, ''आशा है, सुबह-सुबह आने से आपको कोई असुविधा नहीं होगी। मेरा नाम प्रफुल्ल रॉय है और मैं बीमा एजेंट हूँ'' और कुरसी पर बैठकर जोर से हँस दिया। कुछ लोग ऐसे होते हैं, जो शांत रहने पर प्रियदर्शी लगते हैं, किंतु हँसते ही उनका चेहरा विकृत हो जाता है। प्रफुल्ल रॉय उन्हीं लोगों में से एक था। वह शायद पान का शौकीन था, क्योंकि हँसते ही उसके दाँतों में कत्थे की लाली दिखाई दे गई। मैं यही सोच रहा था कि एक अच्छा-खासा चेहरा कैसे इतना विकृत किया जा सकता है ?

''मैं बीमा एजेंट जरूर हूँ, पर मेरे आने का कारण दूसरा है। आजकल यद्यपि हम लोगों के जाने से हमारे अपने ही मित्र-संबंधी दरवाजा बंद कर लेते हैं। मैं उनको दोष भी नहीं देता; किंतु विश्वास कीजिए, मैं इस समय बीमा एजेंट बनकर

नहीं आया हूँ। आप, मैं समझता हूँ, प्रसिद्ध डिटेक्टिव ब्योमकेश बाबू हैं और मैं आपके पास एक निजी मामले में राय लेने के लिए आया हूँ श्रीमान! यदि आपको कोई आपत्ति न हो तो···।''

ब्योमकेश के होंठों पर एक उलझन की रेखा उभर आई, वह बोला, ''लेकिन, परामर्श से पूर्व एडवांस वगैरह भी होता है, जनाब!''

प्रफुल्ल रॉय ने तुरंत अपने बटुए से दस रुपए का नोट निकालकर मेज पर रख दिया और बोला, ''मैं जो आपसे कहना चाहता हूँ, वह नितांत निजी तो नहीं है, लेकिन···'' वह कहते-कहते रुककर मुझे प्रश्नवाचक दृष्टि से देखने लगा। मैं जैसे ही उठने को हुआ तो ब्योमकेश ने सधे शब्दों में कहा, ''ये मेरे सहयोगी और मित्र हैं। आप जो भी कहना चाहते हैं, इनके सामने कह सकते हैं?''

प्रफुल्ल रॉय बोला, ''क्यों नहीं? जरूर! चूँकि ये सहयोगी हैं तो मुझे क्या आपत्ति हो सकती है। आप··· ? ओह! क्षमा कीजिए, याद आया अजित बाबू हैं! मैं नहीं जानता था कि आप ब्योमकेश बाबू के मित्र भी हैं। आप कितने भाग्यशाली हैं, इतने प्रसिद्ध डिटेक्टिव के साथ काम करते हैं, इतने विचित्र मामलों और अपराधों को सुलझाने में सहायता करते हैं। आपके जीवन में तो शायद ही कभी नीरस क्षण आता हो! मैं कभी-कभी सोचता हूँ कि बीमा एजेंट का निरर्थक जीवन त्यागकर आप जैसा ही कोई काम शुरू करूँ।'' उसने जेब से पान की डिबिया निकालकर एक पान मुँह में दबा लिया।

ब्योमकेश इस सारे वृत्तांत से व्याकुल हो रहा था। उसने परेशान होते हुए कहा, ''मैं समझता हूँ कि आप अब अपना केस बताएँ, जिस पर आप मेरा परामर्श चाहते हैं।''

प्रफुल्ल रॉय ने तुरंत उत्तर देते हुए कहा, ''सर! मैं उसी पर आ रहा हूँ। जैसा कि मैंने बताया कि मैं बीमा एजेंट हूँ और बंबई की कंपनी 'ज्वैल इंश्योरेंस' का काम करता हूँ। मैंने कंपनी को दस से बारह लाख रुपए का फायदा पहुँचाया। इसके पुरस्कारस्वरूप कंपनी ने मुझे कलकत्ता में अपने कार्यालय के अध्यक्ष के रूप में भेजा है। पिछले आठ महीनों से इस शहर में स्थायी रूप से रह रहा हूँ।

''कुछ महीने तो मेरे कामकाज में अच्छे बीते। फिर एकाएक समस्या पैदा हो गई। मैं किसी का नाम नहीं लेना चाहता, लेकिन प्रतियोगी कंपनी का एक कर्मचारी इसके लिए जिम्मेदार है। मैं कंपनी के छोटे-मोटे कमीशन के मामले नहीं देखता।

मैं केवल बड़े कमीशन के एकाउंट देखता हूँ। अब हुआ यों कि इस व्यक्ति ने मेरे बड़े ग्राहकों को चुराना शुरू कर दिया। जहाँ भी मैं जाता, उसके बाद यह व्यक्ति जाकर मेरी कंपनी के बारे में झूठी शिकायतें करके मेरे ग्राहकों को मेरे हाथों से छीन लेता। धीरे-धीरे बड़े कमीशनों की बीमा पॉलिसी मेरे हाथों से जाने लगीं।

''इस तरह चार-पाँच महीने और बीत गए। मुझे ऊपर से काम बढ़ाने के लिए दबाव आने लगा, लेकिन इस व्यक्ति से छुटकारे का कोई उपाय नहीं सूझा। यदि मैं कानून का सहारा लेकर उस पर मुकदमा करता तो मेरी कंपनी की छवि खराब होती है। पर मुझे किसी भी तरह खून पीने वाली इस जोंक को उखाड़ फेंकना है। कुछ महीने इसी उधेड़-बुन में बीत गए, फिर…''

चुपके से प्रफुल्ल रॉय ने अपने बटुए से दो चिट निकालीं और छोटी चिट को ब्योमकेश की ओर बढ़ाते हुए बोला, ''लगभग दो सप्ताह पहले इस विज्ञापन ने मेरा ध्यान आकृष्ट किया। आपने शायद न देखा हो और आप देखते भी क्यों? लेकिन सर! है तो यह एक छोटा सा वर्गीकृत विज्ञापन, पर इसे पढ़ते ही मैं खुशी से उछल पड़ा। क्या मेरा केस भी शरीर में काँटे जैसा ही है? मैंने सोचा, देखूँ मेरे शरीर का काँटा भी यदि निकाल सके? मैं जिस परेशानी में फँसा हूँ, उसमें तो कोई मुझसे जादुई ताबीज पहनने को भी कहता तो मैं पहन लेता।''

मैंने गरदन तिरछी करके देखा, वह उसी शरीर में काँटे के विज्ञापन की क्लिपिंग थी। प्रफुल्ल रॉय बोलता गया, क्या आपने पढ़ा है? है न विचित्र? जो भी है, निर्धारित दिन यानी पिछले सप्ताह शनिवार मैं गया और क्रिसमस ट्री की तरह उस लैंपपोस्ट से टिककर खड़ा रहा। खड़े रहने में क्या दुर्गति हुई! खड़े-खड़े मेरे पाँव सो गए। पर सब बेकार गया। कोई नहीं आया। अंत में निराश होकर जब मैं चलने लगा तो मुझे पता चला कि मेरी पॉकेट में एक पत्र है।''

उसने दूसरी चिट ब्योमकेश की ओर बढ़ाते हुए कहा, ''पढ़कर देख लीजिए, यह है वह पत्र।''

ब्योमकेश ने पत्र खोलकर पढ़ना शुरू किया। मैं उठकर ब्योमकेश के पीछे कंधों के पास खड़े होकर पढ़ने लगा। वह हू-ब-हू ठीक वैसा ही पत्र था, जो मुझे भी मिला था। अपवाद केवल एक ही था। इसमें मिलने की तिथि रविवार के स्थान पर सोमवार ग्यारह मार्च थी।

प्रफुल्ल रॉय ने हमें पत्र पढ़ने का समय दिया। उसके बाद अपनी बात जारी

रखते हुए उसने कहा, ''पहले तो मुझे पता नहीं कि यह पत्र मेरी पॉकेट में कैसे पहुँचा? फिर इसको पढ़ने के बाद मैं एक अनजाने भय से ग्रस्त हो गया हूँ सर! मुझे रहस्यों में कोई दिलचस्पी नहीं है और इस पत्र में शुरू से अंत तक केवल रहस्य ही है। लगता है, जैसे इसमें कोई अशुभ उद्‌देश्य छुपा हुआ है। अगर ऐसा नहीं है तो इतनी गोपनीयता क्यों? मैं नहीं जानता कि यह व्यक्ति कौन है, क्या है? मैंने उसे कभी ढूँढ़ने की कोशिश भी नहीं की और यह मुझसे चाहता है कि आधी रात को एक सुनसान सड़क पर चलूँ। क्या यह भय का कारण नहीं है? आप ही बताइए, मैं गलत कह रहा हूँ?'' उसने सीधे मुझे देखते हुए कहा।

इससे पहले कि मैं कुछ कहता, ब्योमकेश बोला, ''कृपा कर अब यह बताएँ कि किस बात के लिए मेरा परामर्श चाहते हैं?''

कुछ उलझन में प्रफुल्ल रॉय बोला, ''यही तो पूछ रहा हूँ। मैं इस पत्र के लेखक को नहीं जानता, लेकिन उसका मंतव्य भरोसेमंद नहीं लगता। इसे देखते हुए क्या मेरे लिए उचित होगा कि इस पत्र के उत्तर स्वरूप में वहाँ जाऊँ? मैं पिछले दो सप्ताह से सोचता रहा हूँ, लेकिन कोई हल नहीं सूझा है। अब यदि मुझे करना ही है तो मेरे पास केवल एक दिन का समय रह गया है। इसलिए कोई रास्ता नहीं सूझने पर मैं आपके पास सहायता के लिए आया हूँ।''

ब्योमकेश एक क्षण सोचता रहा, फिर बोला, ''मुझे खेद है कि मैं आज आपकी सहायता नहीं कर पाऊँगा। क्यों न आप दोनों चिटों को यहाँ छोड़ जाएँ? पहली फुरसत में ही आपको हल बता दूँगा।''

प्रफुल्ल रॉय ने कहा, ''लेकिन कल मैं समय नहीं निकाल पाऊँगा। मुझे दफ्तर के कई काम करने हैं। क्या आज रात तक नहीं हो सकता? यदि मैं देर रात करीब आठ-नौ बजे तक आऊँ? क्या यह संभव हो पाएगा?''

ब्योमकेश ने अपना सिर हिलाते हुए कहा, ''नहीं, आज तो मैं व्यस्त हूँ। मुझे कुछ जरूरी काम करने हैं।'' यह सोचकर कि आसामी हाथ से ही न निकल जाए, ब्योमकेश ने एक उड़ती दृष्टि प्रफुल्ल रॉय पर डाली और विषय बदलते हुए बोला, ''लेकिन आपको चिंता की आवश्यकता नहीं है। यदि आप कल दोपहर बाद चार बजे के लगभग भी आ सकते हैं, तो काम हो जाएगा।''

''ठीक है, तो यह तय रहा। मैं कल आता हूँ।'' उसने पान की डिबिया निकालकर दो पान मुँह में दबा लिये और बोला, ''लीजिए, आप पान खाते हैं या

नहीं? कुछ ऐसी आदतें हैं, जो आदमी छोड़ ही नहीं पाता।

"खाना छोड़ सकता हूँ, लेकिन पान नहीं। तो फिर ठीक, मैं कल मिलता हूँ, नमस्कार!"

हमने उसे अभिवादन का उत्तर दिया। वह दरवाजे तक जाकर रुक गया, फिर मुड़कर बोला, "यदि पुलिस को इसकी खबर कर दी जाए? मैं समझता हूँ कि पुलिस छानबीन करके उस आदमी के बारे में जरूर पता कर सकेगी!"

ब्योमकेश एकाएक क्रोध में आ गया। उसने आवेश में उत्तर दिया, "यदि आप पुलिस के पास जाना चाहते हैं तो मेरे से सहायता की अपेक्षा न करें। मैंने पुलिस के साथ कभी काम नहीं किया है और न ही करना चाहता हूँ। लीजिए, अपने पैसे ले जाइए।" उसने दस रुपए के नोट की ओर संकेत किया, जो मेज पर रखा था।

"अरे नहीं, नहीं सर! मैं तो बस आपकी राय जानना चाहता था। लेकिन आप इतना विरोध कर रहे हैं, तो ठीक है। मैं जाता हूँ।" और प्रफुल्ल रॉय तेजी से बाहर निकल गया।

उसके जाने के बाद ब्योमकेश ने उस नोट को उठाया और अपने कमरे में जाकर उसने दरवाजा बंद कर लिया। मैं जानता था कि कभी-कभी वह क्रोध में उद्वेलित हो जाता था, किंतु थोड़ी देर का एकांत उसे शांत कर देता था। इसलिए अपने मन में उठने वाले प्रश्नों के बावजूद मैंने अनपढ़े अखबार को उठाया और उसके पन्नों में डूब गया।

कुछ ही देर बाद मैंने सुना कि ब्योमकेश अपने कमरे में बोल रहा है, शायद टेलीफोन कर रहा था। मुझे वह अंग्रेजी वाक्य भी सुनाई दिए। टेलीफोन का वार्त्तालाप लगभग एक घंटे तक चला होगा। उसके बाद वह कमरे से निकला। वह अब पहले की तरह सामान्य और प्रफुल्ल दिखाई दे रहा था।

मैंने पूछा, "किससे बात कर रहे थे?" मेरे प्रश्न का उत्तर दिए बिना वह बोला, "तुम्हें मालूम है कि कल जब तुम एसप्लालेड से लौट रहे थे, तब तुम्हारा पीछा किया जा रहा था।"

चौंककर मैंने कहा, "नहीं तो! क्या सच में?"

ब्योमकेश ने कहा, "जी हाँ! यह शक की बात नहीं है। लेकिन मुझे उस व्यक्ति के साहस पर अचंभा होता है।" वह मन-ही-मन हँसने लगा।

मैं अंदाजा ही न लगाया पाया कि मेरा पीछा करने में साहस की बात क्या हो सकती है ? किंतु कभी-कभी ब्योमकेश के वक्तव्य इतने चकराने वाले होते हैं कि उनका अर्थ ढूँढ़ने की तमाम कोशिश व्यर्थ हो जाती है। उससे पूछने का भी प्रश्न नहीं उठता था, क्योंकि जब तक सही समय नहीं आएगा, वह उसका उत्तर देगा ही नहीं। इसलिए समय को व्यर्थ न करके मैं नहाने चला गया।

ब्योमकेश ने पूरी दोपहर और शाम इधर-उधर बैठकर काट दी। कोई काम नहीं किया। मैंने प्रफुल्ल रॉय के बारे में कुछ प्रश्न किए भी, लेकिन वह आँखें बंद करके बैठा रहा, जैसे उसने सुना ही न हो। अंत में उसने आँखें खोलकर ऊपर देखा और उठ बैठा, ''प्रफुल्ल राय ? ओह, वह व्यक्ति जो सुबह आया था ? नहीं, अभी मैं उसके बारे में कुछ भी नहीं सोच पाया हूँ।''

रात को खाने के बाद हम लोग सिगरेट पी रहे थे। जैसे ही साढ़े दस बजे ब्योमकेश यह कहते ही उछल पड़ा, ''जागो, उठो, ओ सोने वालो ! तैयार होने का समय आ गया है, अन्यथा मिलन की घड़ी बीत जाएगी।''

मैंने आश्चर्य में पूछा, ''तुम्हारा मतलब क्या है ?''

ब्योमकेश बोला, ''चलो, हम लोगों को शरीर में काँटे के स्थल पर मिलन का सम्मान करना है, याद है।''

मैंने कुछ संशय में खड़े होकर कहा, ''मुझे माफ करो। इतनी रात गए मैं वहाँ अकेले नहीं जाना चाहता। तुम चाहो तो खुद चले जाओ।''

''मैं तो जाऊँगा ही, लेकिन तुम्हें भी चलना चाहिए।''

''लेकिन क्या जाना जरूरी है ? यह जरूरत से ज्यादा दिलचस्पी शरीर में काँटे के मामले में क्यों ? इसकी जगह यदि तुमने ग्रामाफोन-पिन रहस्य पर थोड़ा भी ध्यान दिया होता तो अब तक कुछ गुत्थियाँ सुलझ गई होतीं।''

''शायद तुम सही कह रहे हो, लेकिन इसी बीच एक छोटी सी उत्सुकता पूरी करने में क्या नुकसान है ? ग्रामाफोन-पिन तो कहीं भागा नहीं जा रहा। दूसरे प्रफुल्ल रॉय कल आएगा, उसके लिए हमें कुछ तो जानकारी चाहिए।''

''लेकिन हम दोनों के जाने से बात नहीं बनती। पत्र में जोर देकर कहा गया है कि केवल एक ही व्यक्ति को आना होगा।''

''मैंने उसका प्रबंध कर लिया है। अब कृपा करके दूसरे कमरे में चलो। समय बीता जा रहा है।''

कमरे में जाकर ब्योमकेश ने फुरती से मेरा मैकअप कर दिया। मैंने सामने दीवार पर लगे शीशे में देखा। मेरी पुरानी मूँछ और फ्रेंचकट दाढ़ी लौट आई थी। उसके बाद वह अपने मैकअप में लग गया। उसने अपने चेहरे को नहीं बदला, केवल अलमारी से काला सूट और काले रबड़ सोलवाले जूते निकाले और पहन लिये। फिर उसने मुझे शीशे से पाँच-छह फीट दूर खड़ा कर दिया और ठीक मेरे पीछे खड़े होकर बोला, "क्या तुम शीशे में मुझे देख सकते हो?"

"नहीं!"

"ठीक है, अब आगे चलो, क्या तुम मुझे देख सकते हो?"

"नहीं।"

"तो ठीक है, काम बन गया। अब केवल एक आइटम रह गया?"

"वो क्या है?"

मैं जब ब्योमकेश के कमरे में घुसा तो दो अंडाकार चीनी मिट्टी की प्लेटें मेज पर रखी दिखाई दीं, ठीक वैसी, जिनमें रेस्त्राँ में मटनचाप परोसा जाता है। उसने एक प्लेट को मेरे सीने पर रखकर एक चौड़े कपड़े से कसकर बाँध दिया और बोला, "ध्यान रखना, यह फिसलनी नहीं चाहिए। अब इसके बाद तुम कोट पहनकर बटन लगा लोगे तो कुछ भी दिखाई नहीं देगा। मैंने अचकचाते हुए पूछा, "यह सब क्या है?"

ब्योमकेश हँसते हुए बोला, "अरे भाई, हमें भी शस्त्रों से सुसज्जित होना है। है न? मैं भी एक प्लेट लगा रहा हूँ।"

ब्योमकेश ने दूसरी प्लेट अपनी बास्केट के अंदर लगाई और सारे बटन बंद कर लिये। उसे कपड़े से बाँधने की जरूरत नहीं पड़ी।

और इस प्रकार भेस बदलकर हम लोग ग्यारह बजे घर से निकल गए। ब्योमकेश चलने से पहले फुरती से अलमारी से कुछ चीजें निकालकर अपनी पॉकेट में रखता जा रहा था। उसने पूछा, "क्या तुमने वह पत्र रख लिया? अरे छोड़ो, एक सादा कागज मोड़कर लिफाफे में रख लो।"

हमें सियादह क्रॉसिंग पर टैक्सी मिल गई। सड़कें खाली हो गई थीं, अधिकतर दुकानें भी बंद हो चुकी थीं। हमारी टैक्सी चौरंगी की ओर भाग रही थी।

हम लोग उस स्थल पर उतर गए, जहाँ कालीघाट और खिदिरपुर जाने वाली ट्राम लाइनें अलग होती हैं। टैक्सी ड्राइवर भाड़ा लेकर हॉर्न बजाते हुए चला गया।

मैंने चारों ओर देखा, सड़क पर एक आदमी भी नजर नहीं आया। चारों ओर से पड़ने वाली लैंपपोस्ट की रोशनी सुनसान नगर के दृश्य को और भी भुतहा बना रही थी। मेरी घड़ी में आधी रात होने में केवल दस मिनट शेष थे।

हम लोगों ने अपने रोल को टैक्सी में ही समझ लिया था। इसलिए अब बातचीत की जरूरत नहीं थी। मैंने सड़क पर चलना शुरू किया। ब्योमकेश एक शांत छाया के रूप में कुछ दूरी पर मेरे पीछे चल रहा था। उसके काले कपड़े और बेआवाज रबड़ के जूतों ने उसकी मौजूदगी को बिल्कुल छिपा लिया था। वह अपने कदम मेरे कदमों से मिलाते हुए मेरे से छह फीट पीछे चल रहा था, लेकिन मुझे स्वयं लग रहा था कि मैं अकेला ही सड़क पर चल रहा हूँ। स्ट्रीट लाइटों की दूरियों के कारण रोशनी मध्यम थी। यदि सड़क के इर्द-गिर्द बिल्डिंग होती तो रोशनी की प्रतिच्छाया बढ़कर उस स्थल को और अधिक प्रकाशमय बना सकती थी। इसके विपरीत चारों ओर के वीराने ने प्रकाश की आधी शक्ति को अपने में ही सोख लिया था। ऐसी स्थिति में कोई भी सामने से आनेवाला व्यक्ति यह कह नहीं सकता कि मैं अकेला नहीं हूँ; कि मेरे पीछे एक छाया चुपचाप मेरे कदमों से साथ चल रही है।

सड़क के एक ओर की ट्राम लाइनें कुछ समय के लिए बंद पड़ी थीं। दूसरी ओर रेसकोर्स पर लगा सफेद रेलिंग सीधे चला जा रहा था। मैंने सड़क के बीच में चलना शुरू कर दिया। कुछ दूरी पर कहीं घड़ी में बारह बजने के घंटे बजने लगे। जैसे ही घंटों की आवाज बंद हुई, ब्योमकेश ने पीछे से दबे स्वर में कहा, ''अब लिफाफे को हाथ में पकड़ लो।''

मैं भूल ही चुका था कि ब्योमकेश मेरे पीछे ही चल रहा है। मैंने फुरती से जेब से लिफाफा निकालकर हाथ में पकड़ लिया। सड़क पर चलते हुए मुझे सात मिनट हो गए थे और मैंने खिदिरपुर पुल की आधी दूरी पूरी कर ली थी कि मुझे दूर रोशनी की एक हल्की झलक दिखाई दी। उसे देखकर मैं सजग हो गया। मेरे कानों में फिर आवाज सुनाई दी, ''वह आ रहा है, तैयार रहो।''

रोशनी की वह चमक तेज होती गई। कुछ ही क्षणों में स्पष्ट हो गया कि कोई वस्तु तेज रफ्तार से हमारी ओर बढ़ती चली आ रही है। उसका रंग हमारी तारकोल की सड़क से भी अधिक काला था। कुछ क्षण और बीतने पर साफ दिखने लगा कि वह एक साइकिल सवार है। मैंने चुपचाप खड़े होकर लिफाफे वाले हाथ

को देने की मुद्रा में फैला दिया। मेरे सामने आते हुए साइकिल की रफ्तार कुछ धीमी पड़ गई।

मैं साँस रोके खड़ा था। वह अब केवल पच्चीस फीट की दूरी पर रह गया था। मैंने स्पष्ट देखा, साइकिल सवार काला सूट पहने है और काला चश्मा पहने मुझ पर दृष्टि जमाए हुए है।

साइकिल की रफ्तार थोड़ी और कम हुई। वह सीधे मेरी ओर बढ़ रही थी। हमारे बीच की दूरी करीब दस फुट रह गई थी कि एकाएक जोर से साइकिल की घंटी बज उठी। और उसी समय मेरे सीने में एक जोर का झटका लगा और मैं लड़खड़ाकर गिर गया। मुझे लगा कि मेरे सीने पर लगी प्लेट टूटकर कई टुकड़ों में हो गई है।

और इसके बाद कुछ क्षणों में कई घटनाएँ घट गईं। जैसे ही मैं लड़खड़ाकर जमीन पर गिरा, वैसे ही ब्योमकेश उछल के सामने आ गया। साइकिल सवार इस बात के लिए कतई तैयार नहीं था कि मेरे पीछे भी कोई होगा! फिर भी उसने ब्योमकेश को चकमा देने की कोशिश की, लेकिन बच नहीं पाया। ब्योमकेश ने उसे झपटकर साइकिल से खींचा और एक खूँखार बाघ की तरह उस पर टूट पड़ा। जब मैं उठकर मदद के लिए आया तो देखा कि ब्योमकेश उसके हाथों को पकड़े उससे जूझ रहा है। जब उसने मुझे देखा तो बोला, ''अजित, मेरी पॉकेट से रेशम की रस्सी निकालकर इसके दोनों हाथों को बाँधो, कसकर बाँधो।''

मैंने उसकी पॉकेट से रेशम की रस्सी निकाली और जमीन पर लेटे आदमी के दोनों हाथों को कसकर बाँध दिया। ब्योमकेश बोला, ''ठीक है, अजित, तुमने इन महानुभाव को नहीं पहचाना यह हैं हमारे मित्र प्रफुल्ल रॉय, जो सुबह-सुबह हमारे यहाँ आए थे। और यदि पूरा ही जानना चाहते हो तो सुनो ग्रामाफोन-पिन रहस्य के प्रणेता भी यहीं हैं,'' उसने उस व्यक्ति की आँखों से काला चश्मा हटा दिया।

इन शब्दों को सुनकर मेरा क्या हाल हुआ, मैं वर्णन नहीं कर सकता। लेकिन प्रफुल्ल रॉय एक विषैली हँसी के बाद बोला, ''ब्योमकेश बाबू, आप मेरी छाती पर से अब तो हट सकते हैं। मैं अब भाग नहीं सकूँगा।''

ब्योमकेश ने कहा, ''अजित, इसकी दोनों पॉकेट की ठीक से तलाशी लो। उनमें कहीं कोई हथियार न हो!''

उसकी एक पॉकेट में आपेरा की ऐनक थी और दूसरी में पान की डिबिया

थी। मैंने डिबिया को खोलकर देखा। उसमें चार पान रखे हुए थे। ब्योमकेश ने जैसे ही उस पर अपनी पकड़ छोड़ी, वह उठा और बैठे ही बैठे ब्योमकेश को एकटक देखता रहा। फिर धीमी आवाज में बोला, ''ब्योमकेश बाबू! तुमने बाजी मार ली, क्योंकि मैं तुम्हारी तीव्र बुद्धि का सही अनुमान नहीं लगा पाया और यह तुम भी भाँप गए।' दुश्मन की शक्ति को कभी कम नहीं आँकना चाहिए। यह सबक सीखने में मुझे कुछ विलंब हो गया। इसका लाभ उठाने का अब समय नहीं रहा।'' उसके चेहरे पर एक हारी हुई मुसकान तैर गई।

ब्योमकेश ने अपनी जेब से पुलिस की सीटी निकाली और जोर-जोर से बजाई फिर बोला, ''अजित, साइकिल को उठाकर एक ओर कर दो और जरा सावधानी से। साइकिल की घंटी को हाथ न लगाना। वह खतरनाक है।''

प्रफुल्ल रॉय हँसा, ''देख रहा हूँ कि तुम सभी कुछ जानते हो! गजब की बुद्धि है? मुझे तुम्हारी बद्धि से ही डर था और इसीलिए मैंने आज का यह जाल बिछाया था। मैंने सोचा था कि तुम अकेले आओगे और हमारा मिलन निजी होगा, लेकिन तुमने सभी जगह मुझे मात दे दी। मैं अब तक अपने आप को अभिनय का सरताज समझता था, लेकिन तुम तो बहुत ऊँचे कलाकार निकले। आज सुबह ही तुमने मुझे बेनकाब करके मेरा दिमाग खाली कर दिया और मैं उलटे तुम्हारे जाल में फँस गया। मेरा गला सूख रहा है। क्या मुझे पानी मिलेगा?''

ब्योमकेश ने कहा, ''पानी यहाँ कहीं नहीं मिलेगा। पुलिस स्टेशन में ही पी सकोगे।''

प्रफुल्ल रॉय ने थकी हुई मुसकान के साथ कहा, ''सच में, कितना बेवकूफ हूँ मैं? यहाँ पानी कहाँ मिलेगा? वह कुछ देर रुका और पान की डिबिया को लालच भरी निगाहों से देखकर बोला, ''क्या मैं एक पान खा सकता हूँ? मैं जानता हूँ कि पकड़े गए अपराधी को कौन होगा, जो पान खिलाएगा? लेकिन इससे कम-से-कम मेरी प्यास बुझ जाएगी।''

ब्योमकेश ने एक बार मुझे देखा, फिर डिबिया से दो पान निकालकर उसके मुँह में रख दिए। पान चबाते हुए प्रफुल्ल रॉय बोला, ''धन्यवाद! तुम चाहो तो शेष दो पान खा सकते हो।''

ब्योमकेश ने उसकी बात का कोई जवाब नहीं दिया, क्योंकि वह व्यग्रता से चारों ओर देखकर पुलिस का इंतजार कर रहा था। थोड़ी दूर से मोटरसाइकिल की

आवाज सुनाई दी। प्रफुल्ल रॉय बोला, पुलिस भी अब आने को है। इसलिए अब तो तुम मुझे जाने ही न दोगे?

ब्योमकेश ने कहा, "मैं तुम्हें कैसे जाने दे सकता हूँ?"

प्रफुल्ल राय एक बार पागलों की तरह हँसकर फिर बोला, "तो तुमने मुझे पुलिस को सौंपने का निर्णय कर ही लिया है?"

"और नहीं तो क्या?"

"ब्योमकेश बाबू, तुम शायद भूल गए कि एक तीव्र बुद्धि का व्यक्ति भी भूल कर सकता है। तुम मुझे पुलिस को सौंप नहीं पाओगे!" और लड़खड़ाकर वह जमीन पर गिर पड़ा। इतने में एक मोटरसाइकिल भड़भड़ाते हुए आकर रुक गई। पुलिस की वरदी में एक अफसर कूदकर आ गया। उसने पूछा, "क्या हुआ? मर गया?"

प्रफुल्ल राय ने बड़ी मुश्किल से आँखें खोली और बोला, "वाह क्या बात है! आप शायद पुलिस चीफ हैं। लेकिन सर, आने में देर कर दी! मुझे पकड़ नहीं पाएँगे। ब्योमकेश बाबू! अच्छा होता कि आप भी पान खा लेते। हमारी यात्रा साथ-साथ ही होती। अपने पीछे आप जैसा बुद्धिमान व्यक्ति को छोड़ जाऊँ, यह मेरे बरदाश्त के बाहर है।" हँसने की नाकाम कोशिश के बाद प्रफुल्ल रॉय ने आँखें बंद कर लीं और चेहरा निष्प्राण हो गया।

इसी बीच एक ट्रक लोड पुलिस दल आ पहुँचा और स्वयं कमिश्नर हथकड़ी लेकर आगे बढ़ा। तब तक ब्योमकेश मृत व्यक्ति की जाँच करके उठ खड़ा हुआ और बोला, "हथकड़ी की जरूरत नहीं, अपराधी फरार हो गया है।"

दूसरे दिन ब्योमकेश और मैं अपने ड्राइंगरूम में बैठे थे। खिड़की से आती ताजा हवा और प्रकाश से कमरे के वातावरण में एक ताजगी थी। ब्योमकेश के हाथों में साइकिल की घंटी थी, जिसे वह मनोयोग से देख रहा था। मेज पर एक खुला लिफाफा पड़ा हुआ था। ब्योमकेश घंटी के कवर को खोलकर उसके यंत्रों का मुआयना कर रहा था। कुछ देर बाद वह बोला, "कमाल का दिमाग था। कोई कल्पना भी नहीं कर सकता कि इतना लाजबाव यंत्र कोई आविष्कार कर पाएगा? यह स्प्रिंग! इसे देख रहे हो? कितना शक्तिशाली पावर! यही असली यंत्र है। कितना छोटा किंतु कितना खतरनाक और जानलेवा, और यह देख रहे हो, यह छोटा

सा छेद! यही बंदूक का काम करता था। और यह है घंटी बजाने का ट्रिगर—यह दो काम करता था—शूट करना और घंटी बजाना अर्थात् उसको घुमाने पर वह छोटा पिन निकलकर अपने निशाने पर लगेगा और साथ-साथ घंटी बजेगी। लोग समझेंगे घंटी बजी पर उधर गोली चली। घंटी की आवाज स्प्रिंग की आवाज को छुपा लेती थी। याद है, हमने चर्चा भी की थी। एक आवाज दूसरी आवाज को छुपा सकती है, लेकिन जो दुर्गंध फैलती है, वह कैसे छिपेगी? उसी दिन मुझे इस व्यक्ति के प्रखर मस्तिष्क का आभास हो गया था।''

मैंने पूछा, ''एक बात बताओ, तुमने यह कैसे अनुमान लगाया कि शरीर में काँटे का सरगना और ग्रामाफोन पिन का हत्यारा एक ही व्यक्ति है?''

ब्योमकेश ने कहा, ''पहले मैं यह जान नहीं पाया। लेकिन धीरे-धीरे मेरे मस्तिष्क में ये दोनों एक होते गए। देखो, शरीर में काँटेवाला क्या कह रहा है? वह स्पष्ट रूप से कहता है कि यदि आपके सुख और शांति में कोई व्यवधान है तो वह उससे छुटकारा दिला देगा। जाहिर है, इसके बदले में उसे एक मोटी रकम देनी होगी। यद्यपि इस रकम का कहीं जिक्र नहीं किया जाता, किंतु यह भी तय है कि वह यह काम कोई दया-पुण्य या परोपकारवश के खाते में नहीं करता। और अब, दूसरी ओर देखो, जितने भी लोग मारे गए, वे सभी किसी के सुख में काँटा बने हुए थे। मैं मरनेवालों के रिश्तेदारों पर उँगली उठाना नहीं चाहता, क्योंकि जिस तथ्य को साबित नहीं किया जा सकता, उसका जिक्र भी फिजूल होता है। लेकिन कोई इस बात को नोट किए बिना नहीं रह सकता कि जितने लोगों की हत्या हुई, वे निस्संतान थे और उनके धन-संपत्ति को पानेवाला कुछ केसों में उनका भतीजा या दामाद था। क्या आशु बाबू और उनकी रखैल स्त्री का किस्सा हमें संकेत नहीं देता कि उन दोनों का दिमाग किस दिशा में काम कर रहा था?''

''तो यह स्पष्ट हो जाता है कि यद्यपि ये दोनों केस शरीर में काँटा और ग्रामोफोन-पिन देखने में तो अलग-अलग दिखाई देते हैं, पर दोनों एक साथ फिट भी हो जाते हैं, जैसे गुलदस्ते के दो टुकड़े उसके गोल छेद में थोड़े प्रयास के बाद आसानी से फिट बैठ जाते हैं। एक दूसरी बात, जो शुरू में ही मेरे मस्तिष्क में खटकी थी, वह थी पहले के नाम और दूसरे के काम में समानता। एक ओर शरीर में काँटे का वर्गीकृत विज्ञापन और दूसरी ओर काँटे जैसी वस्तु के हृदय में घुसने से

मरते लोग क्या तुम्हें अहसास नहीं होता कि दोनों में कहीं समानता है?''

मैंने उत्तर दिया, ''शायद लगा हो, पर मुझे उस समय कुछ सुझाई ही नहीं दिया।''

ब्योमकेश ने व्यग्रता से सिर हिलाते हुए कहा, ''यह सबकुछ जमा करके एक-एक घटाते जाने की प्रक्रिया से बिल्कुल स्पष्ट हो जाता है। इसका अहसास मुझे आशु बाबू का केस लेने के बाद ही हो गया था। समस्या केवल अपराधी की पहचान की थी और यहीं आकर प्रफुल्ल रॉय का प्रखर मस्तिष्क सामने आ गया। उसकी चालाकी बेमिसाल थी। जिन लोगों ने हत्या के लिए पैसे दिए, वे तक नहीं जान पाए कि वह कौन है और यह काम वो कैसे करता है? उसकी तुरुप चाल यही थी कि वह कैसे अपने को परदे में छुपाए रखे? मैं नहीं जानता कि मैं कभी उसका पता लगा भी सकता था, जब तक कि वह खुद चलकर मेरे घर में नहीं आया।

''देखो, इसको इस प्रकार समझो। जब तुम उसके आमंत्रण पर लैंपपोस्ट पर खड़े थे तो तुम्हारे आचरण से उसको कुछ संदेह जरूर हुआ था, फिर भी उसने जुआ खेला और वह पत्र तुम्हारे पॉकेट में पहुँचाया और अपना संदेह मिटाने के उद्देश्य से तुम्हारा पीछा भी किया। लेकिन जब तुम आधे कलकत्ता का चक्कर लगाकर घर में घुसे तो वह जान गया कि तुम मेरे ही दूत हो। वह पहले ही जान गया था कि आशु बाबू का केस मेरे हाथ में आ गया है। इसलिए उसे पूरा विश्वास हो गया कि मुझे सबकुछ पता चल गया है। उसकी जगह कोई और होता तो वह अपनी योजना छोड़कर भाग खड़ा होता।

''किंतु प्रफुल्ल रॉय अपनी अतिशय जिद के कारण मेरे पास आया, ताकि वह पता कर सके कि मैं कितना कुछ जानता हूँ और शरीर में काँटे के केस में क्या करना चाहता हूँ? यह करके वह कोई जोखिम नहीं उठा रहा था, क्योंकि मेरे लिए यह पता करना असंभव था कि शरीर में काँटे के और ग्रामोफोन-पिन दोनों रहस्यों का प्रणेता वही है, और यदि मैं जान भी लेता तो भी मैं किसी भी सूरत में उसको अपराधी नहीं ठहरा सकता। लेकिन उसने यहाँ एक भूल कर दी।''

''वो क्या है?''

"वह यह कल्पना नहीं कर पाया कि उस सुबह मैं उसका ही इंतजार कर रहा था, क्योंकि मैं यह जान गया था कि इन सबकी जानकारी लेने के लिए वह मेरे पास जरूर आएगा।"

"तुम जान गए थे! तो तुमने पकड़वाया क्यों नहीं?"

"अब देखो! कर रहे हो न बौड़म जैसी बात! अजित, यदि उस समय मैं उसे पकड़वा देता तो मेरी सारी मेहनत बेकार जाती, क्योंकि मेरे पास ऐसा क्या कोई सबूत था, जिसके बल पर मैं उसे हत्या का अपराधी ठहरा सकता था? मेरे पास उसे पकड़ने का एक ही रास्ता था और वह था कि मैं उसे रँगे हाथ पकड़ूँ। और यही मैंने किया। जरा सोचो, हम लोग सीने पर प्लेट बाँधकर रात में क्या करने गए थे?

"जो भी हो, मेरे से बात करके प्रफुल्ल रॉय जान गया कि मुझे अब सबकुछ पता लग चुका है। केवल यह नहीं जान पाया कि मैंने उसके मस्तिष्क को पढ़ लिया है। उसने फैसला कर लिया कि मुझे अब जिंदा छोड़ देना उसके लिए खतरनाक है। और इसीलिए उसने मुझे उस रात रेसकोर्स की सड़क पर चलने के लिए आमंत्रित किया। वह जान गया था, मैंने उस दिन तुम्हें भेजकर उसे गच्चा दिया था। इसलिए इस बार मैं स्वयं ही जाऊँगा। तो भी एक बात को लेकर उसके मन में अब भी संशय था कि मैं अपने साथ यदि पुलिस ले जाऊँ तो? इसलिए जाते समय उसने पुलिस का जिक्र किया था, पर जब उसने देखा कि पुलिस की बात को लेकर मैं क्रोधित हो गया, तब उसे इत्मिनान हो गया कि पुलिस नहीं आएगी और मन-ही-मन उसने मुझे मृत मान लिया।

बेचारा! नटवर लाल! एक छोटी सी चूक में फँस गया। इसका अफसोस उसने मरते समय प्रकट भी किया और माना कि उसे मेरी प्रखरता को कम नहीं आँकना चाहिए था।

एक अंतराल के बाद ब्योमकेश बोला, "क्या तुम्हें याद है, जब आशु बाबू पहली बार यहाँ आए थे। तब मैंने उनसे पूछा था कि उन्होंने अपने सीने में झटका लगने के समय क्या कोई ध्वनि या आवाज सुनी थी? उन्होंने कहा था कि साइकिल की घंटी। उस समय मैंने उस बात पर अधिक गौर नहीं किया। यही एक बड़ी पहेली थी, जो सुलझने का नाम ही नहीं ले रही थी। लेकिन जब मैंने शरीर में काँटे का

पत्र पढ़ा, तो तुरंत उसका हल मिल गया। तुम्हारे प्रश्न के उत्तर में मैंने कहा था कि मुझे पत्र में केवल एक ही शब्द मिला है, वह है 'बाइस्किल'।

"आश्चर्य होता है कि मैंने साइकिल पर पहले क्यों नहीं ध्यान दिया?" दरअसल आज जब मैं सोचता हूँ तो मुझे साइकिल के अतिरिक्त कुछ दिखाई ही नहीं देता, क्योंकि इतनी आसानी से निशंक हत्या का अन्य कोई उपाय संभव ही नहीं है। आप सड़क पर चल रहे हैं, एक साइकिल सवार सामने से आता है। वह आपको एक ओर हो जाने के लिए घंटी बजाता है और चला जाता है। आप सड़क पर गिर जाते हैं या कहो मर जाते हैं। कोई भी व्यक्ति साइकिल सवार पर संदेह नहीं करता, क्योंकि उसके दोनों हाथ हेंडिल को पकड़े थे, वह हत्या कैसे कर सकता है? इसलिए दूसरी बार कोई उसे देखता भी नहीं कि वह कहाँ गया?

"केवल एक बार! तुम्हें याद हो! पुलिस ने अपनी चौकसी दिखाई थी। पिछले शिकार—केदारनंदी की मृत्यु पुलिस मुखयालय के सामने लाल बाजार क्रॉसिंग पर हुई थी। जैसे ही वे सड़क पर गिरकर मरे, पुलिस ने सभी ट्रैफिक जाम कर दिया और घटनास्थल पर उपस्थित प्रत्येक व्यक्ति की जाँच और तलाशी ली गई। लेकिन पुलिस को कुछ नहीं मिला, मैं समझता हूँ, प्रफुल्ल रॉय भी वहाँ भीड़ में मौजूद था और उसकी भी तलाशी ली गई। उसने मन-ही-मन ठहाका भी लगाया होगा, क्योंकि किसी पुलिस सिपाही के दिमाग में साइकिल की घंटी को जाँचने का प्रश्न ही नहीं उठा।" इतना कहकर ब्योमकेश घंटी को हाथ में लेकर बड़े चाव से निहारने लगा।

इतने में हवा का एक झोंका आया और मेज पर रखा लिफाफा उड़कर मेरे पाँव के पास गिर गया। मैंने उसे उठाकर मेज पर रखते हुए कहा, "तो अब पुलिस कमिश्नर महोदय का क्या कहना है?"

"और! बहुत कुछ," ब्योमकेश बोला, "पहले तो उन्होंने पुलिस और सरकार की ओर से धन्यवाद दिया है और बाद में प्रफुल्ल रॉय की आत्महत्या पर शोक प्रकट किया है—यद्यपि उससे उन्हें तो खुशी ही होनी चाहिए थी, क्योंकि इससे सरकार का सारा श्रम व खर्च बच गया। जरा सोचो, उस पर मुकदमा चलाने और फाँसी चढ़ाने में कितना श्रम, शक्ति और खर्चा हो जाता? जो भी हो, एक बात पक्की हो गई है

कि जल्दी ही सरकार की ओर से मुझे पुरस्कार मिल जाएगा। कमिश्नर साहब ने कहा है कि उन्होंने मेरे 'पेटीशन' को तुरंत काररवाई करके अनुमोदित करने की सारी व्यवस्था कर ली है। प्रफुल्ल रॉय की लाश की पहचान अभी नहीं हो पाई है। 'ज्वैल इंश्योरेंस' के कर्मचारियों ने लाश देखकर इनकार कर दिया कि यह व्यक्ति प्रफुल्ल रॉय है। उनका प्रफुल्ल रॉय इस समय काम के सिलसिले में जैस्सोर गया हुआ है। तो यह स्पष्ट है कि हत्यारा प्रफुल्ल रॉय का नाम प्रयोग में लाता था। उसका वास्तविक नाम क्या है, यह अभी पता नहीं चला है। खैर, मेरे लिए तो वही प्रफुल्ल रॉय है। और अंत में कमिश्नर ने एक दुःख का समाचार दिया है। यह घंटी मुझे पुलिस को दे देनी होगी, क्योंकि अब यह सरकार की संपत्ति हो गई है।"

मैंने हँसकर कहा, "तुम तो मुझे लगता है, इस घंटी के दीवाने हो गए हो, तुम देना नहीं चाहते, क्यों है न यही बात?"

ब्योमकेश ने भी हँसते हुए कहा, "यह सही है। यदि सरकार मुझे दो हजार के पुरस्कार के बदले में यह घंटी दे दे तो मुझे खुशी होगी। लेकिन फिर भी, मेरे पास प्रफुल्ल रॉय की एक यादगार है।"

"वो क्या है?"

"क्या तुम भूल गए? वह दस रुपए का नोट। मैं उसे जड़वाऊँगा। वे रुपए मेरे लिए अब हजार रुपए से भी ज्यादा का है।" ब्योमकेश ने जाकर घंटी को अपनी अलमारी में रखा और ताला लगा दिया।

वह जब वापस आया तो मैंने पूछा, "ब्योमकेश! अब तो बताओ, बिल्कुल सच-सच बताना, क्या तुम जानते थे कि पान में जहर था?"

ब्योमकेश कुछ क्षणों तक चुप रहा। फिर बोला, "देखो जानकारी में और अज्ञान के बीच का कुछ भाग अनिश्चय का होता है, जिसे हम संभावना का क्षेत्र कह सकते हैं।" फिर कुछ ही देर बाद बोला, "क्या समझते हो, क्या यह उचित होता यदि प्रफुल्ल रॉय की मृत्यु एक साधारण अपराधी की तरह होती? मैं नहीं समझता? इसके विपरीत, उसका अंत बहुत मौजू था। उसने यह दिखा दिया कि हाथ-पैर बाँधे एक अपराधी के रूप में भी उसने कितने सहज रूप से मृत्यु का वरण किया! क्या वह कम कलाकार था?"

मेरे पास इसका कोई उत्तर नहीं था, क्योंकि एक सत्यान्वेषी के मन में अपने

अपराधी के लिए कब और कहाँ प्रशंसा और सहानुभूति पैदा होती है, इस दुर्गम मार्ग की कल्पना करना मेरे लिए आसान नहीं था।

''पोस्टमैन!''

आवाज सुनते ही हम दोनों ने उत्सुकता से आगंतुक को देखा। ब्योमकेश के नाम रजिस्टर्ड पत्र था। उसने पत्र लेकर खोला। उसके हाथ में एक रंगीन शीट दिखाई दी, जिसे उसने मुसकराते हुए मेरी ओर बढ़ा दिया। मैंने देखा, आशु बाबू की ओर से भेजा गया एक हजार रुपए का चेक था।

❑

तरनतुला का जहर

व्योमकेश को घर से बाहर ले जाने के लिए मुझे बहुत कोशिश करनी पड़ी। पिछले एक महीने से वह एक जालसाजी के केस को सुलझाने में लगा हुआ था। सुबह-शाम जब भी देखो, वह बड़ी-बड़ी फाइलों में उलझा रहता। जैसे उन पन्नों में जालसाज की छवि उभर आएगी। जैसे-जैसे रहस्य की परतें बढ़ने लगीं, वैसे-वैसे उसकी बातचीत भी घटने लगी। सुबह से रात तक फाइलों की उलझन उसके स्वास्थ्य पर दिखने लगी थी। जब भी मैं इस विषय पर बात करता, तो वह दो टूक जवाब देता, "अरे नहीं, मैं पूरी तरह ठीक हूँ।"

उस शाम मैं जिद पर अड़ गया, "देखो अब मैं तुम्हारी एक बात भी नहीं सुनूँगा। आज हम घूमने जा रहे हैं। तुम्हारा दो-तीन घंटों के लिए बाहर जाना जरूरी है।"

"लेकिन ?"

"लेकिन-वेकिन कुछ नहीं। हम लोग 'लेक' चलते हैं। तुम्हारा जालसाज दो घंटों में भागा नहीं जाता।"

"तो चलो, चलते हैं।" उसने फाइलों को खिसका दिया, लेकिन उन्हें मस्तिष्क से हटा पाया, यह कहना मुश्किल है।

'लेक' के किनारे घूमते हुए एकाएक मुझे एक पुराना मित्र दिखाई दे गया। वह मेरे साथ इंटरमीडिएट तक पढ़ा था। उसके बाद वह मेडिकल कॉलेज में चला गया। तब से मैंने उसे नहीं देखा। मैंने आवाज दी, "हेई ! तुम मोहन ही हो न ? अरे भाई ! कैसे हो ?"

वह चौंककर रुका और मुझे देखकर खुशी से उछल पड़ा।

"अरे अजित! तुम्हें देखे एक अरसा बीता। कैसे हो? कहाँ हो? सब ठीक है न?" जोश भरे अभिवादन के बाद मैंने उसका परिचय ब्योमकेश से कराया। मोहन बोला, "ओह! तो आप ही हैं ब्योमकेश बक्शी?" आपसे मिलकर खुशी हुई। मैं अकसर सोचा करता था कि ब्योमकेश बक्शी के वृत्तांतों का लेखक अजित बंद्योपाध्याय कहीं अपना पुराना मित्र अजित तो नहीं है? लेकिन निश्चय नहीं कर पाता था।"

मैंने कहा, "आजकल क्या कर रहे हो?" मोहन बोला, "मैं कलकत्ता में ही प्रैक्टिस कर रहा हूँ। हम घंटे भर साथ-साथ घूमते रहे। बातचीत में समय बीत गया। इस दौरान मुझे लगा, जैसे मोहन कुछ कहना चाह रहा हो, पर रुक जाता था। ब्योमकेश ने भी शायद देखा था, क्योंकि एक बार उसने मुसकराकर कह ही दिया, "क्यों? रुक क्यों जा रहे हैं डॉक्टर साहब? जो मन में है, कह डालिए।"

मोहन ने कुछ झिझकते हुए बोला, "एक बात है, जो मैं आपसे पूछना चाह रहा था, लेकिन बताने में संकोच हो रहा है। दरअसल मैं, वह इतनी छोटी समस्या है, जिसे आपको बताना मुनासिब नहीं समझता, फिर भी…"

मैंने कहा, "कोई बात नहीं, तुम बताओ तो सही और कुछ नहीं तो कम-से-कम कुछ समय के लिए ब्योमकेश को इस जालसाज से फुरसत मिल जाएगी?"

"जालसाज?"

मैंने पूरी कहानी बताई तो अजित बोला, "यह तो ठीक है, पर ब्योमकेश बाबू मेरी समस्या पर हँसेंगे।"

"यदि वह हँसने लायक होगी तो जरूर हँसूँगा। लेकिन आपको देखकर मुझे नहीं लगता कि हँसने लायक है, बल्कि मुझे तो लगता है कि उस समस्या से आप चिंतित है और हल करने के लिए आप एड़ी-चोटी का जोर लगा रहे हैं।"

मोहन ने उत्साहित होकर, "आप बिल्कुल सही कह रहे हैं। संभव है, वह समस्या बेहद आसान हो, लेकिन मेरे लिए जी का जंजाल बन गई है। ऐसा नहीं कि मैं चुपचाप बैठा हूँ। मैं अब तक अपने सामान्य ज्ञान का भरपूर उपयोग कर चुका हूँ, फिर भी आपको जानकर आश्चर्य होगा कि एक बीमार वृद्ध व्यक्ति, जिसका पूरा शरीर लकवे से ग्रस्त हो, कैसे हर दिन मुझे चकमा दे रहा है। वह केवल मुझे ही नहीं, अपने पूरे परिवार के सख्त पहरे के बावजूद उनकी आँखों में

धूल झोंक रहा है।''

बातचीत के दौरान हम लोग बैंच पर बैठ गए। मोहन बोला, ''मैं आपको संक्षेप में सारी बात बताता हूँ। मैं एक बहुत ही संपन्न परिवार का पारिवारिक डॉक्टर हूँ। यह परिवार बहुत ही पुराना है। उस समय का है, जब यह शहर बसना शुरू हुआ था। पर्याप्त संपत्ति और आय के अतिरिक्त ये लोग एक संपूर्ण मार्केट के स्वामी हैं, जिससे उनके आर्थिक स्तर का अंदाजा लगाया जा सकता है। पूरे मार्केट का भाड़ा क्या होगा? आप इसी से अनुमान लगा सकते हैं।

''घर के स्वामी का नाम नंदुलाल बाबू है और वे ही मेरे पेशेंट हैं। अपनी जवानी के दिनों में उन्होंने अनेक ऐसे व्यसन पाल लिये थे कि पचास की आयु पहुँचते-पहुँचते उनके शरीर ने जवाब दे दिया। उनका शरीर रोगों का घर बन गया है। बहुत पहले से उनकी शरीर को अर्थराइटिस ने धर लिया और अब तो लकवा भी मार चुका है। हमारे व्यवसाय में एक कहावत प्रचलित है कि व्यक्ति की मृत्यु कोई विचित्र बात नहीं, बल्कि आश्चर्य तो यह है कि अब तक वह जीवित कैसे है? मेरे मरीज इस कहावत का सर्वश्रेष्ठ नमूना है।

''नंदुलाल बाबू के चरित्र के वर्णन के लिए मेरे पास शब्द नहीं हैं। बदतमीज, बेहूदा, गाली-गलौज करनेवाला, धोखेबाज, चालाक और निकृष्ट—संक्षेप में मैंने जीवन में इतना निकृष्ट व्यक्ति नहीं देखा है। उनकी पत्नी और परिवार है, किंतु उनका किसी से अच्छा व्यवहार नहीं है। वे आज भी उसी नर्क में जीना चाहते हैं, जिसमें वे जवानी में थे। लेकिन उनके शरीर की शक्ति समाप्त हो चुकी है और अब वह सब सहने योग्य नहीं रही। इसलिए उनके मन में सबके प्रति भयंकर द्वेष है, जैसे वे सब उनकी दशा के जिम्मेदार हैं। वे हमेशा इसी प्रयास में रहते हैं कि कैसे किसी को दोषी बनाकर उससे गाली-गलौज किया जाए?

''उनका शरीर कमजोर है, हृदय रोग भी है, इसलिए वह अपने कमरे से बाहर नहीं जा सकते। वे अपने कमरे में बैठकर पूरी दुनिया को गालियाँ देते हैं और लिख-लिखकर पन्ने भरते जाते हैं। उन्होंने मन में यह भ्रम पाल लिया है कि वे एक महान् साहित्यकार हैं, इसलिए वे काली स्याही से, कभी लाल स्याही से पन्नों को भरते जाते हैं। प्रकाशकों को भी वे गाली देते रहते हैं। उनके मन में यह बैठ गया है कि सभी उनके विरुद्ध षड्यंत्र रच रहे हैं और इसीलिए उनकी रचनाएँ नहीं छापते।

''कमाल है?'' उत्सुकता से मैंने पूछा, ''क्या लिखते हैं?''

''कहानी या फिर कुछ आत्मकथा जैसा। केवल एक बार मैंने उनके पेज पर दृष्टि डाली थी, फिर कभी हिम्मत नहीं हुई। यदि तुम इस कूड़े-करकट को पढ़ लो तो कोई देवता भी तुम्हें शुद्ध नहीं कर पाएगा। मैं दावे के साथ कह सकता हूँ, आज के प्रयोगात्मक युवा लेखक भी उसे पढ़कर बेहोश हो जाएँगे।''

ब्योमकेश ने हल्की मुसकान के साथ कहा, ''मैं कल्पना कर सकता हूँ उस चरित्र के बारे में, किंतु यह तो बताइए दरअसल में समस्या क्या है?''

मोहन ने सिगरेट का पैकेट निकालकर हम दोनों के लिए सिगरेट पेश की और स्वयं एक जलाकर बोला, ''शायद आप सोच रहे होंगे कि ऐसे विचित्र व्यक्ति में और कोई गुण नहीं हो सकते। वे एक अन्य गुण से संपन्न हैं और वह एक भयंकर नशा।'' उसने सिगरेट के कई कश लगाने के बाद कहा, ''ब्योमकेश बाबू! आपको तो ऐसे नशीले और दुश्चरित्र व्यक्तियों से पाला पड़ता होगा, जो शराब, गाँजा, कोकेन और ऐसे ही निकृष्ट नशों के आदि होते हैं, पर क्या आपने कभी सुना कि कोई व्यक्ति मकड़ी का जूस पीता हो?''

मैं जोर से चौंक गया। ''क्या कहा, मकड़ी का जूस, अरी बाबा! यह क्या होता है?''

मोहन बोला, ''कुछ खास किस्म की मकड़ियाँ होती हैं, जिनके शरीर से जहरीला जूस निकाला जाता है।''

ब्योमकेश जैसे अपने आप से ही बोल रहा हो, उसके मुँह से निकल पड़ा, ''तरनतुला डांस! यह एक जमाने में स्पेन में प्रचलित था। मकड़ी के काटने पर लोग घोड़े की तरह डांस करने लग जाते थे। यह एक बहुत ही घातक जहर है। मैंने इसके बारे में पढ़ा है, किंतु हमारे देश में मैंने इसका प्रयोग करते आज तक किसी को नहीं देखा।''

मोहन बोला, ''आपने सही कहा, तरनतुला डांस। यह तरनतुला जूस दक्षिणी अमेरिका की स्पेनिश-अमेरिकी जनजातियों में काफी प्रचलित है। तरनतुला का जहर एक घातक जहर है, लेकिन इसका छोटी मात्रा में प्रयोग स्नायुमंडल में बड़े जोरों की झंकार और सनसनाहट पैदा कर देता है और आप आसानी से अनुमान लगा सकते हैं कि जो व्यक्ति इस नशे का आदी हो, वह इस नशे के बगैर कैसे रह सकता है? किंतु इसका लगातार प्रयोग घातक है, वह नशेड़ी निश्चित रूप से लकवे से मरता है।

''मैं निश्चयपूर्वक कह सकता हूँ कि नंदुलाल बाबू ने यह खूबसूरत शौक

अपनी जवानी में शुरू किया होगा। बाद में चलकर जब उनका शरीर अपंग हो गया, तब भी वे इसे छोड़ नहीं पाए। मुझे उनका फैमिली डॉक्टर बने लगभग एक वर्ष हुआ। तब तक वे इस जहर के पक्के आदी बन चुके थे। पहला काम जो मैंने किया, वह था उस पर रोक लगाना। मैंने उनसे स्पष्ट रूप से कह दिया कि यदि वे जीवित रहना चाहते हैं तो उन्हें यह नशा छोड़ना पड़ेगा।

"शुरू मैं काफी नोक-झोंक हुई। वे छोड़ने को तैयार नहीं थे और मैं उन्हें नशा करने नहीं देना चाहता था। अंततः मैंने कहा, 'मैं इस जहर को आपके घर में घुसने नहीं दूँगा। मैं देखता हूँ, आप कैसे उसे ले पाते हैं ?' उन्होंने एक हँसी के साथ, 'अच्छा! यह बात है ? तो ठीक है, मैं लेता रहूँगा। देखता हूँ, तुम कैसे रोकते हो ?' और इस प्रकार युद्ध का श्रीगणेश हो गया।"

परिवार के सभी सदस्य वस्तुतः मेरे साथ ही थे और इसलिए घर के अंदर एक मजबूत मोरचाबंदी करना आसान हो गया। उनकी पत्नी और बेटों ने बारी-बारी से उनके रूम पर पहरा देने का काम शुरू कर दिया, ताकि रूम के अंदर उस जहर को ले जाने का उपाय ही न रह जाए। वह चूँकि स्वयं भी अपंग थे, इसलिए बाहर जाकर उसे लाना उनके लिए संभव नहीं था। इतनी मोरचाबंदी तथा पहरेदारी के बाद फिलहाल तो संतोष हो गया।

लेकिन वह सब बेकार ही रहा, क्योंकि इतना सब करने के बावजूद वे नशा करते ही रहे। कोई नहीं जान पाया कि वह कैसे करते हैं ? पहले तो मुझे संदेह हुआ कि यह जरूर उनके परिवार के किसी सदस्य का ही काम है। इसलिए एक दिन मैं खुद पहरे पर बैठा। लेकिन ताज्जुब है कि उन्होंने मेरी पहरेदारी के बावजूद तीन बार जहर का सेवन किया। यह मुझे तब पता चला, जब मैंने उनकी नब्ज की जाँच की, लेकिन मैं यह नहीं जान पाया कि उन्होंने कब और कैसे वह जहर ले लिया ?

उसके बाद मैंने उनके कमरे की बड़े यत्न से तलाशी ली। हर कोना और फर्नीचर छान मारा। सभी आगंतुकों के प्रवेश पर रोक लगा दी है, लेकिन मैं उनका नशा करने को रोक नहीं पाया हूँ, यही आज की स्थिति है।

"अब मेरी समस्या यह है कि मैं कैसे पता लगाऊँ कि वह व्यक्ति मकड़ी का जहर कैसे पाता है और कब लोगों को चकमा देकर उसे गटक जाता है ?"

इतना कहकर मोहन रुक गया। मैं यह जान नहीं पाया कि मोहन के वृत्तांत में कब ब्योमकेश का मस्तिष्क वहाँ से हटकर कहीं और चला गया, क्योंकि जैसे

ही मोहन ने बोलना समाप्त किया, ब्योमकेश उठ खड़ा हुआ और अजित से बोला, "अजित, चलो अब हम घर चलते हैं। मुझे एकाएक कुछ खयाल आया है और यदि मेरा अनुमान सही है तो…"

मैं समझ गया कि जालसाज फिर से उसके मस्तिष्क में आ गया है। हो सकता है, उसने मोहन के वृत्तांत का अंतिम भाग सुना भी न हो। मैंने कुछ निरुत्साहित होकर कहा, "शायद तुम मोहन की कहानी पर ध्यान नहीं दे पाए हो?"

"नहीं-नहीं, मैंने वस्तुतः सारी कहानी पूरी सावधानी से सुनी है। यह समस्या वाकई विचित्र है और मैं तो कहूँगा कि मैं भी इस चक्कर को समझ नहीं पाया हूँ। लेकिन इस समय मेरे लिए समय देना संभव नहीं हो पा रहा है।"

मोहन को इन बातों से शायद ठेस पहुँची थी, किंतु उसने अपने भावों को छिपाते हुए कहा, "बिल्कुल सही है, छोड़िए उसे। आपको छोटे-मोटे मामलों में उलझाना ठीक नहीं लगता। लेकिन इतना जरूर है कि यदि यह रहस्य खुल जाए तो संभवतः उस व्यक्ति का जीवन बच जाए। इससे ज्यादा दुःख और क्लेश क्या हो सकता है कि एक व्यक्ति को, चाहे वह पापी ही क्यों न हो, आँखों के सामने जहर से मरता देखते रहें?"

ब्योमकेश थोड़ा विचलित हो गया। उसने कहा, "मैंने यह तो नहीं कहा कि मैं इस केस को नहीं देखूँगा? मुझे इस केस को सुलझाने के लिए कम-से-कम कुछ घंटे तो लगेंगे ही। फिर उस व्यक्ति को भी देखना चाहूँगा। उससे भेंट काफी सहायक हो सकती है। किंतु यह सब मैं आज नहीं कर पाऊँगा। यह सही है कि नंदुलाल बाबू जैसे अजीब व्यक्ति को यों ही मृत्यु का ग्रास बनने देना अपराध होगा, और मैं ऐसा नहीं चाहूँगा। आप निश्चिंत रहें। लेकिन इस समय मुझे फौरन अपने घर पहुँचना बहुत जरूरी है। मैं समझता हूँ कि मुझे जालसाज को पकड़ने के लिए एक बार कागजों पर नजर दौड़ाना जरूरी है। इसलिए आज भर के लिए नंदुलाल बाबू को शांति से अपनी खुराक लेने दीजिए, कल से मैं उनके जहर पर रोक लगा दूँगा।"

मोहन ने हँसकर उत्तर दिया, "मुझे कोई समस्या नहीं। आप केवल मुझे समय दे दीजिए, ताकि मैं आपको लेने के लिए कार भेज सकूँ।"

ब्योमकेश एक क्षण सोचकर बोला, "मेरा एक सुझाव है। अजित को अपने साथ जाने दीजिए, इससे आपकी उत्सुकता में फिलहाल राहत भी मिलेगी। एक

बार अजित को जाकर पूरा मुआयना कर लेने दीजिए। उसकी रिपोर्ट पर आज रात या कल सुबह तक आपकी समस्या का हल दे दूँगा।''

ब्योमकेश का प्रस्ताव सुनकर मोहन के चेहरे पर निराशा की जो छाया दिखाई दी, वह किसी से छिप न सकी। ब्योमकेश के स्थान पर अजित का जाना? वह निराश हो गया। यह ब्योमकेश ने भी देखा, इसलिए उसने स्थिति को स्पष्ट करते हुए कहा, ''अजित चूँकि आपका मित्र है, इसलिए शायद आपका उस पर विश्वास जम नहीं रहा? लेकिन दिल छोटा न कीजिए, अजित पहले जैसा अजित नहीं है। वह भी एक सफल अन्वेषी के साथ रहकर उन्हीं ऊँचाइयों पर पहुँच चुका है। मैं तो कहता हूँ कि संभव है कि अजित स्वयं आपकी पहेली का हल खोज निकाले।''

किंतु इतनी तारीफ के बाद भी मोहन के चेहरे पर मायूसी छिपी नहीं, जैसे दिनभर बड़ी मछली की आस में बैठा कोई शिकारी शाम तक फँसी एक छोटी सी मछली को देखकर मायूस हो जाए। अंततः उसने कहा, ''ठीक है, अजित ही चले मेरे साथ, किंतु यदि वह नहीं… ?''

''निश्चिंत रहिए, यदि वह सफल नहीं हो पाया तो आप मुझ पर भरोसा रखिए।'' चलने से पहले ब्योमकेश ने मुझे एक ओर बुलाकर कहा, ''ठीक से सभी चीजों का मुआयना कर जाँच कर लेना और हाँ आने वाली डाक के बारे में पूछना न भूलना।''

बरसों से ब्योमकेश को अनेक गूढ़ रहस्यों को सुलझाते देखने के साथ-साथ अनेक केसों में उसे मदद करने के बाद मुझे भी अब लगने लगा कि आखिर यह ऐसा कौन सा गहन केस है, जो मैं नहीं सुलझा सकता? मोहन ने जो मेरी क्षमता पर इतना संदेह व्यक्त किया था, उसने मानो न मानो, मुझे भी आहत किया था और मैंने भी निश्चय कर लिया कि मैं इस समस्या का हल करके ही रहूँगा। इस निश्चय के साथ वह मोहन के साथ चल दिया।

उन दोनों ने बस पकड़ी और गंतव्य स्थान पर पहुँच गए। साथ ही अँधेरा घिर आया था। सड़क की रोशनी में मोहन आगे-आगे चल रहा था। हम लोग सर्कुलर रोड पर कुछ देर चले होंगे कि मोहन ने दूर से एक बड़े घर की ओर इशारा करते हुए कहा, 'यही घर है।' घर के बाहर लोहे का विशाल गेट था, सिर्फ बाहर खड़े दरबान ने मोहन को सलाम किया। किंतु मुझे रोक लिया, ''सर! आप नहीं जा सकते।''

मोहन ने मुसकराकर कहा, ''ठीक है, दरबान! ये मेरे साथ हैं।''

"तो ठीक है सर!" दरबान रास्ते से हट गया। हम बरामदे में कुछ ही दूर गए होंगे कि लगभग बीस वर्ष का एक युवक मिल गया।

"ओह! डॉक्टर साहब आप हैं। आइए, आइए! और ये?" मोहन उसे दो कदम अलग ले जाकर कुछ बोला तो उत्तर में उसने कहा, "हाँ-हाँ जरूर। उन्हें देख लेना जरूरी है।"

मोहन ने मेरा परिचय दिया। युवक का नाम अरूण था। वह नंदुलाल बाबू का बड़ा लड़का था। वह हमें उस कमरे तक ले गया। बीच में दो कमरे थे। तीसरे दरवाजे पर जाकर उसने खटखटाया, जिसके बाद भीतर से कठोर स्वर गुर्राया, "कौन है? मुझे परेशान मत करो, मैं लिख रहा हूँ।"

अरूण ने कहा, "पिताजी, गैं अरूण हूँ। डॉक्टर साहब आए हैं। अभय, जरा दरवाजा खोल दो।"

दरवाजे को खोलने वाला शायद अरूण का छोटा भाई था। उसकी आयु करीब अठारह वर्ष होगी। अरूण ने धीरे से पूछा, "क्या ले लिया?" उत्तर में अभय ने निराश होकर सिर हिला दिया।

कमरे में घुसते ही मेरी दृष्टि पलंग पर पड़ी। वह कमरे के बीच में था, जिसमें नंदुलाल बाबू अपनी दुबली-पतली काया में तकिए के सहारे अधलेटे पड़े थे। हाथ में खुला पेन था और आग्नेय नेत्रों से हमें देख रहे थे। सिर के ऊपर फ्लरोसेंट ट्यूब जल रही थी। बगल में टेबल लैंप से रोशनी हो रही थी, जिसके प्रकाश में उस व्यक्ति को स्पष्ट देखा जा सकता था। उनकी आयु करीब बावन-तिरपन होगी। लेकिन बाल पूरे सफेद हो गए थे। त्वचा पीली, कद छोटा। शरीर का मांस लगभग सूख चुका था, जिसके कारण उनके चेहरे के दोनों ओर की हड्डियाँ उठकर नुकीली हो गई थीं और उनकी तोते जैसी नाक होठों तक झुक आई थीं। दोनों आँखों में एक विचित्र प्रकार की चमक थी। किंतु उस चमक के कोरों से एक मरी मछली का अहसास हो रहा था। उनका निचला होंठ लटककर झूला हुआ था। कुल मिलाकर उनकी आकृति पर एक मृत व असंतुष्ट जिजीविषा की प्रतिच्छाया लगती थी।

उस प्रेतात्मा जैसे शरीर का अवलोकन कर मैंने देखा, उनका दायाँ हाथ रह-रहकर थिरक जाता है। मरे हुए मेढक के किसी अंग पर बिजली का तार छू जाने से जैसे वह एकदम उछलकर दूर गिरता है, वैसे ही उनका दायाँ हाथ रह-रहकर उछल जा रहा था। नंदुलाल बाबू द्वेषपूर्ण निगाहों से मुझे निरंतर घूर रहे थे। ऊँची

गुर्राती आवाज में गरजे, "डॉक्टर, तुम्हारे साथ यह कौन है? क्यों आया है यहाँ? इससे कहो चला जाए यहाँ से, एकदम अभी…"

मोहन ने मुझे देखकर संकेत में कहा कि इनकी बातों पर कान न दें। उसके बाद उसने पास जाकर पलंग पर फैले कागजों को एक ओर सरकाकर अपने बैठने की जगह बनाई और उनकी कलाई हाथ में लेकर नब्ज जाँचने लगा। नंदुलाल बाबू विषैली हँसी के साथ कभी मुझे देखते, कभी डॉक्टर को। उनके दायाँ हाथ वैसे ही एक-एक बार थिरक जाता था। एक क्षण बाद मोहन ने उनकी कलाई छोड़ते हुए कहा, "तो आपने फिर जहर ले लिया?"

"हाँ, ले लिया तो तुम्हें क्या? तुम्हें क्यों दर्द होता है?"

मोहन ने अपने होंठ चबाते हुए कहा, "यह करके आप खुद को ही बरबाद कर रहे हैं और यही बात आप नहीं समझ रहे हैं। आपने अपने मस्तिष्क को जहर से सड़ा दिया है।"

नंदुलाल बाबू ने व्यंग्य करते हुए मजाक किया, "अच्छा! ऐसा है? मैंने अपने मस्तिष्क को सड़ा दिया है? वाह क्या बात है! लेकिन आपका मस्तिष्क तो चुस्त-दुरुस्त है, है न? तो तुम पकड़ क्यों नहीं लेते? मेरे चारों ओर तो तुमने पहरा लगा रखा है? फिर क्यों नहीं पकड़ते?" उनके चेहरे पर एक विकृत मुसकान तैर गई।

मोहन उठते हुए हताश स्वर में बोला, "आपसे बात करना ही फिजूल है। मैं समझता हूँ, आपको आपके हाल पर ही छोड़ देना चाहिए।"

नंदुलाल बाबू बेहूदा मजाक करते रहे, "शर्म नहीं आती डॉक्टर, तुम अपने को आदमी कहते हो? पकड़ लो मुझे या फिर इसे चूसो।" उन्होंने चिढ़ाते हुए अपना अँगूठा दिखाया।

"इतना भोंडा मजाक अपने बेटों के सामने? मेरे भी बरदाश्त से बाहर हो रहा था। मोहन का धैर्य भी अब समाप्त प्राय: हो चुका था। उसने कहा, "ठीक है, अजित! देखकर जो भी अपना मुआयना करना चाहते हो, कर लो। यह सब अब सहन नहीं होता।"

नंदुलाल बाबू का अब तक का घटिया मजाक एकाएक रुक गया। उन्होंने मेरी ओर विषैली आँखों से देखते हुए कहा, "तुम कौन होते हो? तुम कर क्या रहे हो मेरे घर में?" जब उन्हें कोई उत्तर नहीं मिला तो वे बोले, "तुम अपने को बड़े तीसमारखाँ समझते हो, है न? कान खोलकर सुन लो, तुम्हारी चालें यहाँ नहीं

चलेंगी। तुम भागो यहाँ से, अन्यथा मैं पुलिस को बुलाता हूँ। सब चोर-उचक्के, आवारा, बदमाश इकट्ठा हो गए यहाँ।'' उन्होंने मोहन को भी अपनी गालियों में समेट लिया, हालाँकि मेरे आने का मकसद नहीं भाँप पाए, किंतु उन्हें शक जरूर हुआ।

अरुण अब पछता रहा था। धीरे से मेरे कान में बोला, ''इनकी बातों पर ध्यान न देना। एक बार जहर का नशा करने के बाद ये पागल हो जाते हैं।'' मैंने सोचा कि जो नशा आदमी के निकृष्ट और घिनौने स्वरूप को दिखा सकता है, वह कितना घातक होगा ? कौन ऐसा व्यक्ति होगा, जो मनुष्य की इस निम्न और विकृत अवस्था पर नियंत्रण लगा सकता है ? आदमी किसी नराधम स्थिति में गिर सकता है ?

ब्योमकेश ने मुझसे सारे तथ्यों को अच्छे से जाँच कर मुआयना कर लेने को कहा था, इसलिए मैं मन-ही-मन कमरे की सभी वस्तुओं की सूची बनाने में लगा। कमरा काफी बड़ा था, जिसमें कुछ चीजें थीं, जैसे पलंग, कुछ कुरसियाँ, अलमारी और एक छोटी बेड साइड टेबल। मेज पर टेबल लैंप के अलावा कागज, पेन आदि लेखन सामग्री थी। लिखे हुए कागज फैले हुए थे। मैंने एक कागज को उठाकर पढ़ने की चेष्टा की, पर दो-तीन लाइनों के बाद मुझसे पढ़ा ही नहीं गया। सब अश्लील बातों से भरा हुआ था। मोहन सही कह रहा था कि उनका लेखन एमिल जोला जैसे लेखक को भी शर्मसार कर देगा। लेखक महोदय ने एक कमाल और किया था। कुछ मजेदार लाइनों पर ध्यान आकर्षित करने के लिए उन्हें लाल स्याही से मार्क किया था। सच में, मैंने अपने जीवन में ऐसा निकृष्ट और घृणित मस्तिष्क नहीं देखा था।

अपनी उबकाई को रोकते हुए मैंने उस व्यक्ति को देखा, लेकिन तब तक वह अपने लेखक कर्म में व्यस्त हो चुका था। उसका पार्कर पेन तेजी से लिखता जा रहा था। पेन स्टैंड में एक और मार्कर पेन रखा था, जो संभवत: उस लेखन के रुकने की प्रतीक्षा कर रहा था, जब शायद वह अपनी रसिक लाइनों को मार्क करे।

और ठीक वही हुआ। जैसे ही पेज समाप्त हो गया, उन्होंने लाल स्याहीवाला मार्कर पेन उठाकर बड़े मनोयोग से कुछ लाइनों को मार्क करना चाहा, किंतु चूँकि स्याही समाप्त हो गई, इसलिए उन्होंने स्टैंड में रखी लाल स्याही की दवात से फिर से स्याही भरी और अपने काम में लग गए।

मैंने अपना ध्यान अब दूसरी ओर लगाया। अलमारी में कुछ अधभरी दवाइयों

की बोतलों के अलावा और कुछ नहीं था। मोहन ने बताया, दवाएँ उसने दी हैं। कमरे में दो दरवाजे और दो खिड़कियाँ थीं। एक दरवाजा, जिससे हम अंदर आए थे, दूसरा, मुझे बताया गया, बाथरूम में खुलता है। मैंने बाथरूम भी जाकर देखा। सामान्य जैसा ही था, तौलिया, साबुन, तेल, टूथपेस्ट आदि के अतिरिक्त कुछ नहीं था। खिड़कियाँ, मुझे बताया गया, कभी खुलती नहीं, हमेशा बंद ही रहती हैं। मैंने देखा, लेकिन मस्तिष्क खाली ही रहा। मैंने सोचा, क्यों न दीवारों को खटकाकर देखूँ? लेकिन फिर यह सोचकर रुक गया कि संभव है कि इन लोगों का उनमें कोई गुप्त वाल्ट या खजाना हो? एकाएक मेरी निगाह दीवार के आले में रखे चाँदी से निर्मित 'इत्र होल्ड' पर पड़ी।

उसमें सुई रखी हुई थी। मैंने उसे उठाकर देखा और आहिस्ता से अरुण से पूछा, "क्या ये इत्र का प्रयोग करते हैं?"

अचकचाते हुए उसने सिर हिला कहा, "कह नहीं सकता। यदि करते होते तो उनका शरीर महकता?"

"यह कब से है यहाँ?"

"ओह! मुझे याद है, यह पिताजी स्वयं खरीदकर लाए थे।"

मैंने मुड़कर देखा। नंदुलाल बाबू लेखन रोककर मुझे घूर रहे थे। उत्सुकता से मैंने रुई के टुकड़े को इत्र में भिगोकर अपनी पॉकेट में रख लिया।

अंत में मैंने पूरे कमरे को एक भरपूर नजर से देखा। नंदूलाल बाबू की नजर बराबर मेरा पीछा करती रही। उनके चेहरे पर अब भी व्यंग्य भरी मुसकान थी।

हम लोग बाहर बरामदे में आकर बैठ गए। मैंने कहा, "मैं आप सब लोगों से कुछ प्रश्न करना चाहता हूँ। कृपया सही-सही उत्तर दें।"

अरुण बोला, "अवश्य, आप पूछिए।" मैंने पूछा, "क्या आप लोग निरंतर पहरेदारी करते हैं? और कौन है, जो इसमें शामिल हैं?"

"अभय है। माँ और मैं, हम बारी-बारी से पहरे पर बैठते हैं। हम नौकर या किसी अन्य बाहरी व्यक्ति को अंदर जाने नहीं देते।"

"क्या किसी ने इन्हें कभी नशा लेते हुए देखा है?"

"नहीं, हमने कभी नहीं देखा। लेकिन जब-जब लेते हैं, हमें पता लग जाता है।"

"क्या किसी ने देखा है कि वह जहर कैसा होता है?"

''जब वे खुलकर लिया करते थे, तब मैंने देखा था। वह सफेद पारदर्शी पानी जैसा तरल पदार्थ है, जिसे पहले होमियोपैथी दवा की बोतल में रखा जाता था। वे फलों के जूस में उसकी कुछ बूँदें डाल लेते थे।''

''आप निश्चित रूप से कह सकते हैं कि वैसी बोतल उनके कमरे में अब नहीं है?''

''जी हाँ, निश्चित रूप से। हमने कमरे को हर प्रकार से छान मारा है।''

''तब जाहिर है, वह कहीं से आता है, कौन लाता होगा?''

अरुण ने सिर हिलाते हुए कहा, ''हमें नहीं मालूम।''

''क्या आप तीनों के अलावा कोई अन्य व्यक्ति कमरे में नहीं घुसता? सावधानी से सोचिए।''

''नहीं, डॉक्टर के अलावा कोई और नहीं है।''

मेरी जाँच समाप्त हो गई। इससे अधिक मैं और पूछता भी क्या? मैं तसल्ली से बैठकर सोचने लगा कि और क्या पूछा जा सकता है? एकाएक ब्योमकेश की बात याद आ गई। मैंने नए सिरे से पूछना शुरू किया।

''क्या इनके डाक से पत्र आते हैं?''

''नहीं।''

''पार्सल या कुछ और?''

तब अरुण ने उत्तर दिया, ''हाँ, सप्ताह में एक बार उनके नाम रजिस्टर्ड लिफाफा आता है।''

उत्सुकतावश मैं आगे झुक गया,

''कहाँ से आता है? कौन भेजता है?''

अरुण का सिर संकोच में शर्म से झुक गया, ''नहीं, कलकत्ता से ही आता है। भेजनेवाली महिला है, रेबेका लाइट।''

मैंने कहा, ''ओह! तो यह बात है। क्या आप लोगों में से किसी ने देखा है कि उसमें क्या होता है?''

''हाँ!'' अरुण ने उत्तर देते हुए मोहन की ओर देखा।

''तो क्या होता है उसमें?'' मैंने उतावले स्वर में पूछा।

''कोरे कागज।''

''हाँ, कुछ कोरे कागज 'फोल्ड' करके रखे होते हैं, बस। और कुछ नहीं।''

मैंने अचंभे से दोहराया, "और कुछ नहीं ?"

"नहीं।"

मैं कुछ क्षणों के लिए भौंचक्का गुमसुम रह गया। फिर दुबारा से पूछा, "क्या निश्चित रूप से कह सकते हैं कि उस लिफाफे में और कुछ नहीं होता ?"

अरुण मुसकराकर बोला, "नहीं। यद्यपि पिताजी स्वयं हस्ताक्षर कर पत्र लेते हैं, पर खोलता मैं ही हूँ। उन कोरे कागजों के अलावा उसमें कुछ भी नहीं होता।"

"क्या प्रत्येक पत्र को हर बार तुम्हीं खोलते हो ? कहाँ खोलते हो ?"

"पिताजी के कमरे में, जहाँ पोस्टमैन पिताजी को हस्ताक्षर करने के बाद देता है।"

"लेकिन यह तो विचित्र बात है ? खाली कोरे कागजों को रजिस्टर्ड डाक से भेजने का मतलब क्या है ?"

अरुण ने सिर हिलाकर कहा, "मैं नहीं जानता।"

मैं काफी देर तक मूढ़ की तरह बैठा रहा। अंत में, एक निश्श्वास के बाद धीरे से जाने के लिए उठा। पहली बार जब रजिस्टर्ड लिफाफे का जिक्र हुआ था तो मुझे लगा था कि मैंने निशाना मार लिया है, लेकिन बाद में जब निराश होना पड़ा तो लगा, वह द्वार अभी तक ज्यों-का-त्यों बंद ही है। मुझे लगा कि यद्यपि यह रहस्य है तो आसान, किंतु इसे सुलझाना मेरे बुद्धि कौशल से बाहर है। चेहरे धोखा भी देते हैं। जहर और लकवे से ग्रस्त इस वृद्ध का चेहरा वैसा ही है। इसकी चालाकियों से सुलटना मेरे बस की बात नहीं। इसके लिए ब्योमकेश जैसी तेज धार वाली स्पष्ट व कुशाग्र बुद्धि की जरूरत है।

मन में हताशा थी। सोचा, जाँच की पूरी रिपोर्ट ब्योमकेश को दे दूँगा। इसी उद्देश्य से उठने ही वाला था कि मन में एक बात कौंध गई। मैंने पूछा, "अच्छा, यह तो बताइए, क्या नंदूलाल बाबू किसी को पत्र लिखते हैं ?"

अरुण बोला, "नहीं तो, अलबत्ता हर महीने मनीऑर्डर जरूर भेजते हैं।"

"किसे ?"

अरुण ने फिर शर्म से मुँह नीचा कर लिया और बोला, "उसी ज्यू महिला को।"

इस पर मोहन ने स्पष्टीकरण दिया, "वह कभी नंदूलाल बाबू की…"

"ओह, समझा! कितनी रकम भेजते हैं ?"

''काफी बड़ी रकम। हमें नहीं मालूम क्यों भेजते हैं ?''

उत्तर मेरे होंठों पर आते-आते रुक गया, 'पेंशन', लेकिन मैंने मुँह नहीं खोला और मोहन को वहीं छोड़कर घर से बाहर आ गया।

जब मैं घर पहुँचा तो आठ बजने वाले थे। ब्योमकेश अपने कमरे में था। मेरे खटखटाने पर द्वार खोलते हुए बोला, ''कैसा रहा, रहस्य खुला ?''

''नहीं,'' कहकर मैं बैठ गया। ब्योमकेश एक कागज को 'मेगनीफाइंग गिलास' लगाकर पढ़ रहा था। उसने मुझ पर तेज दृष्टि डालकर कटाक्ष किया, ''कब से इतने शौकीन बन गए हो ? यह इत्र-फुलेल ?''

''अरे भाई, इत्र लगाया नहीं, केवल ढोकर लाया हूँ।'' मैंने पूरा वृत्तांत विस्तार से ब्योमकेश को बता दिया। ब्योमकेश ने बड़े ध्यान से सबकुछ सुना। अंत में मैंने कहा, ''मैं तो सुलझा नहीं पाया, दोस्त! अब तुम्हें दखल देना होगा। लेकिन मेरा मन कहता है, इस इत्र की बारीकी से खोजबीन इस रहस्य को सुलझा सकती है !''

रहस्य किसका ? ब्योमकेश ने इत्र की रुई को सूँघते हुए कहा, ''वाह, क्या खुशबू है ? शुद्ध अंबूरी इत्र है। हाँ, तो तुम क्या कह रहे थे ? और वह इत्र को अपनी कलाई पर रगड़ते हुए बोला, ''हाँ, क्या कह रहे थे, क्या सुलझेगा ?''

मैंने कुछ हिचकिचाते हुए कहा, ''संभव है, इत्र के बहाने नंदुलाल बाबू…''

ब्योमकेश ठहाका मारकर हँस दिया, ''क्या ऐसी खुशबूदार चीज छिपाई जा सकती है, जिसकी खुशबू दूर तक फैलती है ? क्या तुम्हें ऐसा कोई चिह्न मिला, जिसके आधार पर तुम कहते हो कि नंदुलाल बाबू वास्तव में इसका प्रयोग करते हैं ?''

''नहीं, किंतु…''

''नहीं मेरे प्यारे दोस्त! तुम गलत जगह दस्तक दे रहे हो। दूसरी ओर देखने की कोशिश करो। यह देखो कि वह जहर भीतर कैसे आता है ? कैसे नंदुलाल बाबू सबकी नजरों के सामने गटक लेते हैं ? कोरे कागज रजिस्टर्ड पोस्ट से क्यों आते हैं ? उस महिला को पैसा क्यों भेजा जाता है ? इन सब बातों पर तुमने ध्यान दिया ?''

मैंने निराश स्वर में कहा, ''मैंने इन सभी बातों पर सोचा है, लेकिन रहस्य का हल खोज लेना मेरे बस की बात नहीं।''

''फिर से सोचो, ध्यान लगाकर सोचो, 'बस की बात नहीं है' का क्या मतलब ? हताशा से तो हताशा ही मिलती है, यह तुम भी जानते हो। एक बार फिर

से गहराई में डूबकर सोचो और जब तक हल न मिले, तब तक सोचते रहो।'' इतना कहकर उसने फिर 'लैंस' को उठा लिया।

मैंने पूछा, ''तुम कब जाओगे?''

''मैं भी सोच रहा हूँ, लेकिन गहराई से नहीं सोच पा रहा···यह जालसाज··· '' और फिर से वह मेज पर झुक गया।

मैं उठकर ड्राइंगरूम में आ गया। आरामकुरसी पर लेटकर दुबारा सोचने लगा। जो भी हो, इतना मुश्किल तो नहीं लगता। और ऐसा लगता है कि मैं यह सुलझा भी सकता हूँ। शुरुआत फिर से की जाए! कोरे कागज रजिस्टर्ड पोस्ट से क्यों? क्या उन कागजों में किसी गुप्त स्याही से लिखा कोई संदेश है? यदि वह है भी तो उससे नंदुलाल बाबू को क्या लाभ? उससे उन्हें जहर की खुराक कैसे मिलती है?

चलो, मान लिया कि जहर कमरे में नंदुलाल बाबू तक पहुँच भी जाता है, पर उसे छिपाते कहाँ हैं और कैसे? होम्योपैथी दवा की बोतलों में कैसे रखते हैं इतनी नजरों के सामने? और फिर, उनके कमरे की जाँच-पड़ताल के लिए लोग भी तो आते-जाते रहते हैं? वे कैसे करते हैं यह सब?

इन तमाम सवालों पर गहन चिंतन करते हुए अब तक मैं पाँच चेरूट पी चुका था। किंतु मैं एक प्रश्न का भी उत्तर नहीं खोज पाया था। मैंने अंततः उम्मीद छोड़ ही दी थी कि एकाएक फिर एक विचार सूझा। मैं उठकर सीधा हो गया।

क्या ऐसा संभव है? और क्यों नहीं संभव हो सकता? सोचने में अजीब जरूर है, लेकिन हो भी सकता है? ब्योमकेश भी कहता है कि यदि समस्या का एक तथ्यात्मक रास्ता निकल सकता है—भले ही वह अटपटा क्यों न हो, उस पर चलना ही बुद्धिमान है। इस मामले में वही रास्ता अपनाना चाहिए।

मैं ब्योमकेश के पास जाने ही वाला था कि वह स्वयं आ गया। उसने मेरे चेहरे को देखा तो उत्सुकतावश पूछा, ''क्या कोई सुराग मिला?''

''हाँ, लगता तो है।''

''वाह, बताओ, क्या है?''

''जब बताने की बारी आई तो मुझे कुछ हिचकिचाहट हुई, लेकिन मैंने उसे दरकिनार करते हुए कहा, ''देखो, मुझे अभी-अभी याद आया कि मैंने नंदुलाल बाबू की दीवारों पर मकड़ियों को देखा था। मुझे लगता है···''

"कि वे उन्हें पकड़कर खा जाते हैं?" ब्योमकेश की हँसी फूट पड़ी, "अजित, तुम सच में एक महान् विद्वान् हो। तुम्हारा कोई जवाब नहीं! अरे भाई! ये दीवारों की मकड़ियाँ यदि इन्हें कोई खा भी लेता है तो शरीर पर कुछ दानों के अलावा कुछ नहीं होता। कोई नशा नहीं होता, समझे?"

आहत स्वर में मैंने कहा, "ठीक है, तुम्हीं क्यों नहीं ढूँढ़ लेते?"

ब्योमकेश गंभीर मुद्रा में कुरसी पर बैठ गया। उसने एक चेरूट सुलगाकर पूछा, "क्या तुम समझ पाए हो कोरे कागज डाक से क्यों आते हैं?"

"नहीं।"

"क्या तुमने सोचा कि वह ज्यू महिला को हर महीने क्यों भुगतान जाता है?"

"नहीं।"

"क्या तुम अब तक यह भी नहीं सोच पाए हो कि नंदुलाल बाबू अश्लील कहानियों में कुछ लाइनें क्यों अंडरलाइन करते हैं?"

"नहीं, पर क्या तुम सोच पाए?"

"हाँ, शायद!" कहते हुए ब्योमकेश ने चेरूट का एक जोरदार कश लगाया, उसकी आँखें बंद थीं, "लेकिन जब तक एक तथ्य के बारे में पूरी तरह निश्चित नहीं हो जाता, मैं कुछ भी कहने की स्थिति में नहीं हूँ।"

"क्या है वह तथ्य?"

"मैं जानना चाहता हूँ कि नंदुलाल बाबू की जीभ का रंग कैसा है?"

मुझे लगा, वह मेरा उल्लू खींच रहा है। रूखी आवाज में मैंने कहा, "क्या मेरा मजाक उड़ा रहे हो?"

"मजाक?" ब्योमकेश ने चौंककर आँखें खोलीं और मेरे चेहरे के भावों को पढ़कर बोला, "तुम तो नाराज हो गए? सच में मैं मजाक नहीं कर रहा। पूरा रहस्य केवल नंदूलाल बाबू की जीभ के रंग पर ही निर्भर कर रहा है। यदि रंग लाल है तो मेरा अनुगान सही है। यदि वह लाल नहीं है, यह तुमने देखने की कोशिश नहीं की, है न?"

"नहीं, मैंने उनकी जीभ का रंग देखने की कोशिश नहीं की।"

ब्योमकेश ने हँसकर कहा, "जबकि यह देखना पहला काम होना चाहिए था। चलो कोई बात नहीं। एक काम करो, नंदूलाल बाबू के बेटे को फोन करके पूछ लो।"

"वह सोचेगा मैं मजाक कर रहा हूँ।"

ब्योमकेश ने हाथों को हिलाया और एक कवि के अंदाज में बोलने लगा, ''डरना क्या, घबराना कैसा? हिम्मत है तो रुक जाना कैसा?''

मैं दूसरे कमरे में गया। फोन का नंबर ढूँढ़कर फोन किया। मोहन अभी तक वहीं था। उसी ने फोन उठाया और जवाब में बोला, ''मैंने तुम्हें यह नहीं बताया था, क्योंकि मैंने नहीं सोचा था यह जानकारी इस रहस्य में कोई मायने भी रखती होगी?'' उसने कहा, ''नंदुलाल बाबू की जीभ का रंग सुर्ख लाल है। यह कुछ अटपटा जरूर है, क्योंकि वे पान वगैरह तो खाते नहीं, लेकिन तुम यह क्यों पूछ रहे हो?''

मैंने ब्योमकेश को इशारे से बुलाया। उसने पूछा, ''रंग लाल ही है, है न? तो मिल गया।'' उसने फोन को लेते हुए कहा, ''डॉक्टर साहब! अच्छा हुआ कि आप मिल गए। आपकी समस्या सुलझ गई। हाँ, अजित ने ही सुलझाई है, मैंने तो केवल थोड़ी मदद की है। मैं तो, आप जानते ही हैं, उस जालसाज के केस में फँसा हुआ था। उसे भी मैंने सुलझा लिया है। अब आपको अधिक कुछ नहीं करना है। केवल लाल स्याही की दवात और पेन को उस कमरे से हटा दीजिए। हाँ, बस ठीक है...यही। आप अब समझ गए होंगे। और कल समय निकालकर हमारे यहाँ आ जाइए। मैं पूरा खुलासा विस्तार से समझा दूँगा। नमस्कार! जरूर! मैं आपका आभार अजित तक जरूर पहुँचा दूँगा। मैंने आप से नहीं कहा था कि उसका मस्तिष्क आजकल तेज धार की तरह हो गया है!'' और ब्योमकेश ने हँसते हुए फोन रख दिया।

ड्राइंगरूम में लौटने पर मैंने जरा कठोर होते हुए कहा, ''मैं सोच रहा हूँ, मुझे भी टुकड़ों-टुकड़ों में हल सूझ रहा है, पर तुम विस्तारपूर्वक मुझे बताओ कि तुमने कौन सा तरीका अपनाया?''

ब्योमकेश घड़ी देखकर बोला, ''खाने का समय हो गया है। पुतीराम कभी भी बुला सकता है। फिर भी, चलो संक्षेप में तुम्हें बताता हूँ। तुम शुरू से ही गलत मार्ग पर चले हो। पहला प्रमुख काम यह पता लगाना था कि वह जहर कमरे में घुसता कैसे है? उसके पैर तो हैं नहीं, जो चलकर वहाँ पहुँचे। जाहिर है कि उसको लानेवाला कोई तो है। वह कौन है? पाँच लोग अंदर जाते हैं—डॉक्टर, दो लड़के, पत्नी और एक अन्य व्यक्ति। ये चार व्यक्ति तो लाएँगे नहीं, तो रहा वह पाँचवाँ व्यक्ति।''

''यह पाँचवाँ व्यक्ति कौन है?''

''यह पाँचवाँ व्यक्ति पोस्टमैन है। वह सप्ताह में एक बार आता है और जहर उसके जरिए कमरे में घुसता है।''

''लेकिन लिफाफे में कोरे कागज के अलावा कुछ नहीं होता।''

''यही तो चालाकी है! सब लोग यही सोचते हैं कि लिफाफे में ही शायद जहर भी होता हो। इसीलिए लोगों का ध्यान पोस्टमैन पर नहीं जाता, पर यह पोस्टमैन बहुत तेज आदमी है। वह कब स्याही की दवात बदल देता है, किसी को पता नहीं लगता। रजिस्टर्ड पोस्ट से कोरे कागज भेजने का उद्देश्य केवल पोस्टमैन को नंदुलाल बाबू के कमरे में प्रवेश करवाना है।''

''और फिर?''

''तुमने अपनी जाँच में एक और भूल यह कि कीज्यू महिला को भेजे जाने वाले पैसे को तुमने 'पेंशन' मान लिया। यह परंपरा कहीं भी नहीं रही। यह रकम जहर की कीमत है, जो वह महिला पोस्टमैन के जरिए नंदुलाल बाबू तक पहुँचाती है। अब देखो, जहर नंदुलाल बाबू को हाथों में कैसे पहुँच जाता है और कोई शक भी नहीं करता! लेकिन कमरे के अंदर भी निरंतर पहरा रहता है, तो कैसे वे उसे खा लेते हैं? और यहीं पर उनका लेखन काम में आता है। कागज और कलम, स्याही सबकुछ वहीं हैं जहर के लिए, उन्हें कहीं जाने की जरूरत नहीं है। यह काम वह बैठे-बैठे ही कर लेते हैं। वे काले पेन से लिखते हैं। बीच-बीच में लाल पेन से लाइनें खींचते हैं और जब भी अवसर मिलता है, लाल पेन के निब को मुँह से चूस लेते हैं। जब पेन में स्याही खत्म हो जाती है, तब वे उसे दुबारा भर लेते हैं। अब तुम समझे कि उनकी जीभ का रंग लाल क्यों है?''

''लेकिन तुमने यह कैसे जाना कि वह लाल स्याही ही होगी? क्या वह काली स्याही नहीं हो सकती?''

''अरे नहीं, तुमने देखा नहीं, काली स्याही का प्रयोग कितना अधिक है? क्या नंदुलाल बाबू चाहेंगे कि उनकी कीमती चीज यों ही बरबाद होती रहे? इसलिए लेखन के कुछ भागों को ही अंडरलाइनिंग? अर्थात्? लाल स्याही का प्रयोग।''

''अब समझा! कितना आसान लगता है?''

''बेशक, आसान है। लेकिन इस चालाकी के पीछे जो मस्तिष्क काम कर रहा था, उसे कम नहीं आँकना चाहिए, क्योंकि इतनी आसानी ने ही अब तक, इतने लोगों को मूर्ख बनाया हुआ था।''

"तुमने यह कैसे जाना?"

"बहुत आसानी से। इसमें दो ही बातें ऐसी थीं, जो अटपटी थीं, जिनका पूरे केस से कोई लेना-देना नहीं था। इसीलिए उन दोनों पर ही मुझे शक हुआ। पहली, कोरे कागजों का रजिस्टर्ड पोस्ट से आना। दूसरी, नंदुलाल बाबू का धुआँधार लेखन और उसमें कहीं-कहीं लाल स्याही से 'मार्क' करना। इन दोनों बातों पर जब मैंने गहनता से सोचना शुरू किया तो मुझे केस का सुराग अपने आप टकरा गया। और देखो, वह जालसाज भी।"

इतने में दूसरे कमरे में टेलीफोन की घंटी बजने लगी। हम दोनों ही उस कमरे की तरफ दौड़े। ब्योमकेश फोन उठाकर बोला, "कहिए, कौन साहब बोल रहे हैं?...ओह, डॉक्टर साहब! जी कहिए क्या नंदूलाल बाबू ने हंगामा पैदा कर दिया है? वे क्रोध से लाल-पीले हो रहे हैं?... यह तो होना ही था...क्या? वे अजित को भद्दी गालियाँ दे रहे हैं, बेहूदा शब्द इस्तेमाल कर रहे हैं। यह तो ठीक नहीं...गलत है...उन्हें रोका जाना चाहिए, क्योंकि उनका मुँह यदि बंद नहीं किया जा सकता तो और कोई उपाय भी नहीं है। जी, जी...नहीं, नहीं, अजित इसके लिए क्यों बुरा मनाएगा? वह जानता है कि इस दुनिया में अच्छा काम निंदा ही लाता है! उसे मालूम है कि फूल के गुलदस्तों के साथ-साथ ईंट-पत्थर भी मिलते हैं। यही दुनिया है...तो ठीक सर! विदा लेता हूँ, नमस्कार!"

❑

वसीयत का जंजाल

सुबह करीब दस बजे का समय होगा। मैं नहाने की सोच रहा था कि बगल वाले कमरे में फोन की घंटी घनघना उठी। ब्योमकेश ने जाकर फोन उठाया, फिर उसकी आवाज सुनाई दी, ''हेलो! कौन साहब? विधू बाबू, नमस्कार! कैसे हैं आप? सब ठीक है न सर? जी···क्या कहा? अरे वाह···मुझे आना है? ठीक है, कृपया पता बता दें···ठीक है? मैं आधा घंटे में पहुँच रहा हूँ···''

ब्योमकेश कुरता पहनते हुए कमरे से बाहर आया। ''चलो! एक जगह जाना है। मर्डर हुआ है। विधू बाबू ने हमें बुलाया है।'' मैंने उठकर पूछा, ''कौन विधू बाबू, डिप्टी कमिश्नर?''

ब्योमकेश ने मुसकराकर कहा, ''हाँ, वे ही। पर कह नहीं सकता कि इसके लिए किसको धन्यवाद दूँ? उनकी बातों से तो नहीं लगता कि उन्होंने स्वयं बुलाया है। शायद आदेश ऊपर से ही मिला है। हमें अपने काम-काज के सिलसिले में अकसर पुलिस के डिप्टी कमिश्नर विधू बाबू से मिलना होता है। वे दिखावा ज्यादा करते हैं। जब भी मौका मिलता है तो अपनी शेखी में हम लोगों को अपना लेक्चर पिलाना कभी नहीं भूलते और हर तरह से यह संकेत देने का प्रयास करते हैं कि ब्योमकेश अपनी क्षमताओं और कौशल में उनसे बहुत नीचे है। ब्योमकेश शेखी से भरी बातों को बहुत ही विनय से सुनता है और मन-ही-मन मुसकराता रहता है। विधू बाबू अपनी बुद्धि और काबिलीयत दिखाने के चक्कर में अकसर पुलिस फाइलों की अनेक गोपनीय सूचनाओं को भी 'लीक' कर देते थे। इसलिए जब-जब ब्योमकेश को पुलिस की जानकारियों की जरूरत पड़ती, वह विधू बाबू का लेक्चर सुनने चला जाता था।

विधू बाबू अपनी जवानी में इतने जड़-बुद्धि नहीं थे। वे अपने काम-काज

में चुस्त-दुरुस्त थे। लेकिन पुलिस की घिसी-पिटी नियमित कार्यप्रणाली की एक लयबद्ध निरंतरता ने उनके मस्तिष्क को भोथरा कर दिया था और उन्हें अब रुटीन कार्यों से ज्यादा कुछ सुझाई नहीं देता था। उनके सहयोगी उनके पीछे उन्हें 'बुद्धू बाबू' कहा करते थे। बहरहाल, हम लोगों ने जल्दी से नाश्ता किया और निकल पड़े। बस से हमें पहुँचने में लगभग बीस मिनट लगे। वह जगह उत्तरी कलकत्ता के संपन्न इलाके में थी। हम लोग घर के नंबर देख रहे थे कि सामने एक घर के आगे दो सिपाही खड़े दिखाई दे गए। हम समझ गए कि वही पता है, जहाँ हमें जाना है। ब्योमकेश ने जब अपना नाम बताया तो वे सिपाही एक ओर हट गए। बाहर से वह दो मंजिला मकान साधारण लग रहा था, लेकिन अंदर जाकर देखा तो काफी विशाल दिखाई दिया। बरामदे के बाहर सीढ़ियों के किनारे फूलों के गमले, अंदर गैलरी में पीतल के सजावटी गमलों में ताड़ के पौधे, विशाल एक्वेरियम में रंग-बिरंगी मछलियाँ—कुल मिलाकर एक संपन्न परिवार के चिह्न दिखाई दिए। सेंट्रल हॉल का मार्ग दोनों ओर की बालकनियों तक जाता था। तीसरा मार्ग सीढ़ियों से केंद्रीय कक्ष की तरफ जाता था। हम लोग दाईं ओर के कमरे की ओर बढ़े, जहाँ लोग एकत्र थे। कमरे के बीचोबीच अपना भारी शरीर लिये विधू बाबू कुरसी पर बैठे बार-बार अपनी सफेद मूँछों को ताव देकर अपनी मौजूदगी का ऐलान कर रहे थे। नौकर से पूछताछ हो चुकी थी। खानसामे की बारी थी। आँखों में आँसू लिये वह विधू बाबू के प्रत्येक प्रश्न पर भय से उछलकर काँपने लगता था। कुछ सिपाही खानसामा के पीछे खड़े थे।

हमें देखते ही विधू बाबू के चेहरे पर हल्की नाराजगी का भाव दिखाई दिया, "तो आए हैं, आप लोग? बैठिए, ज्यादा कुछ नहीं है, साधारण मर्डर है, कोई उलझन नहीं है। साफ पता चल रहा है कि किसने मर्डर किया। वारंट भी जारी हो गया है। लेकिन चीफ का आदेश था कि आपको बुलाया जाए, इसलिए···" उन्होंने जोर की आवाज में गला साफ करते हुए कहा, "हमारे डिपार्टमेंट में सवाल तो किया जाता नहीं···अब चूँकि आप आ गए हैं तो देख लें एक बार! हालाँकि कुछ है नहीं, वाकई।"

ब्योमकेश बोला, "सर! चूँकि स्वयं आपने चार्ज लिया है, मैं भला क्या नया देख पाऊँगा? लेकिन चूँकि कमिश्नर साहब ने स्वयं आदेश दिया है तो मैं इतना ही कर सकता हूँ कि यहाँ रहकर आपकी सहायता करूँ, वह भी यदि आपकी अनुमति हो तो? लेकिन हुआ क्या? मर्डर किसका हुआ है?"

खुशामद पहाड़ को भी पिघला देती है। विधू बाबू के चेहरे से रूखापन साफ हो गया। वे बोले, ''कराली बाबू इस घर के स्वामी हैं। उनकी हत्या रात को सोते समय कर दी गई। हत्या का तरीका थोड़ा विचित्र है, इसीलिए कमिश्नर परेशान हैं। लेकिन वास्तव में वह बहुत आसान है—मोतीलाल, जो कराली बाबू का एक भतीजा है, उसी ने की है यह करतूत और तभी से फरार है।''

ब्योमकेश ने विनय के भाव से कहा, ''मेरे जैसा सीमित बुद्धिवाला व्यक्ति इन गूढ़ बातों को तभी समझ सकता है, जब उसे विस्तारपूर्वक समझाया जाए। क्या आप एक बार पूरा वृत्तांत शुरू से बताने की कृपा करेंगे?''

विधू बाबू के चेहरे पर असंतोष के बादल अब पूरी तरह छँट गए। शान से मुसकराए और बोले, ''थोड़ा रुको, जरा मैं इससे पूछताछ पूरी कर लूँ। फिर मैं सारी घटना बताता हूँ।'' खानसामा अब भी वहीं खड़ा काँप रहा था। विधू बाबू उसे हड़काते हुए बोले, ''सावधानी से जो कहना सोच-समझकर कहना। एक गलती हुई नहीं कि···यह हथकड़ी देख रहे हो? ठीक है?''

खानसामा ने घबराकर कहा, ''जी सर!'' विधू ने अपनी शेष पूछताछ जारी रखते हुए कहा, ''कल रात जब तुमने मोतीलाल को घर से बाहर जाते देखा तो उस समय क्या बजा था?''

''मैं···मैं घड़ी नहीं देख पाया, सर! लेकिन उस समय एक या दो बजा था।''

''एक बात बोलो, क्या बजा था? एक या दो?''

''सर! उस समय रात के करीब बारह या एक बज रहा था।''

''अच्छी तरह सोचो, विधू बाबू क्रोध में बोले, ''एक बार पक्का करके एक बात बोलो। क्या आधी रात थी? एक बजा था या दो बजा था?'' खानसामा गले में थूक सटककर बोला, ''सर! आधी रात।'' उत्तर सुनकर बैठे सिपाही ने कागज पर नोट कर लिया।

''वह चोरों की तरह बिना आवाज किए भागा था? है न?''

''जी सर! जी हाँ सर! बात यह है कि अकसर रातों को वे बाहर रहते हैं।''

''फालतू बात मत करो।''

''जो मैं पूछ रहा हूँ, उसी का जवाब दो। क्या तुमने मोतीलाल को नीचे आते देखा था?''

"नहीं, सर! मैंने उन्हें घर से बाहर जाते देखा था।"

"तुमने उन्हें सीढ़ी से नीचे आते नहीं देखा था? कहाँ थे तुम उस समय?"

"मैं...सर...मैं..."

"बोलते क्यों नहीं? कहाँ थे तुम उस समय?" आतंकित स्वर में खानसामा हकलाकर बोला, "माई-बाप, सरकार! घर के सामने जो चाल है, उसमें मेरे गाँव के साथी रहते हैं। रात को काम पूरा होने के बाद मैं थोड़ी देर के लिए उनके पास बैठता हूँ।"

"ओह, तो यह बात है। तुम उस समय अपने दोस्तों के साथ गाँजे के दम भर रहे थे, है न?"

"जी, माई-बाप..."

"तो मुख्य दरवाजा खुला पड़ा था, क्यों?" खानसामा भय से काँप गया। धीरे से बड़बड़ाया, "जी...सर..."

विधू बाबू त्यौरी चढ़ाए कुछ देर बैठे रहे, फिर बोले, "तो अपने अड्डे से तुम देख सकते थे कि घर में कौन घुस रहा है, कौन बाहर जा रहा है?"

"जी सर! घर से कोई और बाहर नहीं निकला सर!"

"अच्छा! तो यह बताओ तुम जब लौटे तो क्या समय था?"

"सर! मोती बाबू के जाने के आधे घंटे बाद मैं वापस आ गया। तब तक सुकुमार बाबू लौट आए थे।"

"क्या सुकुमार? वह कहाँ से लौटे थे?"

"यह मुझे नहीं मालूम सर!"

"वे कितने बजे लौटे थे?"

"मोती बाबू के जाने के बीस-पचीस मिनट बाद।"

विधू बाबू की त्यौरियाँ और चढ़ गईं। उन्होंने कुछ देर सोचकर कहा, "तुम अब जा सकते हो, हमें जरूरत हुई तो तुम्हें फिर आना होगा।"

खानसामा ने झुककर फर्शी सलाम किया और खुश होकर नदारद हो गया। विधू बाबू ने सभी पुलिस अधिकारियों से कमरा खाली करने को कह दिया। कमरे में केवल ब्योमकेश और मैं रह गए। उन्होंने हमारी ओर घूरकर कहा, "देखा आप लोगों ने! एक आदमी ने सबकुछ कैसे उगल दिया? सब हो जाता है केवल क्रॉस

एग्जामिनेशन करना आना चाहिए, चलिए! हाँ तो मैं आपको बताऊँ? जब तक मैं पूरी कहानी खोलकर नहीं बताता, तब तक आपके समझ में तो आने से रही। तो ठीक है। मुझे ही कहना होगा। मैंने सभी लोगों से पूछताछ कर पूरा वृत्तांत पता कर लिया है, तो ध्यान से सुनिए।''

ब्योमकेश ने ध्यान से सुनने के लिए अपना सिर नीचे की ओर झुका दिया। तब विधू बाबू ने कहना शुरू किया, ''घर के मालिक का नाम कराली बाबू था। वे निस्संतान विधुर थे। काफी संपत्ति के मालिक कराली बाबू के कलकत्ता में चार-पाँच मकान थे और बैंक में लाखों रुपए की संपदा थी।

''उनका अपना परिवार तो नहीं था, पर उनके संरक्षण में पाँच लोग पल रहे थे। इन पाँचों में इनके तीन भतीजे थे—मोतीलाल, माखनलाल और फणी भूषण तथा दो उनकी स्वर्गवासी पत्नी के भानजी-भानजा थे—सत्यवती और सुकुमार। ये पाँचों इसी घर में रहते थे। उनका दुनिया में और कोई नहीं था।

''कराली बाबू क्रोधी स्वभाव के व्यक्ति थे। उन्हें गठिया की शिकायत थी। इसके अलावा भी कई अन्य रोग लग गए थे। इसलिए वे अपने कमरे से बाहर नहीं जाते थे, लेकिन पूरा घर उनसे दैत्य की तरह डरता था। वे सनकी व्यक्ति थे और अपनी सनक में अपनी वसीयत बदलते रहते थे। आज एक के नाम। नाराज हुए तो दूसरे के नाम। इस प्रकार अब तक तीन वसीयत बना चुके थे, जो अब उनके लॉकर से प्राप्त हुई हैं। पहली वसीयत में उन्होंने माखन को अपनी सारी जायदाद का वारिस बनाया। दूसरी में मोतीलाल को और तीसरी तथा अंतिम वसीयत में सबकुछ सुकुमार के नाम कर दिया। यह तीसरी वसीयत परसों लिखी गई। अब सारी संपत्ति का वारिस सुकुमार है।

''हर बार कोई-न-कोई उनकी नाराजगी का शिकार हो जाता तो कराली बाबू उसका नाम काट देते। इसी संदर्भ में कल दोपहर कराली बाबू और मोतीलाल के बीच झड़प भी हुई। मोतीलाल स्वभाव से झगड़ालू है और यह जानकर कि वसीयत से उसको बेदखल कर दिया गया है, वह कराली बाबू के मुँह पर गाली-गलौच कर आया था।

''इसके बाद आधी रात के करीब मोतीलाल चुपचाप घर से बाहर चला गया।

नौकर और खानसामा दोनों ने उसे बाहर जाते देखा और सुबह को कराली बाबू मृत पाए गए।

"पहले कोई नहीं जान पाया कि उनकी मृत्यु कैसे हुई? मैंने आकर पता लगाया। उनकी मृत्यु एक सूईं से की गई थी, जिसे गले और रीढ़ की संधि (मेंडुला और वेरटबरा के मध्य) में घोंपा गया था।"

जब विधू बाबू रुके तो ब्योमकेश ने सिर उठाया, "क्या आश्चर्य! रीढ़ की हड्डी और मेंडुला के बीच में सूईं घोंपकर हत्या? यह तो अंग्रेजी के उपन्यास 'ब्राइड ऑफ लेमरमूर' जैसा है!" एक क्षण रुकने के बाद वह बोला, "आपने तो पहले ही मोतीलाल के नाम वारंट जारी कर दिया है। क्या वह कहीं काम-काज करता है? उसके बारे में क्या कोई जानकारी है?"

"नहीं, कुछ नहीं!" विधू बाबू बोले, "आठवीं तक पढ़ा, बाद में आवारागर्दी करता रहा। अपने काका के बल पर जिंदा है और बाजारू घटिया जीवन जीता है।"

"और माखनलाल?" ब्योमकेश ने पूछा।

"ये महाशय भी वैसे ही हैं, लेकिन इतने घटिया नहीं हैं। गाँजा-सुल्फा पीता है पर पक्का गंजेड़ी नहीं हुआ है।"

"और फणी भूषण?"

"ये महाशय लंगड़दीन हैं। वो कहावत है न, लँगड़ा और अंधा क्या गुल नहीं खिला सकता? पर ये ठीक-ठाक है। लँगड़ा होने के कारण वह घर से बाहर नहीं जा सकता। तीनों भाइयों में यही है, जिसमें मानवीय गुण दिखाई दे जाते हैं।"

"और ये सुकुमार! ये क्या हैं?"

"सुकुमार अच्छा लड़का है। मेडिकल कॉलेज में फाइनल ईयर का छात्र है। उसकी बहन सत्यवती भी कॉलेज जाती है। ये दोनों ही वृद्ध महाशय की देखभाल करते थे।"

"मेरे खयाल से अभी तक शादी किसी की भी नहीं हुई है?"

"सही है। लड़की की भी नहीं।"

ब्योमकेश उठ खड़ा हुआ और बोला, "सर! चलिए, एक बार घर का मुआयना कर लिया जाए। मैं समझता हूँ, अभी लाश को हटाया नहीं गया है?"

"नहीं!" कहकर विधू बाबू अनिच्छा से उठे और आगे-आगे सीढ़ियाँ चढ़ने लगे। सीढ़ियाँ दोनों ओर से ऊपर जाकर एक जगह मिलती हैं और प्रथम तल्ले तक

पहुँचती हैं। सीढ़ियों के ठीक नीचे के कमरे को देखकर ब्योमकेश ने पूछा, "उसमें कौन रहता है?"

विधू बाबू बोले, "यह मोतीलाल का कमरा है। अपनी इच्छानुसार वह नीचे के कमरे में रहना पसंद करता है। वृद्ध महाशय अनुशासनप्रिय व्यक्ति थे और रात में नौ बजे के बाद बाहर रहने के विरोधी थे। उनका कमरा इसके ठीक ऊपर है।"

"ओह, और वो कमरा?" ब्योमकेश ने नीचे के कोने वाले कमरे को दिखाते हुए कहा।

"माखनलाल रहते हैं उसमें।"

"मोतीलाल को छोड़कर ये सभी लोग शायद घर में ही होंगे?"

"हाँ! और मैंने सब को स्पष्ट आदेश दे दिया है कि मेरी आज्ञा बिना कोई घर छोड़कर नहीं जाएगा। बाहर सिपाहियों का पहरा है।"

ब्योमकेश स्वीकारोक्ति में कुछ बुदबुदाया। पहले तल्ले पर सीढ़ियों के ठीक सामने बंद दरवाजे वाले कमरे को दिखाकर विधू बाबू बोले, "यह कराली बाबू का सोने का कमरा है। कमरे की दहलीज पर ब्योमकेश ने झुकते हुए पूछा, "ये कैसे निशान हैं?" विधू बाबू ने भी नीचे झुककर देखा, फिर उठते हुए बेफिक्री से बोले, "चाय के निशान हैं। सत्यवती रोजाना सुबह कराली बाबू को चाय लेकर जगाने आती थी। आज सुबह जब कराली बाबू ने कोई उत्तर नहीं दिया तो उसने देखा कि उनकी मृत्यु हो गई है। उस समय संभवत: हड़कंप में कुछ चाय जमीन पर बिखर गई थी।"

"ओह! तो वह पहली इनसान थी, जिसे मृत्यु का पता लगा?"

"हाँ।"

कमरा बंद था। विधू बाबू ने ताला खोला और हम लोग अंदर आए।

वह मध्यम साइज का कमरा था। सामान कम पर करीने से लगा था। एक मिर्जापुरी कालीन बिछा हुआ था। कमरे के बीच में रखी मेज पर हाथ से काढ़ा गया मेजपोश बिछा था। कोने में हेंगर पर तह किया हुआ धोती-कुरता लटका था। नीचे पॉलिश से चमकते जूतों की कतार लगी हुई थी। बाईं ओर पलंग था, जिसमें सफेद चादर के नीचे जैसे करवट से कोई सो रहा था। चादर उसके कानों तक ढकी हुई थी। पलंग के पास एक स्टैंड पर दवाओं की बोतल और दवा नापने वाले कप कतार में रखे थे। पलंग के सिरहाने एक छोटी मेज पर पानी का जग और उल्टा गिलास

रखा था। कमरे को देखकर लगता था कि उसका स्वामी अपने कमरे को स्वच्छ और टिप-टाप रखना पसंद करता था। कमरे की स्वच्छता देखकर यह अनुमान लगाना कठिन था कि इसमें पिछली रात में इसके स्वामी की हत्या हो गई है।

तिपाई पर चाय का प्याला रखा हुआ था। ब्योमकेश ने एक क्षण उस कप का मुआयना किया और मन-ही-मन बड़बड़ाने लगा, जैसे अपने से ही कुछ कह रहा हो, "आधी चाय कप से गिरकर प्लेट में ही है। कप आधा भरा है, फिर नीचे कैसे गिरी?"

विधू बाबू ने ब्योमकेश का बड़बड़ाना सुनकर एक गहरा, निराशा का श्वास छोड़ा और बोले, "अरे भाई, यही तो मैंने बताया था...वह लड़की..."

"मैंने सुना है।" ब्योमकेश बोला, "पर क्यों?"

विधू बाबू ने इस व्यर्थ प्रश्न का उत्तर देना उचित नहीं समझा। मुँह बिचकाकर वे दूसरी ओर खिड़की के बाहर देखने लगे।

ब्योमकेश ने बहुत ही सावधानी से चाय के प्याले को उठाया। चाय के ऊपर सफेद परत जम गई थी। उसने पास में रखी चम्मच से चाय को हिलाकर उसका एक घूँट लिया। मुँह पोंछा और पलंग के पास पहुँच गया। काफी देर तक लाश पर नजर गढ़ाने के बाद ब्योमकेश ने पूछा, "लाश को तो छुआ गया न होगा? है न? वैसी है, जैसे पाई गई थी?"

विधु बाबू ने, जो अब तक खिड़की में से ताक रहे थे, जवाब दिया, "हाँ, केवल चादर को सिर तक ढक दिया गया है और मैंने वह सूई निकाल ली है।"

ब्योमकेश ने आहिस्ता से चादर को नीचे खींचा। एक दुबली-पतली वृद्ध काया करवट से लेटी थी, लगा, जैसे वे गहरी नींद में अब भी सो रहे हैं। उनके सफेद बालों के नीचे माथे की त्वचा में लाइनें और झुरियाँ थीं। इसके अलावा चेहरे पर किसी दर्द का भाव नहीं था। ब्योमकेश ने शरीर को हिलाए-डुलाए बगैर बारीकी से जाँचा। उसने पीछे गरदन के ऊपर बालों को उठाकर देखा। सावधानी से नाक के पास कुछ देखने के बाद उसने विधू बाबू को बुलाया और बोला, "सर! मुझे विश्वास है कि आपने पूरे शरीर का अच्छे से मुआयना कर लिया होगा, लेकिन मैं आपका ध्यान दो बातों पर लाना चाहता हूँ। गरदन में सूई घोंपने के तीन निशान हैं।"

विधू बाबू ने पहले इन्हें नहीं देखा था। अब उन्होंने देखा तो बोले, "हाँ, लेकिन इसमें खास बात क्या है? जाहिर है कि 'वरटेबरा और मेडुला' के संधिस्थल को

ढूँढ़ने में हत्यारे को तीन बार कोशिश करनी पड़ी हो। और दूसरी बात क्या है?''

''क्या आपने नाक देखी है?''

''नाक?''

''जी, नाक!''

विधू बाबू ने झुककर नाक को देखा। मैंने भी झुककर नजदीक से देखा। नाक के छेदों के इर्द-गिर्द कुछ छोटे-छोटे चिह्न हैं, जैसे सर्दियों में त्वचा फटने से हो जाते हैं।

विधू बाबू ने कहा, ''शायद उन्हें सर्दी-जुकाम हुआ हो। उस स्थिति में बार-बार नाक पोंछने पर कुछ चिह्न हो जाते हैं। पर इससे इस केस का क्या मतलब निकलता है भाई, यह तो बताओ?'' उन्होंने मजाक के लहजे में कहा।

''कुछ नहीं, कुछ नहीं। चलिए हम लोग बगल के कमरे में चलते हैं।'' शायद वह कराली बाबू का काम करने का कमरा था, जिसमें वे अधिकांश समय बिताते थे। कमरे में मेज, कुरसियाँ, टाइपराइटर और बुकशेल्फ थे। विधू बाबू ने मेज पर लगे लॉकर की ओर इशारा करके बताया, ''उनकी सभी वसीयतें यहीं से मिली हैं।''

ब्योमकेश ने कमरे का फिर से मुआयना किया। लॉकर में और कोई कागज नहीं मिला। कमरे की दूसरी ओर छोटा सा टॉयलेट था। ब्योमकेश ने झाँककर देखा और वापस आते हुए बोला, ''अब और कुछ देखना नहीं है। चलिए, हम लोग सुकुमार बाबू के कमरे में चलते हैं, वही न अंतिम वारिस में हकदार हैं? अरे हाँ, क्या मैं एक बार उस सुई को देख सकता हूँ?''

विधू बाबू ने जेब से एक लिफाफा निकालकर उसमें से सूई को निकालकर दो उँगलियों में पकड़कर दिखाया। वह साधारण सूई से बड़ी थी, जैसी कि मोटे धागे की सिलाई में इस्तेमाल होती है। सूई के छेद में धागा अटका हुआ था। ब्योमकेश ने बड़ी-बड़ी आँखों से उसे देखा और धीरे से बोला, ''आश्चर्य, बड़ा आश्चर्य है!''

''क्या आश्चर्य है?''

''यह धागा! देख नहीं रहे, यह काला रेशमी धागा।''

''हाँ, वो तो मैं देख रहा हूँ, पर ईश्वर के लिए यह तो बताइए कि इसमें आश्चर्य क्या है? सूई में धागा है।''

ब्योमकेश ने एक नजर विधू बाबू के चेहरे पर डालकर स्वयं ही अपना मजाक

बनाने लगा, ''वाकई ! अब इसमें क्या आश्चर्य ? सूई में धागा नहीं होगा तो क्या होगा ? सूई का और काम भी क्या है ?'' उसने सूई को लिफाफे में रखते हुए कहा और विधू बाबू को लिफाफा लौटा दिया। ''चलिए, अब सुकुमार बाबू के कमरे में चलते हैं।''

गलियारे में दाईं तरफ कोने का कमरा सुकुमार बाबू का था। दरवाजा बंद था। विधू बाबू ने खटखाए बगैर धक्का देकर खोल दिया। सुकुमार मेज पर कोहनी रखकर बैठा था और हाथों में सिर को पकड़े हुए था। हमारे प्रवेश करते ही वह उठ गया। एक ओर पलंग था, दूसरी ओर मेज, कुरसी और बुकशेल्फ था। ऊँचे डेस्क दीवार से लगे हुए थे।

मेरे अनुमान में सुकुमार की उम्र चौबीस-पच्चीस के लगभग होगी। देखने में आकर्षक, शरीर गठा हुआ। लेकिन घर में भयानक दुर्घटना के प्रभाव ने पूरे शरीर को पीला करके त्वचा को सुखा दिया था। आँखों के नीचे स्याह गोले उभर आए थे। हम तीनों को अंदर आते देखकर उसकी आँखों में भय तैरने लगा।

विधू बाबू ने कहा, ''सुकुमार बाबू! ये ब्योमकेश बक्शी हैं। ये आप से बात करना चाहेंगे।''

सुकुमार ने गला साफ करते हुए कहा, ''बैठिए, बैठिए न!''

ब्योमकेश उसकी मेज के सामने बैठ गया। उसने मेज पर रखी पुस्तक 'ग्रेज एनाटोमी' को उठाया और उसके पृष्ठ पलटते हुए बोला, ''कल आधी रात को आप कहाँ से आए थे, सुकुमार बाबू ?''

सुकुमार चौंक पड़ा, फिर धीमी, लरजती आवाज में बोला, ''मैं रात को फिल्म देखने गया था।''

पृष्ठों को उलटते हुए बिना सिर उठाए ही ब्योमकेश ने पूछा, ''कौन से सिनेमा हॉल में ?''

''चित्रा।''

विधू बाबू ने नाराजगी के स्वर में कहा, ''आपको यह मुझे पहले बताना चाहिए था, क्यों नहीं बताया आपने ?''

''सर ! मैंने सोचा था कि यह इतना महत्त्वपूर्ण नहीं है, इसीलिए...''

विधू बाबू ने और भी तेज आवाज में कहा, ''यह हम तय करेंगे कि वह महत्त्वपूर्ण है या नहीं ! क्या आपके पास कोई सबूत है कि आप चित्रा सिनेमा गए थे ?''

सुकुमार ने कुछ क्षण सिर झुकाए सोचा, फिर उठकर रैक पर टँगे कुरता के पॉकेट से गुलाबी रंग की एक चिट निकालकर विधू बाबू की ओर बढ़ा दी। वह सिनेमा के टिकट का आधा भाग था। विधू बाबू ने उसे ठीक से जाँचा और अपनी डायरी खोलकर रख लिया।

कुछ और पृष्ठों को पलटते हुए ब्योमकेश ने पूछा, "शाम के शो के बजाय नौ बजे के शो में जाने का आपके पास कोई विशेष कारण था?"

सुकुमार का चेहरा सफेद पड़ गया, फिर भी उसने धीरे से कहा, "नहीं, ऐसा कोई कारण नहीं था···ऐसा कुछ भी नहीं था।"

ब्योमकेश बोला, "निश्चित रूप से आपको मालूम था कि कराली बाबू को रात में किसी का देर से आना पसंद नहीं था।"

सुकुमार के पास कोई उत्तर नहीं था। वह चुपचाप मलिन मुख लिये खड़ा रहा।

एकाएक ब्योमकेश ने सुकुमार को अपनी आँखें खोलकर देखा और पूछा, "आपने अंतिम बार कराली बाबू को कब देखा था?"

सुकुमार ने मुँह में थूक सटकते हुए कहा, "कल शाम करीब पाँच बजे।"

"क्या आप उनके कमरे में गए थे?"

"हाँ।"

"क्यों?"

सुकुमार ने अपनी आवाज को नियंत्रित करने का प्रयास किया और धीमे स्वर में कहा, "मैं काका से उनकी वसीयत के बारे में कुछ कहने के लिए गया था। उन्होंने अपनी वसीयत में मोती दा को बेदखल करके सारी संपत्ति मेरे नाम कर दी थी। इसको लेकर दोपहर में उनकी और मोती दा के बीच झड़प भी हुई थी। मैं काका के पास यह कहने गया था कि मैं नहीं चाहता कि सारी संपत्ति केवल मेरे नाम की जाए, बल्कि हम सब को बराबर हिस्से में विभाजित कर दी जाए।"

"फिर?"

"जब उन्होंने मेरी पूरी बात सुनी तो क्रोध में उन्होंने मुझे कमरे से निकल जाने का आदेश दिया।"

"आप निकल आए?"

"हाँ, उसके बाद मैं फणी के कमरे में गया। बात करते-करते काफी देर हो

गई थी। मेरा मन बड़ा विचलित हो रहा था। सोचा क्यों न कोई फिल्म देख लूँ? फणी ने भी मेरे प्रस्ताव का अनुमोदन कर दिया। इसलिए मैं चुपचाप निकल गया, यह सोचकर कि काका को पता भी न चलेगा।"

प्रत्यक्षतः विधू बाबू सुकुमार की दलील पर पूर्णतः संतुष्ट दिखाई दिए। लेकिन ब्योमकेश के चेहरे पर अब भी शिकन मौजूद थी, जिसे देखकर विधू बाबू ने कुछ उखड़े स्वर में कहा, "ब्योमकेश बाबू! आप अपनी मंशा क्यों नहीं बताते? क्या आप सुकुमार बाबू पर हत्यारा होने का शक कर रहे हैं?"

ब्योमकेश उठ खड़ा हुआ और बोला, "अरे! नहीं नहीं, बिल्कुल नहीं। चलिए, हम लोग अब सुकुमार बाबू की बहन के कमरे में चलते हैं।"

विधू बाबू ने अब रूखी आवाज में कहा, "ठीक है, चलिए। लेकिन वह बेचारी कुछ नहीं जानती और दरअसल में उस बेचारी लड़की को बेवजह क्या इस सब में घसीटना जरूरी है? मैंने पहले ही उसका बयान ले लिया है।"

ब्योमकेश ने अनमने स्वर में उत्तर दिया, "जी···हाँ···जरूर···जरूर···फिर भी, बस एक बार यदि मैं···"

लड़की का कमरा गलियारे के दूसरे छोर पर था। विधू बाबू ने दरवाजा खटखटाया। लगभग आधे मिनट बाद एक सत्रह-अठारह वर्ष की लड़की ने दरवाजा खोला और हमें देखकर एक ओर हो गई। कुछ संकोच के साथ हम लोग कमरे के अंदर प्रविष्ट हुए। हमारे पीछे सुकुमार, जो हमारे पीछे-पीछे आ रहा था, कमरे में घबराया हुआ और पलंग पर लेट गया। प्रवेश करते समय मैंने लड़की को देख लिया था। वह कद में ऊँची, दुबली और साँवली लड़की थी। बार-बार रोने से उसकी आँखें सूज आई थीं, इसलिए यह कहना मुश्किल है कि वह सुंदर कही जाएगी या नहीं? उसके बाल उलझे और तितर-बितर थे। शोक में डूबी एक लड़की से यों पूछताछ मेरे लिए भी क्रूरता से कम नहीं थी और इसके लिए मन-ही-मन में ब्योमकेश से नाराज भी हो रहा था; लेकिन फिर मैंने ब्योमकेश की आँखों में संकोच के बावजूद एक प्रकार की मजबूरी की झलक भी देखी थी।

ब्योमकेश ने विनम्रता से हाथ जोड़कर अभिवादन करते हुए कहा, "क्षमा करें! मैं आपको थोड़ा कष्ट दूँगा। मैं समझता हूँ, आपको कोई परेशानी नहीं होगी। घर में जब ऐसी दुःख भरी घटना घटती है तो और अनेक कठिनाइयों के साथ-साथ पुलिस की तफतीश जैसी छोटी-मोटी दिक्कतें बरदाश्त करनी पड़ जाती हैं।"

विधू बाबू ने फौरन विरोध प्रकट किया। बौखलाकर गरजे, "पुलिस को क्यों बदनाम करते हैं? आप पुलिस में नहीं हैं।"

ब्योमकेश ने विधू बाबू की आवाज को अनसुना करते हुए अपने उसी लहजे में कहा, "अधिक कुछ नहीं, वही कुछ नियमित प्रश्न···कृपया बैठ जाएँ।" और उसने कुरसी की ओर संकेत किया।

लड़की ने ब्योमकेश को तिरस्कृत नजरों से देखा और शोकग्रस्त टूटी आवाज में बोली, "आपको जो पूछना है, पूछिए, मैं बैठे बिना ही जवाब दे सकती हूँ।"

"आप बैठना नहीं चाहती तो ठीक है, मैं ही बैठ जाता हूँ।"

ब्योमकेश ने बैठकर एक नजर कमरे के अंदर डाली। सुकुमार के कमरे की तरह यह भी साधारण रूप से सजा कमरा दिखाई दिया। कहीं किसी प्रकार का आडंबर नहीं। साधारण पलंग, मेज, कुरसी, एक बुकशेल्फ। एक अतिरिक्त वस्तु केवल दराजवाली ड्रेसिंग टेबल थी।

ध्यान हटाने के लिए ब्योमकेश ने कमरे की छत में लगे बीमों को देखते हुए कहा, "आप ही हैं, जो रोजाना कराली बाबू को सुबह की चाय पहुँचाती थीं?"

लड़की ने स्वीकारोक्ति में अपने सिर को हिला दिया।

ब्योमकेश बोला, "तो आज सुबह जब आप चाय लेकर कराली बाबू के पास गई थीं, तब आपको उनकी मृत्यु का पता लगा?"

लड़की ने फिर स्वीकारोक्ति में सिर हिलाया।

"आपको यह पहले पता नहीं था?"

विधू बाबू फिर बड़बड़ाए, "बेकार प्रश्न, बिल्कुल व्यर्थ और मूर्खोंवाला प्रश्न है।"

ब्योमकेश ने फिर अनसुना करते हुए अपनी बात जारी रखी, "क्या कराली बाबू अपने कमरे का दरवाजा रात में खुला ही रखते थे?"

"हाँ! घर में किसी को भी दरवाजा बंद करने की अनुमति नहीं थी। काका भी रात में सोते समय दरवाजा खुला ही रखते थे।"

"अच्छा! फिर···?"

जैसे अब धैर्य का पैमाना चुक गया हो, विधू बाबू चिल्लाए, "बस! बहुत हुआ, अब चलिए यहाँ से। ऐसे फिजूल सवालों से बेचारी लड़की को परेशान करने की कोई जरूरत नहीं। आपको पता ही नहीं, 'क्रॉस-एग्जामिन' कैसे किया जाता है?"

इस घटना ने ब्योमकेश के चेहरे से विनम्रता के आवरण को उतार फेंका। एक घायल बाघ की तरह विधू बाबू पर टूट पड़ा। उसने कड़कती पर सधी आवाज में कहा, ''यदि आप इसी तरह मेरे काम में बाधा पहुँचाते रहे तो मुझे कमिश्नर से शिकायत करनी पड़ेगी कि आप मेरी जाँच-पड़ताल में बाधा पहुँचा रहे हैं। क्या आप जानते हैं कि ऐसे केस पुलिस के कार्यक्षेत्र में नहीं पड़ते, बल्कि सी.आई.डी. के होते हैं?''

विधू बाबू एकदम सन्न रह गए। आश्चर्यचकित! इतना कि कोई उन्हें थप्पड़ भी मार देता तो नहीं होते। वे कुछ क्षण आग्नेय नेत्रों से ब्योमकेश को घूरते रहे। कुछ बोलने को उतावले दिखे पर अपने आपको जब्त कर लिया और क्रोध में पैर फटकारते हुए कमरे से बाहर निकल गए।

ब्योमकेश ने दुबारा ध्यान केंद्रित करके फिर पूछा, ''आपको कराली बाबू की मृत्यु का पहले पता नहीं लगा? सावधानी से सोचकर उत्तर दीजिए।''

''मैंने सोच लिया है, मुझे पहले पता नहीं लगा।'' उसकी आवाज में एक प्रकार की जिद का अहसास था।

ब्योमकेश कुछ देर शांति से बैठा रहा, पर उसकी भृकुटि तनी हुई थी। वह फिर बोला, ''चलिए, अब मुझे यह बताइए कि कराली बाबू चाय में कितनी चीनी पीते थे?''

लड़की बड़ी-बड़ी आँखों से ताकती रही, फिर आहिस्ता से बोली, ''चीनी? काका अपनी चाय में काफी चीनी पीते थे, तीन-चार चम्मच चीनी...''

दूसरा प्रश्न बंदूक से निकला बुलेट जैसा था, ''तब आपने सुबह की चाय में चीनी क्यों नहीं डाली?''

यह सुनते ही लड़की का चेहरा सूख गया। उसने चारों ओर भय से देखा। फिर अपने होंठों को काटते हुए अपने पर नियंत्रण किया और बोली, ''शायद मैं भूल गई। कल से मेरी तबीयत ठीक नहीं थी।''

''क्या कल आप कॉलेज गई थीं।''

''हाँ!'' भर्राई आवाज में अब भी जिद थी।

कुरसी से उठते हुए ब्योमकेश बहुत आहिस्ता से बोला, ''यदि आप सबकुछ मुझे बता दें तो हमें बहुत लाभ होगा, आपका भी फायदा होगा।''

लड़की वैसे ही होंठ दबाए खड़ी रही, बोली कुछ नहीं।

ब्योमकेश ने दुहराया, ''बताने की कृपा करेंगी?''

लड़की ने धीरे से एक-एक शब्द नापते हुए कहा, ''इसके बाद आगे मुझे कुछ नहीं मालूम।''

ब्योमकेश के मुँह से एक निश्श्वास निकल गया। बातचीत के दौरान इसकी निगाह मेज पर रखी सिलाई की टोकरी पर पड़ रही थी। वह उठकर उसके पास पहुँच गया। उसने पूछा, ''मुझे लगता है, यह आपकी है?''

''हाँ!''

ब्योमकेश ने टोकरी को खोलकर देखा। अंदर एक अधूरे मेजपोश के साथ रंगीन धागों के गुच्छे पड़े हैं। ब्योमकेश ने उन गुच्छों को हाथ में उठाया और मन-ही-मन बड़बड़ाते हुए गिनने लगा, ''लाल, नीला, काला, अच्छा, काला भी···'' उसने धागों को टोकरी में रखते हुए कुछ और भी ढूँढ़ा, उसने तह किए मेजपोश को भी खोलकर देखा और लड़की को देखते हुए पूछा, ''सूई कहाँ गई?''

लड़की तब तक पत्थर की मूर्ति बन चुकी थी, उसके मुँह से केवल एक शब्द निकला, ''सुई?''

ब्योमकेश ने कहा, ''हाँ, सुई! जिससे आप सिलाई करती हैं, वो कहाँ गई?''

लड़की कुछ कहना चाहती थी, लेकिन कह नहीं पाई। एकाएक वह मुड़ी और ''दादा!'' शब्द बड़बड़ाती हुई पलंग पर बैठे सुकुमार की ओर दौड़ी और उसकी गोद में सिर रखकर फूट-फूटकर रोने लगी।

सुकुमार घबरा गया। उसका सिर ऊपर करके कोशिश करते हुए कहता रहा, ''सत्या··· सत्या···!''

सत्यवती ने सिर ऊपर नहीं उठाया। वह रोती रही। ब्योमकेश उन लोगों के पास जाकर धीरे से बोला, ''आपने ठीक नहीं किया, जानती हैं? आपको मुझे सबकुछ बता देना चाहिए था। मैं पुलिस का आदमी नहीं हूँ। यदि आप मुझे सबकुछ बता देतीं तो आपको ही फायदा होता। चलो, अजित! हम लोग चलते हैं।''

कमरे से बाहर निकलकर ब्योमकेश ने सावधानी से दरवाजा बंद कर दिया। कुछ क्षण के लिए वह खड़ा सोचता रहा, फिर बोला, ''हाँ! फणी बाबू, के कमरे में चलें। मेरे खयाल से उनका कमरा उधर है।''

हम लोग गलियारे में कराली बाबू के कमरे को पार कर कोने वाले कमरे के

सामने पहुँचे। ब्योमकेश ने दरवाजा खटखटाया। एक इक्कीस-बाईस वर्ष के युवक ने दरवाजा खोला। ब्योमकेश ने पूछा, "आप ही फणी बाबू हैं?" उसने स्वीकारोक्ति में सिर हिलाया, "जी, कृपया अंदर आ जाइए।"

उसकी आकृति से यह आभास तो होता था कि उसके शरीर में कहीं दोष है, पर वह कहाँ है, यह तुरंत पता नहीं चलता था। उसका शरीर काफी गठा हुआ था, किंतु मुँह पर कष्ट सहने से पैदा होने वाली सिलवटें साफ दिखाई देती थीं। जैसे ही हम कमरे में घुसे, उसने आगे बढ़कर कुरसी की ओर इशारा किया, "कृपया बैठिए।" उसकी चाल से पता चल गया कि दोष उसके दाएँ पैर में है, वह बहुत ही पतला, कटे हुए अंग जैसा था, इसलिए चलते समय उसकी चाल में लोच आता था।

मैं पलंग के एक ओर बैठ गया और ब्योमकेश दूसरी ओर। ब्योमकेश को देखकर लगा, जैसे उचित शब्दों को ढूँढ़ रहा हो। फिर जरा अन्यमनस्क होकर बोला, "मैं समझता हूँ, आप यह जान गए होंगे कि पुलिस आपके भाई मोतीलाल पर शक कर रही है?"

"मैं जानता हूँ," फणी बोला, "पर अपनी ओर से निश्चित रूप से कह सकता हूँ कि दादा बेकसूर हैं। वह गुस्सैल और झगड़ालू जरूर हैं, पर काका की हत्या करने की क्षमता नहीं रखते।"

"वसीयत से अपने नाम बेदखल किए जाने के बाद भी?"

"यह संस्कार केवल मोतीदा पर ही नहीं, हम सब पर लागू होता है। तो मोतीदा पर ही शक क्यों किया जाए?"

ब्योमकेश ने उसके प्रश्न पर ध्यान न देकर कहा, "मैं समझता हूँ कि आपने पुलिस को अपना बयान दे दिया होगा। फिर भी मैं कुछ प्रश्न पूछना…" फणी कुछ असमंजस में दिखाई दिए, "आप पुलिस में नहीं हैं तो मैंने सोचा शायद सी.आई. डी. के होंगे?"

ब्योमकेश ने हँसकर कहा, "नहीं, मैं केवल सत्य का खोजी हूँ, सत्यान्वेषी।"

फणी ने सुना तो आश्चर्य में उसकी आँखें बड़ी हो गईं, वह बोला, "सत्यान्वेषी, ब्योमकेश बाबू! तो आप ब्योमकेश बक्शी हैं?"

ब्योमकेश ने सिर हिलाया और बोला, "अब मुझे यह बताइए कि कराली बाबू के संबंध सब लोगों से कैसे थे? दूसरे शब्दों में, किसे वे पसंद करते थे और किसे नापसंद, यह सबकुछ विस्तार में बताएँगे?"

फणी कुछ देर अपने हाथों में सिर छिपाए बैठा रहा, फिर एक फीकी मुसकान के साथ बोला, ''देखिए! मैं एक लँगड़ा आदमी हूँ। भगवान् का शाप है। इसलिए मैं इन सब लोगों से ज्यादा मेल-मुलाकात नहीं रख पाता। मैं और मेरी ये पुस्तकें मेरे अब तक के जीवन में मेरी साथी रही हैं, इसलिए मैं ठीक से नहीं बता पाऊँगा कि काका की हम लोगों में से किस पर कृपा थी और किस पर नाराजगी? काका को समझना आसान नहीं था और न ही वे अपनी मंशा जाहिर करते थे। लेकिन उनकी बातों और बरताव से मैं यही जान पाया हूँ कि वे सत्यवती की परवाह अधिक करते थे।''

''और आपकी?''

''मेरी? संभव है, मैं लँगड़ा हूँ, इसलिए उनके मन के भीतर कहीं दया का भाव हो, पर इससे अधिक···मैं उनकी आत्मा का अनादर नहीं करना चाहता। विशेष रूप से ऐसे व्यक्ति का, जिसने हम सब को शरण न दी होती तो हम लोग अब तक भूख से ही मर गए होते। लेकिन यह भी सही है कि वे नहीं जानते थे कि प्यार क्या होता है?''

ब्योमकेश बोला, ''शायद आपको मालूम हो कि उन्होंने अपनी वसीयत में सारी संपत्ति सुकुमार के नाम की है।''

फणी थोड़ा मुसकराकर बोला, ''मैंने सुना है और इसमें कोई संदेह भी नहीं होना चाहिए कि हम सब में सुकुमार ही योग्य व्यक्ति है। लेकिन इससे यह नहीं कहा जा सकता कि काका के हृदय में क्या है? वे क्षणिक आवेश के व्यक्ति थे। जरा सी बात पर बिगड़ जाते और टाइपराइटर पर टप-टप करके अपनी वसीयत बदल देते थे। इस पर शायद ही कोई बचा हो, जिसके नाम इन्होंने कभी-न-कभी वसीयत न की हो।''

ब्योमकेश ने कहा, ''चूँकि अंतिम वसीयत सुकुमार के नाम है, इसलिए संपत्ति उसे ही मिलेगी।''

फणी बोला, ''अच्छा! मुझे कानून की इतनी जानकारी नहीं है।''

''कानून तो यही कहता है।'' ब्योमकेश तनिक हिचकिचाहट के बाद बोला, ''ऐसी स्थिति में आप क्या करेंगे? क्या आपने सोचा है?''

फणी ने निराशा में अपने बालों पर हाथ फेरा और खिड़की से बाहर देखते हुए बोला, ''मुझे नहीं मालूम, मैं क्या करूँगा? कहाँ जाऊँगा? मैं कुछ लिखा-पढ़ा नहीं

हूँ, इसलिए नौकरी नहीं कर सकता। यदि सुकुमार मुझे शरण देता है तो उसके पास रहूँगा या फिर मेरा अंत सड़कों पर होगा।'' उसकी आँखों में आँसू आ गए। मैंने जल्दी से अपना मुँह फेर लिया।

ब्योमकेश ने ध्यान दिए बिना ही कह किया, ''सुकुमार बाबू कल आधी रात को लौटे थे।''

फणी ने चौंककर पूछा, ''आधी रात। अरे हाँ! वह कल रात सिनेमा देखने गया था।''

ब्योमकेश ने पूछा, ''क्या आप अनुमान लगा सकते हैं कि कराली बाबू की हत्या कब हुई? क्या आपको कोई आवाज या कुछ और सुनाई दिया था?''

''कुछ नहीं। शायद सुबह तड़के...''

''नहीं, उनकी हत्या आधी रात को हुई।''

ब्योमकेश ने उठकर अपनी घड़ी देखी और बोला, ''ओह! ढाई बज गया। अब काफी है। चलो अजित। मुझे बहुत भूख लगी है। हम लोगों ने सुबह से कुछ खाया भी नहीं है, अच्छा नमस्कार!''

ठीक उसी समय नीचे शोर-गुल सुनाई दिया। दूसरे ही क्षण एक व्यक्ति हाँफता हुआ दरवाजा खोलकर घुसा और बोला, ''ऐ फणी। पुलिस मोती दा को पकड़ लाई है...'' किंतु हमें देखते ही रुक गया।

ब्योमकेश ने कहा, ''क्या आप ही माखन बाबू हैं?''

माखन भय से पीला पड़ गया और ''मैं कुछ नहीं जानता,'' कहते हुए तेजी से बाहर निकल गया।

हम लोगों ने नीचे आकर देखा, ड्राइंग-रूम में बहुत अफरा-तफरी मची हुई थी। विधू बाबू नहीं थे। उनकी जगह स्थानीय चौकी का इंस्पेक्टर कुरसी पर बैठा हुआ था। उसके सामने दो सिपाही एक व्यक्ति को पकड़े खड़े थे, जिसके मुँह पर हवाइयाँ उड़ रही थीं। वह चिल्ला रहा था, ''काका की हत्या हो गई? देखिए सर! मैं कुछ नहीं जानता। मैं किसी की भी कसम खा सकता हूँ। मैं एक मूर्ख शराबी हूँ...और मैंने रात दलीम के यहाँ गुजारी है। वह गवाही दे देगी।''

इंस्पेक्टर अपना काम जानता था। वह इस सब के बीच चुपचाप बैठा था। उसने जब हमें आते देखा तो बोला, ''ब्योमकेश बाबू! ये हैं मोतीलाल, विधू बाबू का मुजरिम। आपको यदि कुछ पूछना है तो पूछ लें?''

ब्योमकेश बोला, ''इन्हें कहाँ पकड़ा?''

सब इंस्पेक्टर, जिसने उसे पकड़ा था, बोला, ''बदनाम इलाके में एक वेश्या के कोठे से।'' मोतीलाल ने फिर फरियाद शुरू कर दी, ''मैं दलीम के कोठे पर सो रहा था...कौन बेहूदा कहता है...''

ब्योमकेश ने हाथ के इशारे से उसे चुप किया, ''आप तो रोजाना तड़के सुबह लौटा करते हैं, आज क्या हो गया?''

मोतीलाल ने खूँखार लाल आँखों से चारों ओर देखा और बोला, ''क्या हो गया क्या, मैं नशे में मदहोश था, मैंने रात में ह्विस्की की दो बोतलें खाली कर दी थीं, इसलिए सुबह उठ नहीं पाया।''

ब्योमकेश ने इंस्पेक्टर को देखकर सिर हिला दिया। इंस्पेक्टर बोला, ''इसे ले जाओ और बंद कर दो।''

जैसे ही सिपाही मोतीलाल को ले जाने लगे, उसने चीखना-चिल्लाना शुरू कर दिया।

ब्योमकेश ने पूछा, ''विधू बाबू कहाँ हैं?''

''वे करीब घंटा भर पहले चले गए और बोलकर गए हैं कि शाम को चार बजे के लगभग आएँगे।''

''तो ठीक है, हम लोग भी अब चलते हैं। हम लोग कल सुबह आएँगे। अरे हाँ, यह तो बताइए कि क्या सभी कमरों की तलाशी हो गई है?''

''कराली बाबू और मोती बाबू के कमरों की तलाशी हो चुकी है। विधू बाबू ने और किसी कमरे की तलाशी को जरूरी नहीं समझा।''

''मोतीलाल के कमरे से कुछ निकला?''

''कुछ नहीं।''

''मैं वसीयत को नहीं पढ़ पाया हूँ। मेरे खयाल से विधू बाबू ने उन्हें 'सील' कर दिया है। खैर, कल तक देख लूँगा। तो ठीक है, फिर मिलते हैं। इस बीच कोई नई घटना घटे तो कृपया खबर करेंगे।''

और हम लोग घर वापस आ गए। रात में ब्योमकेश ने कराली बाबू के घर का एक नक्शा बनाया और उसे मुझे दिखाने लगा। यह देखो, कराली बाबू के कमरे के ठीक नीचे मोतीलाल का कमरा है, माखन उसके बगल वाले कमरे में रहता है। फणी के कमरे के नीचे ड्राइंग-रूम है, जिसमें पुलिस ने अपनी दुकान लगाई है।

सत्यवती का कमरा रसोईघर के ऊपर है और खानसामा, सुकुमार के कमरे के नीचे सोता है।'' मैंने पूछा, ''इस नक्शे का उपयोग क्या है?''

''कुछ नहीं'', ब्योमकेश ने कहा और नक्शे के अध्ययन में लग गया।

मैंने पूछा, ''तुम्हें क्या लगता है? मोतीलाल ने हत्या नहीं की है, यही न?''

''नहीं, उसने नहीं की है। यह तो निश्चित है।''

''तो कौन हो सकता है?''

''यह कहना बहुत मुश्किल है। यदि मोतीलाल को अलग कर दिया जाए तो रहते हैं फणी, माखन, सुकुमार और सत्यवती। इनमें से कोई भी हो सकता है। इन सबका उद्‌देश्य एक ही रहेगा।''

मैंने चकित होकर कहा, ''सत्यवती भी?''

''क्यों नहीं?''

''लेकिन वह स्त्री है···''

''यदि कोई स्त्री किसी को प्यार करती हो तो वह उसके लिए कुछ भी कर सकती है।''

''लेकिन इसमें उसका व्यक्तिगत हित क्या था? वसीयत तो उसके भाई को मिलने वाली थी?''

''तुम अब तक समझे नहीं? जब एक व्यक्ति किसी भी क्षण में अपनी वसीयत बदल देता हो, यदि उसे ही हटा दिया जाए तो उसके वसीयत बदलने का प्रश्न ही नहीं रह जाता।''

मैं किंकर्तव्यविमूढ़ बना बैठा ही रह गया। मैंने यह तो कभी सोचा ही नहीं था। मैंने कहा, ''तो अब तुम सोच रहे हो कि सत्यवती···''

''मैंने यह तो नहीं कहा। हो सकता है सुकुमार हो। यह भी हो सकता है कि कोई बाहरी व्यक्ति हो, किंतु सत्यवती कोई साधारण स्त्री नहीं है।''

मैं फिर सोचने लगा। पिछले कुछ घंटों में इतनी अप्रत्याशित घटनाएँ घट चुकी हैं, इतनी परस्पर विरोधी शंकाएँ आती जाती रही हैं कि घटना को एकसूत्र में बाँधना लगभग असंभव है। जितना सुलझाने का प्रयास होता है, मामला उतना ही उलझता जा रहा है। अंततः मैंने प्रश्न किया, ''लाश को देखने के बाद तुम्हारा विचार क्या है?''

"मेरा मत यह है कि कराली बाबू की हत्या से पूर्व हत्यारे ने उन्हें क्लोरोफार्म से बेहोश किया है।"

"यह कैसे जाना?

हत्यारे ने गले में तीन बार छेद किया। यदि क्लोरोफार्म न दिया होता कराली बाबू पहले प्रयास में ही नींद से जाग गए होते। तुम्हें याद है, नाक पर वे चिह्न? ये क्लोरोफार्म देने के चिह्न हैं।"

"और सूई को तीन बार छेदने का रहस्य क्या है?"

"इसका अर्थ है कि हत्यारा पहले दोनों छेदों में सही स्थल को नहीं ढूँढ़ पाया। लेकिन यह उतना महत्त्वपूर्ण नहीं है, बल्कि महत्त्वपूर्ण यह है कि हत्यारा सुई को यों ही गढ़ा क्यों छोड़ गया? काम हो जाने पर यदि उसे हटा दिया जाए तो सबूत भी हट जाता है। तो क्यों उसे वहाँ छोड़ा जाए?"

"हो सकता है, जल्दी में उसे निकालना ही भूल गया हो? लेकिन एक बात और। तुम्हें यह कैसे मालूम हुआ कि हत्या आधी रात को हुई?"

"यह तो केवल अनुमान है। लेकिन अगर सत्यवती ने कभी सच बोला, तुम देखोगे कि मैं सही हूँ। डॉक्टर की रिपोर्ट मेरी बात का सत्यापन करेगी।"

ब्योमकेश बैठकर छत की ओर ताकता रहा, फिर बोला, "सुकुमार की मेज पर जो पुस्तक रखी थी, उसका शीर्षक था "ग्रेज एनाटॉमी"। पूरी पुस्तक में केवल एक ही पृष्ठ पर कुछ लाइनों के नीचे लाल पैंसिल से मार्क किया गया था।"

"अच्छा? वे लाइनें क्या थीं?"

"वे लाइनें थीं—यदि मेडुला और पहली वरटेबरा के संधि स्थान पर सूई घोंपी जाए तो तत्काल मृत्यु हो जाती है।"

मैं जोश में लगभग उछल पड़ा, "तब क्या?"

पर विचित्र बात यह कि मैंने सुकुमार की मेज पर कहीं भी लाल पेंसिल को नहीं पाया। एकाएक ब्योमकेश फर्श पर चहलकदमी करने लगा। उसकी आँखों पर चढ़ी त्यौरियाँ स्पष्ट दिखाई दे रही थीं। मेरे दिमाग में प्रश्नों की झड़ी लगी हुई थी, लेकिन ब्योमकेश को छेड़ने की हिम्मत नहीं हो रही थी। मुझे मालूम था, इस समय कुछ पूछना, मतलब उसकी डाँट सुनना होगा।

रात को सोते समय उसने ही एक प्रश्न पूछा, "तुम एक लेखक हो। तुम यह बता सकते हो कि अंग्रेजी शब्द 'थिंबल' का उद्‌गम क्या है?"

आश्चर्यचकित! मैंने कहा 'थिंबल' तुम्हारा मतलब वह होल्डर, जो दरजी लोग सिलाई के समय अपनी उँगली में पहन लेते हैं?"

"बिल्कुल सही, वही।"

मेरे लाख सोचने पर जब मेरे मस्तिष्क में कुछ नहीं आया तो मैंने अपने ही अनुमान के अनुसार बताया कि इसका संबंध संभवत: 'थंब' यानी अँगूठे से है, और यह अँगूठे की सुरक्षा के लिए लगाया जाता होगा, तुम क्या समझते हो? संभव है कि वह 'थंब' और 'हंबल' शब्दों का मिश्रण हो।

"दो तरह की बात मत करो, मुझे एक सीधा उत्तर चाहिए।"

तब मुझे स्वीकार कर लेना पड़ा कि मेरे पास कोई सीधा उत्तर नहीं है। लेकिन मैंने भी उससे पूछ ही लिया, "क्या तुम्हारे पास है?"

"नहीं, मेरे पास होता तो मैं तुमसे क्यों पूछता?"

ब्योमकेश फिर कुछ नहीं बोला। मैं भी भाषा की जटिलता पर सोचते-सोचते कब सो गया, मुझे याद नहीं।

दूसरे दिन उठते ही देखा, ब्योमकेश सुबह ही निकल गया है। मुझे उसका अकेले चला जाना अखरा भी। फिर मैंने सोचा, शायद मुझे न ले जाने का उसके पास जायज कारण रहा हो। संभव है, उसकी जाँच-पड़ताल में कोई बाधा आती हो। वह ग्यारह बजे के लगभग लौटा। उसने कमीज उतार दी और पंखे के नीचे बैठकर सिगरेट सुलगा ली। मैंने पूछा, "क्या हुआ?"

उसने सिगरेट का भरपूर कश लिया और धीरे-धीरे धुआँ छोड़ते हुए बोला, "मैंने सभी वसीयतें पढ़ ली हैं। उन सभी पर नौकर और खानसामा की गवाही मौजूद है। दोनों के हस्ताक्षर हैं।"

"और··· ?"

"मैंने उन्हें सब कमरों की तलाशी लेने के लिए कह दिया है, किंतु विधू बाबू ने जो मैं कहूँ, उसके ठीक विपरीत काम करने की कसम खा ली है। अंत में उनसे काम करवाने के लिए मुझे कहना पड़ा कि वे यदि तलाशी नहीं लेते हैं तो मुझे कमिश्नर साहब से शिकायत करनी पड़ेगी।"

"और क्या है?"

"और क्या होगा? वे अब भी मोतीलाल के पीछे पड़े हैं।" कुछ क्षण रुकने के पश्चात् बोला, "लड़की बहुत मजबूत है, जिस तरह से उसने होंठों को सिल

लिया है···बोलने का नाम ही नहीं लेती और वही इन तमाम रहस्यों की कुंजी है। जो भी है, देखा जाएगा। यदि विधू बाबू सभी कमरों की अच्छे से तलाशी करवाते हैं तो कहीं से कुछ भी निकल सकता है?''

''तुम किस चीज के निकल आने की उम्मीद कर रहे हो?''

''कौन जाने? कुछ छोटी-मोटी चीज, शायद कैमिस्ट की परची या पैंसिल या···किंतु अनुमान लगाने से कोई मतलब नहीं निकलता। चलो, तैयार हो जाओ, काम शुरू करने का समय हो गया।''

ब्योमकेश दोपहर भर आरामकुरसी पर आँख बंद करके लेटा रहा। लगता था, जैसे वह कुछ होने का इंतजार कर रहा था। तीन बजते-बजते पुत्तीराम चाय लेकर आ गया। ब्योमकेश ने शांति से चाय पी और फिर उसी पोज में लेट गया।

लगभग साढ़े तीन बजे दूसरे कमरे में फोन की घंटी बजने लगी। ब्योमकेश ने जाकर फोन उठाया, ''जी, कौन साहब। ओह! इंस्पेक्टर, कुछ मिला···सुकुमार बाबू के कमरे की तलाशी हो गई···वाह-वाह, तो विधू बाबू ने अंत में···कमरे में क्या मिला, क्या? सुकुमार बाबू को गिरफ्तार कर लिया गया···और भी कुछ मिला?···क्लोरोफार्म की बोतल!···शेल्फ की पुस्तकों के पीछे··· और···वसीयत में फणी बाबू!···सही है, सही है। 'पर्मूटिशंस' (क्रम संचय) के सिद्धांत के अनुसार अब उनकी बारी है। क्या उनकी बहन को भी गिरफ्तार किया गया है? नहीं। चलो ठीक है।···क्या कमरे में और कुछ, जैसे लाल पेंसिल? नहीं? आश्चर्य है। कोई अन्य सिलाई की वस्तु?···तो क्या विधू बाबू हैं वहाँ?···मोतीलाल को छोड़ने गए हैं···चलो! अंततः अकल तो आई। सुकुमार के कमरे के अलावा और किसी कमरे की तलाशी?···नहीं! ऐसा क्यों? विधू बाबू ने जरूरी नहीं समझा? तो क्या समझते हैं? विधू बाबू क्या जरूरी समझते हैं? क्या मेरी जरूरत है? मैं नई वसीयत देखना चाह रहा था।···ओह! वे अपने साथ ले गए हैं, तो ठीक है, कल सुबह ठीक रहेगा··· जब तक लाल पैंसिल और सिलाई का सामान नहीं मिल जाता···क्षमा करें, आप क्या कह रहे थे?···सुकुमार के खिलाफ ठोस सबूत मिला है। एक बार दोहरा सकते हैं? क्या डॉक्टर की रिपोर्ट आई है? क्या है रिपोर्ट में? मृत्यु का समय क्या पाया गया? खाने के करीब तीन घंटे बाद···लगभग आधी रात···अच्छा! तो ठीक है मैं कल सुबह आता हूँ।''

ब्योमकेश रिसीवर रखकर वापस आकर बैठ गया। उसकी आँखों की त्यौरियाँ

संकेत दे रही थीं कि वह अब भी पूर्णतः संतुष्ट नहीं हुआ है। मैंने प्रश्न किया, "तो वास्तव में वह सुकुमार निकला ? तुम शुरू से उसपर शक कर रहे थे, है न ?"

कुछ क्षण मौन रहने के पश्चात् ब्योमकेश बोला, "जितने भी सबूत मिले हैं, वे सब-के-सब सुकुमार को हत्यारा करार देते हैं। देखो, कराली बाबू की मृत्यु की प्रकृति तक साफ-साफ कह रही है कि यह किसी मेडीकल के व्यक्ति का ही काम है। जो लोग मानव शरीर की एनाटॉमी नहीं जानते, वे यह काम कर ही नहीं सकते। सूई भी, जिसका इस्तेमाल हत्या में हुआ, वह भी उसकी बहन की सिलाई के बक्से से ही निकाली गई थी, यहाँ तक कि वह धागा भी वहीं था। सुकुमार रात में, आधी रात को आया और कराली बाबू की मृत्यु का समय भी वही है। सुकुमार के कमरे की तलाशी में क्लोरोफार्म की बोतल और वह टाइप की हुई नई वसीयत मिली है। यही नई वसीयत है, जिसमें कराली बाबू ने सुकुमार को संपत्ति से बेदखल कर फणी बाबू को संपूर्ण संपत्ति का हकदार घोषित किया था। सुकुमार ने स्वयं स्वीकार किया है कि इसको लेकर उस शाम उसकी कराली बाबू से नोक-झोंक हुई थी, इसलिए उसे शक हुआ होगा कि शायद कराली बाबू अपनी वसीयत को फिर न बदल दें! हत्या का उद्देश्य बहुत स्पष्ट हो जाता है।"

"तो अब तय हो गया। वह सुकुमार ही है।"

"इसमें किसी शक की गुंजाइश ही नहीं है।" कुछ क्षण बाद ब्योमकेश ने एक नया प्रश्न पूछा, "अच्छा बताओ तो ? तुम क्या समझते हो सुकुमार को ? क्या वह मूर्ख है ?"

मैंने कहा, "ठीक इसके विपरीत! वह काफी बुद्धिमान दिखाई देता है।"

ब्योमकेश ने सोचते हुए कहा, "यही तो, यहीं तो मैं भी गच्चा खा गया। एक बुद्धिमान व्यक्ति इतनी बेवकूफी क्यों करेगा ? एकाएक ब्योमकेश चौंककर उठ बैठा। मुझे भी दरवाजे के बाहर पदचाप सुनाई दी। ब्योमकेश ने ऊँची आवाज में कहा, "कौन है ? कृपया अंदर आइए।"

पहले कोई उत्तर नहीं मिला, फिर धीरे से दरवाजा खुला और मैं जड़वत् बैठा रह गया। मेरे सामने सत्यवती खड़ी थी। सत्यवती ने अंदर आकर दरवाजा बंद कर दिया। कुछ देर वह खड़ी रही, फिर एकाएक आसुँओं से रोने लगी और रुँधी आवाज में बोली, "ब्योमकेश बाबू! मेहरबानी कीजिए। कृपा करके मेरे भाई को बचा लीजिए।"

मैं उसके अचानक आगमन से सकते में आ गया था, लेकिन ब्योमकेश उठकर उसकी ओर बढ़ा। शायद सिर चकराने की वजह से उसने अपने हाथों को अंधे की तरह आगे किया। ब्योमकेश ने तेजी से उसके हाथों को पकड़ा और उसे कुरसी तक ले आया। उसके इशारे पर मैंने पंखा चला दिया। पहले कुछ मिनट वह साड़ी से मुँह दाबे आँसू बहाती रही, हमने भी उसे शांति से सँभलने का समय दे दिया। हमारे इस उठा-पटक के जीवन में भी ऐसी पहली घटना थी। मैंने सत्यवती को एक ही बार देखा था। उस समय वह एक आम शिक्षित बंगाली लड़की से अलग कतई नहीं लगी थी। ऐसी स्थिति में, इस संकट की घड़ी में अपने सारे संकोचों को छोड़कर उसका सीधा हमारे पास आना, न केवल कल्पना से परे था, बल्कि एक असाधारण घटना थी। संकट की घड़ी में अधिकांश बंगाली लड़कियाँ काठ की गुड़िया बन जाती हैं, किंतु इस दुबली-पतली साँवली लड़की ने मुझे आश्चर्य में डाल दिया। उसके पैरों की धूल से सुनहरी चप्पलों से लेकर उसके उलझे बालों के नीचे गुँथी चोटियों तक उसके संपूर्ण शरीर में एक आभा झलक रही थी।

उसने अपनी आँखें पोंछी और सिर उठाकर दोहराया, ''ब्योमकेश बाबू, दया करके मेरे भाई को बचा लीजिए।'' मैंने देखा, यद्यपि उसने अपने ऊपर नियंत्रण कर लिया था, फिर भी उसका स्वर काँप रहा था।

ब्योमकेश ने धीरे से कहा, ''मैंने सुना कि आपके भाई को गिरफ्तार कर लिया गया है, किंतु...''

सत्यवती ने बात काटकर व्याकुलता में कहा, ''वह बेकसूर है। वह कुछ नहीं जानता, उसने कोई अपराध नहीं किया है।'' यह कहकर वह फिर रोने लगी।

मैं देख रहा था, ब्योमकेश भीतर-ही-भीतर काफी प्रभावित हुआ है, पर बाहर से शांत दिख रहा था। वह बोला, ''लेकिन सबूत जितने भी मिले हैं, वे उसी के विरुद्ध हैं।''

सत्यवती बोली, ''वे सब झूठे हैं। दादा धन के लिए किसी की हत्या कर ही नहीं सकते। आप शायद नहीं जानते, वे कैसे व्यक्ति हैं? ब्योमकेश बाबू! हम दोनों काका की संपत्ति नहीं चाहते, हमें इस संकट से बचा लीजिए। हम जीवन भर आपके अहसान के तले जीएँगे।'' उसकी आँखों से आँसुओं की धारा अब गालों के नीचे बहने लगी थी। उसने इन आँसुओं को पोंछने का प्रयास नहीं किया। संभव है, उसे इसका भान भी न हुआ हो।

इस बार जब ब्योमकेश बोला तो पहली बार मुझे उसकी आवाज में संवेदना की झलक दिखाई दी। उसने कहा, "यदि आपका भाई वास्तव में बेकसूर है तो मैं उसे बचाने की भरसक चेष्टा करूँगा, किंतु…"

"वह बेकसूर है। क्या आप मुझ पर विश्वास नहीं कर पाए हैं? मैं अपने सम्मान की कसम खा सकती हूँ। दादा यह सब नहीं कर सकते। वे एक मक्खी तक नहीं मार सकते।" एकाएक उसने नीचे झुककर ब्योमकेश के पैर पकड़ लिये। ब्योमकेश तेजी से उठकर एक ओर हो गया…"यह आप क्या कर रही हैं? मेहरबानी करके ऐसा न कीजिए?"

"वायदा कीजिए! पहले आप वायदा कीजिए कि आप दादा को छुड़वा देंगे।"

ब्योमकेश ने सख्ती से उसे पकड़ा और उसको कुरसी पर बैठा दिया। उसके बाद उसने सामने बैठकर स्पष्ट रूप से कहना शुरू किया, "आप एक बात पर बिल्कुल गलत हैं। मैं वो व्यक्ति नहीं हूँ, जो सुकुमार को छोड़ सकूँ। यह केवल पुलिस कर सकती है। मैं यह साबित कर सकता हूँ कि वह बेकसूर है। लेकिन इसके लिए जरूरी है कि मुझे सारे तथ्यों का पता चले। क्या आप अब तक यह भी नहीं समझ पाई हैं कि जब तक आप मुझसे सब बातें छिपाती रहेंगी, तब तक मैं आपकी कोई सहायता नहीं कर सकता?"

सत्यवती ने आँखें नीची करके कहा, "मैंने आपसे कोई बात नहीं छिपाई है।"

"हाँ, आपने छिपाई है। उस रात आप कराली बाबू के कमरे में गई थीं और आपको उनकी मृत्यु का पता लग गया था, लेकिन आपने मुझे नहीं बताया।"

सत्यवती भयभीत आँखों से ब्योमकेश को देखती रही। उसके बाद उसने सिर नीचा कर लिया और चुप बैठी रही।

ब्योमकेश ने अब आहिस्ता से पूछा, "अब क्या आप सबकुछ बताएँगी?"

सत्यवती ने आँख उठाकर कहा, "कैसे कहूँ, वह सबकुछ तो दादा के खिलाफ ही जाएगा।"

ब्योमकेश ने आग्रह भरे स्वर में कहा, "बात समझने की कोशिश कीजिए। यदि आपका भाई बेकसूर है तो सच्चाई उनका कुछ भी बिगड़ने नहीं देगी। आप निर्भय होकर मुझे सबकुछ बता सकती हैं।"

सत्यवती कुछ देर सिर नीचा किए बैठी सोचती रही, फिर टूटती आवाज में बोली, "ठीक है। मेरे पास कोई और उपाय नहीं है।" उसने आँसू भरे नेत्रों को पोंछा

और अपने को नियंत्रित करके कहना शुरू किया—

"उस शाम दादा की काका से कहा-सुनी हुई थी। इससे पहले काका ने अपनी वसीयत में दादा के नाम सारी संपत्ति लिख दी थी। इसको लेकर दोपहर में उनका मोतीदा से काफी झगड़ा भी हुआ था। कॉलेज से लौटने के बाद जब दादा को यह पता लगा तो वे काका के पास गए और जाकर बोले कि वे संपत्ति केवल उनके नाम न करके उसका सब में बँटवारा कर दें। काका को इस तर्क से नफरत थी। जब उन्होंने दादा की दलील सुनी तो वे क्रोधित होकर बोले, 'तुम क्या मेरे से ज्यादा जानते हो? क्या समझते हो? निकल जाओ यहाँ से, तुम्हें एक पाई भी नहीं दूँगा।'

"दादा को यह उमीद नहीं थी कि काका इतने नाराज हो जाएँगे। उनके कमरे से निकलकर दादा फणीदा के पास गए। फणीदा अपंग हैं। वे बाहर नहीं जा सकते। इसलिए दादा शाम का समय उनके साथ बिताते हैं। फणीदा से आप भी शायद मिल चुके होंगे। वे कभी स्कूल तो नहीं गए, किंतु काफी पढ़े-लिखे हैं। उनके बुकशेल्फ को देखकर आपको अनुमान हो जाएगा कि उन्हें कितने विषयों का ज्ञान है। मैं कभी-कभी अपनी पढ़ाई में सहायता के लिए उनके पास भी जाती हूँ। बहरहाल, उस शाम दादा बहुत निराश हो गए थे और करीब आठ बजे मुझसे बोले, 'सत्या में फिल्म देखने जा रहा हूँ। आधी रात तक वापस लौटूँगा। मेरे लिए दरवाजा खुला ही रखना। उन्होंने जल्दी खाना खाया और चुपचाप निकल गए।

"हमारा खानसामा रात का खाना समाप्त हो जाने पर सामने के घर में अपने गाँव के दोस्तों के पास काफी देर तक बैठा रहता है। यह मैं जानती थी, इसलिए दादा के आने तक मैंने इंतजार नहीं किया। दस बजे तक मैंने खाने की मेज को साफ किया और ऊपर अपने कमरे में सोने चली गई।

"मैं अभी सोई ही थी कि कुछ आहट सुनकर मेरी आँख खुल गई। मुझे लगा जैसे दादा के कमरे से कुछ आवाज आई है। जैसे कोई भारी चीज, मेज या बड़ा बक्सा फर्श पर खींचा जा रहा हो। यह सोचकर कि दादा शायद सिनेमा देखकर लौटे हैं। मैंने फिर से सोने की कोशिश की, लेकिन जाने क्यों नींद आई ही नहीं। कुछ देर आँखें खोले लेटी रही। दादा के कमरे से और आवाजें नहीं आईं। मैंने सोचा दादा अब सो गए होंगे। घंटा भर भी बीता न होगा कि गलियारे से मुझे फिर आहट सुनाई दी, जैसे कोई आहिस्ता से चल रहा हो। मुझे आश्चर्य हुआ। दादा कब के सो गए थे, तो फिर कौन हो सकता है? मैं धीरे से उठी और दरवाजे की फाँक से देखा, दादा

चुपचाप अपने कमरे में घुसे हैं और पीछे से उन्होंने दरवाजा बंद किया है। गलियारे में चूँकि चाँदनी छिटकी हुई थी, इसलिए मैंने स्पष्ट रूप से दादा को देखा था।''

ब्योमकेश ने टोका, ''केवल एक स्पष्टीकरण? क्या सुकुमार बाबू जूते पहने हुए थे?''

''हाँ।''

''क्या उनके हाथ में कुछ था?''

''नहीं।''

''कुछ नहीं, कोई कागज या बोतल।''

''कुछ नहीं।''

''क्या समय होगा? क्या आपने देखा था?''

सत्यवती ने कहा, ''इसकी जरूरत नहीं थी, क्योंकि सभी घड़ियों में बारह बजे के घंटे बजने लगे थे।''

''ओह!''

सत्यवती ने अपनी बात जारी रखते हुए कहा, ''पहले तो मैं समझ नहीं पाई कि यह सब हो क्या रहा है? दादा पंद्रह मिनट पहले आ गए थे, यह मुझे उनके कमरे से आई आवाज से पता लगा था तो फिर अब वे कहाँ गए थे? एकाएक मुझे खयाल आया कि कहीं काका की तबीयत तो खराब नहीं हो गई? और दादा उन्हें देखने गए हों? काका को कभी-कभी रात में अर्थराइटिस का दर्द होने लगता था और वे सो नहीं पाते थे। ऐसे मौके पर उन्हें सुलाने के लिए दवा देनी पड़ती थी। मैं आहिस्ता से दरवाजा खोलकर काका के कमरे की ओर जाने लगी। वे हमेशा दरवाजा खुला ही रखते थे। मैं कमरे में घुसी। वहाँ अँधेरा था, पर वहाँ एक अजीब सी महक थी। मैं नहीं कह सकती वह कैसी थी? तेज तो नहीं थी पर थी चारों ओर…''

''क्या वह मीठी महक थी?''

''हाँ, जैसी 'सीरप' की होती है।''

''हाँ, वही तो! क्लोरोफार्म! अच्छा फिर?''

''लाइट का स्विच दरवाजे के पास ही था। मैंने लाइट जला दी और देखा कि काका पलंग पर लेटे हैं। मुझे लगा सो रहे हैं। उनके शरीर को देखकर यह बिल्कुल नहीं कहा जा सकता था कि उनकी…फिर भी पता नहीं क्यों मेरा दिल धड़कने लगा। उस महक ने मेरे साँसों में घुटन जैसी पैदा कर दी थी, जैसे किसी ने मेरे नाक पर

गीली पट्टी लगा दी हो। कुछ देर मैं दरवाजे के पास खड़ी रही। अपने को समझाने की कोशिश करती रही कि यह महक दवा की है, जिसे लेकर काका अभी-अभी सो गए हैं। मेरे पाँव काँप रहे थे, पर मैं बहुत सावधानी से काका के पलंग के पास गई। मैंने आगे झुककर देखा कि वे साँस नहीं ले रहे हैं। मैं कह नहीं सकती, मेरे अंदर क्या हो रहा था। मुझे लगा कि मैं बेहोश हो जाऊँगी। मेरा सिर चकराने लगा था। अपने को सँभालने के लिए मैंने आगे बढ़कर काका के तकिए को छुआ। मेरा हाथ उनके गले पर गिरा। मेरे हाथ में काँटे जैसी चुभन हुई। मैंने देखा कि उनके गले में एक सुई घुसी हुई है। सूई में धागा भी लगा है।

''मैं वहाँ और अधिक देर नहीं रुक पाई। मुझे नहीं मालूम कैसे मुझमें लाइट बुझाने और वापस अपने कमरे में आने की ताकत आई? जब तक मुझे होश आया, तब तक मैंने अपने को पलंग पर बैठा पाया। मैं थर-थर काँपकर रो रही थी।

''शेष बातें तो आप जानते ही हैं। मुझे दादा पर शक नहीं था, क्योंकि मैं जानती थी कि वे यह नहीं कर सकते, फिर भी मुझे यह सोचने में अधिक समय नहीं लगा कि यह सब मैं किसी को नहीं बता सकती, क्योंकि बताने से दादा की स्थिति और भी खराब हो सकती है। दूसरे दिन सुबह मैंने किसी प्रकार चाय बनाई और काका के कमरे में ले गई।?

यह कहते हुए सत्यवती की आवाज मध्यम पड़कर लड़खड़ाने लगी। उसका अस्वाभाविक पीला मुँह और दहशत से त्रस्त आँखें साफ गवाही दे रही थीं कि बीती रात उसने कितनी उलझनों और यातना में गुजारी है। मैंने ब्योमकेश के मुँह को देखा, उसकी आँखों में चमक दिखाई दी। वह बोला, ''मैंने आज तक आप जैसी असाधारण लड़की नहीं देखी। कोई और होती तो वह चिल्लाती, शोर मचाती और बेहोश होकर उसने दुनिया को सिर पर उठा लिया होता···लेकिन आप··· ?''

''केवल दादा के लिए···''

ब्योमकेश ने खड़े होकर कहा, ''अब आप घर जाइए। कल सुबह वहाँ आऊँगा।''

सत्यवती उठी और घबराकर बोली, ''किंतु आपने कुछ बताया नहीं?''

ब्योमकेश बोला, ''बताने को क्या है, मैं आपको ऐसी कोई उम्मीद नहीं दे सकता, जो बाद में आपको निराशा दे।''

''इस पूरे कांड में विधू बाबू नामक महाज्ञानी शामिल हैं, यह नहीं जानती

क्या? बहरहाल, यह तो मैं निश्चयपूर्वक कह सकता हूँ कि यदि आपने मुझे पहले दिन ही सबकुछ बता दिया होता तो पूरा केस अब तक आसानी से सुलझ गया होता।"

सत्यवती ने अश्रुपूर्ण नेत्रों से पूछा, "जो कुछ मैंने कहा है, क्या वह दादा को नुकसान पहुँचाएगा? आपको विश्वास है, ब्योमकेश बाबू! मेरा अपना कोई नहीं है।" यह कहते हुए उसका गला भर आया।

ब्योमकेश ने तेजी से उठकर उसके लिए दरवाजा खोला और मुसकराकर बोला, "अब आप जल्दी कीजिए, देर हो रही है, और फिर यह कुँवारों का घर है।"

सत्यवती उठी और दुःखी मन से जाने लगी, लेकिन जैसे ही वह द्वार पर पहुँची, ब्योमकेश ने दबी जवान से कुछ कहा, जो मैं नहीं सुन पाया। सत्यवती ने चौंककर ब्योमकेश को देखा। उसकी आँखों में मुझे आँसू भरे आभार की झलक दिखाई दी। हाथ उठाकर उसने अभिवादन किया और सीढ़ियाँ उतर गई।

दरवाजा बंद करके ब्योमकेश आकर बैठ गया और अपनी घड़ी देखकर बोला, "अरे, सात बज गए!" फिर अपने मन में हिसाब लगाने के बाद बोला, "अभी काफी समय है।"

उत्सुकतावश मैं अपने को रोक नहीं पाया और पूछ बैठा, "ब्योमकेश! तुम्हें अब क्या लग रहा है? मैं तो कुछ भी नहीं सोच पा रहा हूँ, लेकिन तुम्हें देखकर मुझे आभास हो रहा है कि तुम्हें सारे तथ्यों की जानकारी हो गई है।"

ब्योमकेश ने सिर हिलाकर कहा, "सबकुछ नहीं, अभी नहीं।"

मैंने कहा, "तुम जो भी कहो, किंतु यह निश्चित है कि वह सुकुमार नहीं है, भले ही उसके खिलाफ सबूत मौजूद हों।"

ब्योमकेश ने हँसकर कहा, "तो फिर कौन है?"

"मैं वो सब नहीं जानता, लेकिन निश्चित रूप से वह सुकुमार नहीं है।"

ब्योमकेश चुप रहा, उसने सिगरेट सुलगाया और लंबे कश खींचने लगा। मुझे लगा, अब वह और कुछ नहीं बोलेगा। मैं भी शांति से केस की विचित्र उलझनों के बारे में सोचने लगा।

कुछ देर बाद ब्योमकेश ने एकाएक पूछा, "मेरे खयाल से, तुम सत्यवती को सुंदर नहीं कह सकते, है न?"

चकराकर मैंने उसकी ओर देखा और बोला, "ऐसा क्यों पूछते हो?"

"ऐसे ही पूछ रहा था। मैं समझता हूँ, ज्यादातर लोग उसे बहुत साँवली कहेंगे।"

मेरे मस्तिष्क में यह बात घुस नहीं पा रही थी कि इस केस का सत्यवती के रूप से क्या नाता है? लेकिन कई बार ब्योमकेश के दिमाग के विचित्र मार्ग की कल्पना करना असंभव हो जाता है। मैंने गंभीरता से विचार करके कहा, "यह सही है कि लोग सत्यवती को साँवली कहेंगे, किंतु मैं समझता हूँ कुरूप हर्गिज नहीं!"

इतना सुनकर ब्योमकेश हँसकर उछल पड़ा और बोला, "तुम्हारा मतलब, जैसाकि कवि ने कहा है...

"काली है वह, तुम कहते हो काली—रात से भी काली! पर मैंने उन काली हिरणी जैसी आँखों को देखा है!"

"ठीक है। यह तो बताओ अजित! तुम्हारी सही उम्र क्या है?"

मैंने फिर चकराकर पूछा, "उम्र? मेरी उम्र!" जैसे कराली बाबू की मृत्यु के रहस्य का हल मेरी आयु में छिपा हो। ब्योमकेश के बारे में कुछ नहीं कहा जा सकता। मैंने कुछ गुणाभाग करके बताया कि मेरी सही आयु उन्नीस वर्ष, पाँच महीने और ग्यारह दिन है, पर क्यों? ब्योमकेश ने संतोष की साँस ली और कहा, "तो तुम मुझसे पूरे तीन महीने बड़े हो, इस बात का ध्यान रखना, भूलना नहीं?"

"तुम यह सब क्या कह रहे हो?"

"मेरे भाई, कुछ नहीं। मेरा सिर इस समस्या को लेकर चकराने लगा है। चलो, आज रात को फिल्म देखते हैं।" ब्योमकेश कभी सिनेमा नहीं जाता। सिनेमा या नाटक उसे पसंद नहीं थे। इसलिए पहले तो मुझे आश्चर्य हुआ, फिर बोला, "आज तुम्हें हुआ क्या है? क्या वाकई पागल हो गए हो?"

ब्योमकेश ने हँसकर कहा, "कोई ताज्जुब नहीं! मेरा जन्म चंद्रराशि में हुआ है और श्रीमान भट्टाचार्य ने मेरी जन्मपत्री देखकर बताया था कि यह बालक चंद्रमा के प्रभाव में पागल भी हो सकता है किंतु हमें देर हो रही है। चलो, जल्दी से खाना खाकर निकलते हैं। मैंने सुना है कि 'चित्रा' में बहुत अच्छी फिल्म लगी हुई है।"

इसलिए खाना खाकर हम लोग 'चित्रा' पहुँचे। फिल्म साढ़े नौ बजे शुरू हुई। फिल्म लंबी थी, इसलिए बारह बजे के करीब खत्म हुई। हमारा घर कुछ दूरी पर था। कुछेक बसें अभी दिखाई दे रही थीं। जैसे ही मैं बस स्टॉप की ओर बढ़ा, ब्योमकेश बोला, "नहीं, चलो हम लोग थोड़ा पैदल चलते हैं।" वह तेजी से कदम

बढ़ाकर चलने लगा। जब कार्नवालिस स्ट्रीट के बाद वह एक छोटी गली में घुसा तो मुझे समझ में आ गया कि हम लोग कराली बाबू के घर की ओर जा रहे हैं। मैं यह सोच नहीं पा रहा था कि आखिर इतनी रात गए वहाँ जाकर वह क्या करना चाह रहा था? बहरहाल मैं बिना कुछ कहे उसके पीछे-पीछे चलता गया।

हम लोगों की चाल साधारण चाल से कुछ तेज थी। फिर भी हमें वहाँ पहुँचने में काफी समय लग गया। घर के सामने सड़क की लाइट जल रही थी। ब्योमकेश ने लाइट के नीचे अपनी घड़ी देखी, लेकिन उसकी जरूरत नहीं पड़ी, क्योंकि ठीक उस समय सभी घड़ियों में बारह बजे के अलार्म बज उठे।

ब्योमकेश ने खुश होकर मेरे पीठ पर एक हाथ मारा और बोला, "वाह! काम हो गया। चलो अब टैक्सी लेते हैं।"

दूसरे दिन सुबह करीब साढ़े आठ बजे हम कराली बाबू के घर पहुँचे। पुलिसवालों के साथ विधू बाबू मौजूद थे। ब्योमकेश को देखकर पहले तो वे कुछ संकोच में पड़ गए, फिर अपने को सँभालकर गंभीर आवाज में बोले, "ब्योमकेश बाबू, शायद आप जान गए होंगे कि मैंने सुकुमार को हिरासत में ले लिया है। वास्तव में वही हत्यारा है। मैं शुरू से ही जान गया था, पर इसका प्रपंच देख रहा था।"

"वाकई!" यह कहकर ब्योमकेश ने विधू बाबू की बड़ी-बड़ी आँखों को ध्यान से देखा, जैसे उम्मीद कर रहा हो कि कब वे कोई नया गुल खिला दें?

यह सब देखकर इंस्पेक्टर और सब-इंस्पेक्टर के चेहरों पर हँसी फूट पड़ी और छिपाने के प्रयास में उन्होंने अपने चेहरे दूसरी ओर घुमा दिए।

विधू बाबू ने कुछ संदेह के लहजे में पूछा, "आज आने की कोई खास वजह?"

ब्योमकेश बोला, "नहीं कुछ नहीं। मुझे पता लगा कि एक नई वसीयत पाई गई है। मैंने सोचा, एक नजर देख लूँगा।"

काफी देर तक वे इस उलझन में रहे कि वसीयत ब्योमकेश को दिखाई जाए या नहीं? अंत में अनिच्छा से अपनी फाइल खोली और उसमें से एक दस्तावेज निकालकर ब्योमकेश की ओर बढ़ाया और बोले, "ध्यान से, फाड़-वाड़ न देना। यह वसीयत सुकुमार के खिलाफ सबसे महत्त्वपूर्ण सबूत है। कराली बाबू की हत्या करके सुकुमार चोरी करके यह वसीयत ले आया और उसे अपने कमरे में छिपा दिया। आपको मालूम है, कहाँ छिपाया था? अपने कमरे में तीन अलमारियों के नीचे?"

"क्या सुकुमार गिरफ्तारी के समय कुछ बोला था?"

"क्या बोलता, वही जो सब कहते हैं, मुझे कुछ नहीं मालूम और चौंकने का नाटक!"

ब्योमकेश ने दस्तावेज को चारों ओर से जाँचा, फिर बड़ी सावधानी से खोलकर पढ़ने लगा। मैंने भी अपनी गरदन तिरछी करके ब्योमकेश के पीछे से देखा। एक सादे कागज पर टाइप किया गया था—

"आज सितंबर के बाइसवें दिन, उन्नीस सौ तैंतीस (क्रिश्चियन कलेंडर के अनुसार) मैं पूरे होश और हवास में अपनी वसीयत लिख रहा हूँ। मेरी मृत्यु के पश्चात् मेरी सारी चल और अचल संपत्ति के साथ-साथ मेरी सारी धनराशि का उत्तराधिकारी मेरा कनिष्ठ भतीजा फणी भूषण होगा। इससे पूर्व लिखी गई अन्य सारी वसीयतें बाकायदा रद्द और निष्फल की जाती हैं।"

हस्ताक्षर—'कराली चरण बासु'।

वसीयत पढ़ने के बाद ब्योमकेश उठ खड़ा हुआ। उसकी आँखें एक नए उत्साह से चमकने लगीं। वह बोला, "विधू बाबू, यह तो कमाल हो गया! यह वसीयत तो⋯" उसने अपने आपको रोक लिया और दस्तावेज को विधू बाबू की ओर बढ़ा दिया। विधू बाबू ने वसीयत को आश्चर्य में दुबारा शुरू से अंत तक सावधानी से पढ़ा और सिर उठाकर पूछा, "क्या है इसमें? मुझे तो कुछ नहीं दिखा?"

"यह नहीं देखा?" ब्योमकेश ने हस्ताक्षर के नीचे के रिक्त स्थान को दिखाते हुए कहा।

विधू बाबू ने जब वह देखा तो उनकी आँखें फैल गईं और मुँह से निकला, "ओह! गवाहों के नाम⋯?"

इतने में ब्योमकेश बोला, "शांत!" उसने शांत रहने का इशारा किया और दरवाजे की आहट लेने लगा। कुछ देर रुकने के बाद वह धीरे से उठा और आहिस्ता कदमों से दरवाजे तक पहुँचा और भक् से दरवाजा खोल दिया। माखनलाल खड़ा चोरी से बातचीत सुन रहा था। उसने भागने की कोशिश की, लेकिन ब्योमकेश उसकी बाजुओं को खींचते हुए उसे अंदर ले आया और उसे कुरसी पर पटक दिया। "इंस्पेक्टर, इस पर नजर रखना, भागने न पाए। इसके मुँह को भी बंद कर दो।"

माखन दहशत में आधा हो गया था। उसने बोलना चाहा⋯"मैं⋯"

"चुप रहो, एकदम चुप! विधू बाबू! मजिस्ट्रेट से एक दूसरा वारंट मँगवाएँ।

अपराधी के नाम की जगह खाली ही रखें, उसे हम बाद में भर लेंगे।" वह विधू बाबू के नजदीक पहुँच गया और झुककर उनके कान में बोला, "तब तक आप इसकी पूरी खबर ले लें।"

आश्चर्य भरे लहजे में विधू बाबू बोले, "लेकिन मुझे समझ में नहीं आ रहा…"

"बाद में बताऊँगा। इस बीच कृपा करके वारंट मँगवा लें। आओ, अजित!"

ब्योमकेश तेजी से सीढ़ियाँ चढ़कर फणी भूषण के कमरे के बाहर पहुँचा और दरवाजा खटखटाने लगा। दरवाजा अपने आप ही खुल गया। हम लोगों को देखकर फणी चौंक गया। उसके मुँह से निकल गया, "ब्योमकेश बाबू!"

हम लोग कमरे में आ गए। अब ब्योमकेश की फुरती प्रायः गायब हो गई थी। हँसते हुए बोला, "आपको जानकर खुशी होगी कि हमें अब पता लग गया है कि कराली बाबू का वास्तव में हत्यारा कौन है?"

फणी एक फीकी मुसकान के साथ बोला, "हाँ, मैंने सुना है कि सुकुमार बाबू को हिरासत में ले लिया गया है, लेकिन मुझे अब भी यकीन नहीं होता…"

"यह तो है, विश्वास करना बड़ा मुश्किल है। उसके कमरे से एक नई वसीयत मिली है, जिसमें संपत्ति का हकदार आपको बनाया गया है।"

फणी बोला, "यह भी मैंने सुना है। जब से मुझे यह पता लगा है, मेरा मन खट्टा हो गया है। महज कुछ हजार रुपयों के लिए काका को जीवन खोना पड़ा।" उसने गहरी साँस लेते हुए कहा, "संपत्ति! इन सभी पापों की जड़ है। मेरे लिए सारी संपत्ति छोड़ गए, पर मैं खुश नहीं हूँ। ब्योमकेश बाबू, मैं चाहता था कि मुझे संपत्ति न भी देते, पर जीवित तो रहते!"

ब्योमकेश बुकशेल्फ के पास खड़ा पुस्तकों को देख रहा था। मन-ही-मन में बोला, "सही है, सही है! संपत्ति कभी सुख नहीं देती, कहावत सुनी है न? यह कौन सी पुस्तक है? फिजिओलॉजी? अरे वाह, सुकुमार की पुस्तक है।" ब्योमकेश ने पुस्तक निकालकर उसके मुखपृष्ठ को देखकर कहा।

फणी धीरे से हँसकर बोला, "हाँ, सुकुमार अकसर मुझे मेडिकल की पुस्तकें पढ़ने को देता था—जीवन भी कितना विचित्र है। इस घर में केवल सुकुमार ही ऐसा व्यक्ति था, जिसे मैं अपना मित्र समझता था—यहाँ तक कि अपने भाइयों से भी ज्यादा और वही…"

ब्योमकेश ने कुछ और पुस्तकें नीचे उतारीं और आश्चर्य में कहा, ''आप तो खासे पढ़ाकू व्यक्ति हैं, हैं न? और क्या आप सभी पुस्तकों में पढ़ने के समय मार्क लगाते हैं?''

फणी बोला, ''हाँ, पढ़ने के सिवाय मेरी और कोई 'हॉबी' नहीं है। पुस्तकें ही मेरी साथी हैं। केवल सुकुमार मेरे पास हर शाम आकर बैठता था। ब्योमकेश बाबू मेहरबानी करके मुझे यह बताएँ कि क्या वाकई सुकुमार ने ही यह किया है? इसमें कोई संदेह का अवसर नहीं है?''

ब्योमकेश ने कुरसी पर बैठकर कहा, ''अपराधी के खिलाफ जो सबूत निकला है, उसमें संदेह की कोई भी गुंजाइश शेष नहीं है। आइए, इधर बैठिए, मैं आपको सारी बात समझाता हूँ।''

फणी उसके पास पलंग के किनारे बैठ गया। ''देखिए, हत्या दो प्रकार की होती है। एक वो, जो अधिक आवेश में आकर की जाती है, जिसे हम 'आवेश में हत्या' अथवा 'क्राइम ऑफ पैशन' कहते हैं; दूसरी, वे हत्याएँ हैं, जो पहले से सोची-समझी गई तथा पूर्व नियोजित होती हैं। आवेश की हत्या में अपराधी को पकड़ना आसान होता है, अधिकांश केसों में वह स्वयं ही स्वीकार कर लेता है, लेकिन जब आदमी सोच-समझकर पूर्व नियोजित हत्या करता है तो वह अपने ऊपर आनेवाले सारे संदेहों को भी हटा देता है। ऐसी स्थिति में उसे पकड़ना मुश्किल हो जाता है। हमें नहीं मालूम होता कि अपराधी कौन है? और दूसरों पर संदेह करने लग जाते हैं। ऐसी स्थिति में क्या किया जाए? हमारे पास केवल एक ही मार्ग बचता है कि हम हत्यारे के तरीके को जाँच का केंद्रबिंदु बनाएँ।

''इस केस में हमने एक विचित्र बात यह पाई कि हत्यारा चालाक और मूर्ख—दोनों है। उसने हत्या बड़ी बुद्धिमानीपूर्वक की है, पर हत्या के सारे औजार अपने ही कमरे में छुपा दिए। आप ही बताइए, क्या यह जरूरी था कि हत्या के लिए सत्यवती की सूई का ही प्रयोग किया जाए? क्या शहर में सुइयों की कमी हो गई थी? और क्या वसीयत को इतनी सावधानी से छिपाना जरूरी था, क्या उसे फाड़कर फेंका नहीं जा सकता था? इस सब से क्या संकेत मिलते हैं?''

फणी अपनी ठोढ़ी को अपनी हथेलियों में लिये सुन रहा था, उसने पूछा, ''क्या?''

ब्योमकेश बोला, ''एक व्यक्ति, जो स्वभाव से मंदबुद्धि है, वह चालाकी से

काम नहीं कर पाएगा, लेकिन जो व्यक्ति चपल है, वह मूर्ख का नाटक बड़ी आसानी से कर सकता है। इसलिए यहाँ यह स्पष्ट है कि अपराधी चालाक है। लेकिन चालाक लोग भी गलती करते हैं, किंतु अपने को हमेशा सीधा-सादा बनाने का प्रयास हमेशा सफल नहीं होता। इस केस में भी अपराधी ने कुछ छोटी-छोटी गलतियाँ की हैं, जिनकी वजह से ही मुझे उसे पकड़ने में मदद मिली है।''

फणी ने पूछ लिया, ''कौन सी गलतियाँ?''

''रुकिए?'' ब्योमकेश ने अपनी पॉकेट से एक सफेद कागज निकाला, ''मैं पहले इस घर का नक्शा बनाना चाहता हूँ। क्या आपके पास कोई पैंसिल या कुछ मिलेगा, जिससे मैं नक्शा बना सकूँ?''

फणी के पलंग पर तकिए के पास एक पुस्तक पड़ी हुई थी। उसने पुस्तक से लाल पैंसिल निकालकर ब्योमकेश को दे दी। ब्योमकेश ने पैंसिल को सावधानी से देखा, फिर मुसकराते हुए बोला, ''दरअसल में अब नक्शा बनाना उतना जरूरी नहीं है। मैं शब्दों में ही बता देता हूँ। अपराधी ने तीन भयंकर भूलें कीं। पहली यह कि उसने 'ग्रेज एनाटॉमी' पुस्तक में कुछ लाइनों के नीचे मार्क लगाया। दूसरी, उसने भारी अलमारी खिसकाने में काफी शोर किया और तीसरी यह कि उसे कानून का कोई ज्ञान नहीं था।''

फणी के मुँह का रंग उड़ गया।

उसने बुदबुदाने का प्रयास किया, ''कानून का ज्ञान नहीं?''

''नहीं!'' ब्योमकेश ने दोहराया, ''और यही कारण है, उसकी इतनी सफाई से बनाई गई योजना फेल हो गई।''

फणी का गला सूख गया। वह भर्राई आवाज में बोला, ''मैं दरअसल...मैं आपकी बातों को समझ नहीं पाया...''

ब्योमकेश ने कड़े शब्दों में स्पष्ट कहा, ''यह वसीयत जो सुकुमार के कमरे से मिली है, वह कानून की नजर में गैर-कानूनी और व्यर्थ है, क्योंकि उसमें गवाहों के हस्ताक्षर नहीं हैं।''

लगा, जैसे फणी बेहोश हो जाएगा। वह काफी देर तक चुपचाप, पत्थर की तरह फर्श पर नजर गड़ाए बैठा रहा। फिर खोई नजरों से अपने सिर के बालों को हाथों से नोचते हुए बुदबुदाया—

''सब व्यर्थ...सब बेकार गया।'' नजरें ऊपर उठाकर बोला, ''ब्योमकेश बाबू!

क्या आप मुझे अकेले में छोड़ देंगे, मेरी तबीयत ठीक नहीं लग रही है?''

ब्योमकेश खड़ा होकर बोला, ''मैं आपको आधा घंटे का समय देता हूँ। अपने को आप तैयार कर लें।'' दरवाजे पर जाकर वह मुड़कर बोला, ''आपने सिलाई का होल्डर फेंक दिया है न? लिया तो था आपने? क्योंकि वह मुझे सत्यवती की सिलाई-टोकरी में नहीं मिला। पता नहीं क्यों, आपने उसे सुकुमार के कमरे में क्लोरोफार्म के साथ नहीं छोड़ा? शायद जल्दीबाजी में दिमाग से निकल गया? है न? लेकिन यह तो बताएँ, क्लोरोफार्म लाया कौन? माखनलाल?''

फणी तब तक तकिए पर पीछे की तरफ लुढ़क गया था, वह भर्राई आवाज में बोला, ''आधा घंटे बाद आइए!'' ब्योमकेश ने कहा, ''अच्छा!'' दरवाजा बंद कर दिया। हम नीचे आकर बैठ गए। माखनलाल पुलिस के पास वैसे ही बैठा हुआ था। ब्योमकेश ने नाराज होकर कर्कश आवाज में कहा, ''फणी को क्लोरोफार्म लाकर दिया?''

माखनलाल ने चौंककर कहा, ''मैं कुछ नहीं जानता।''

''सच-सच बताओ, अन्यथा मैं तुम्हारा नाम वारंट में लिख दूँगा।''

माखन फूट-फूटकर रोने लगा, ''सर, ईमानदारी से कहता हूँ, मैं इस सब में शामिल नहीं हूँ। फणी ने मुझसे कहा था कि उसे नींद नहीं आती, यदि क्लोरोफार्म की एक बूँद मिल जाती, इसी से…''

''ठीक है! विधू बाबू! आप इसे छोड़ सकते हैं।''

जैसे ही माखन को छोड़ा, वह भागा। ब्योमकेश ने विधू बाबू से पूछा, ''क्या वारंट अभी तक नहीं आया?''

''नहीं, पर आता ही होगा। लेकिन वह किसके लिए है?''

''कराली बाबू के हत्यारे के लिए।''

विधू बाबू भड़क उठे! और सिर ऊपर उठाकर बोले, ''ब्योमकेश बाबू! यह वक्त हँसी-मजाक का नहीं है। कमिश्नर साहब क्या जरा सा आपको मानते हैं, आप मुझ पर रोब गाँठते फिर रहे हैं। यह भी मैंने सह लिया, पर अब मैं आपके यह बे सिर-पैर के मजाक बरदाश्त नहीं करनेवाला हूँ।''

''मैं मजाक बिल्कुल नहीं कर रहा हूँ। यही सच्चाई है, बिल्कुल स्पष्ट! ध्यान से सुनिए।'' और ब्योमकेश ने संक्षेप में सारी बातों का ब्योरा दे दिया।

विधू बाबू क्षण भर के लिए आश्चर्य में जड़वत् हो गए। फिर चिल्ला उठे,

''अगर ऐसा है तो आपने उसे छोड़ क्यों रखा है? अगर वह भाग जाए तो?''

''नहीं, वह भागेगा नहीं। वह बेकसूर होने की दलील देगा और यही हमारी तुरूप चाल है, क्योंकि अदालत में हमारे लिए उसे दोषी ठहराना बहुत मुश्किल होगा और अदालत में ज्यूरियों को तो आप जानते ही हैं, उन्हें तो दोषी को मुक्त करने का बस एक मौका चाहिए।''

''यह तो मैं भी जानता हूँ, पर···'' विधू बाबू फिर कुछ चिंतन में लग गए। ठीक आधा घंटे बाद हम फणीभूषण के कमरे में गए। विधू बाबू ने आगे बढ़कर दरवाजा खोला और पहले घुसे और आगे जाकर एकाएक रुक गए। फणी पलंग पर लेटा हुआ था। उसका दायाँ हाथ नीचे झूल रहा था और फर्श पर खून बह रहा था। उसके झूलते हाथ की नब्ज की नाड़ी कटी हुई थी, जिससे खून की बूँदें नीचे गिर रही थीं।

ब्योमकेश एक क्षण शरीर को देखता रहा, फिर धीरे से बोला, ''मैंने नहीं सोचा था कि वह इस हद तक पहुँच जाएगा। लेकिन उसके पास और उपाय भी क्या था?''

एक सफेद कागज फणी के सीने पर रखा दिखाई दिया। ब्योमकेश ने उसे उठाकर जोर से पढ़ना शुरू किया।

''ब्योमकेश बाबू!

''अलविदा! मैं एक अपंग और व्यर्थ व्यक्ति हूँ। मेरे लिए इस संसार में कोई स्थान नहीं है। देखता हूँ कि ऊपर भी मुझे स्थान मिलता है या नहीं?

''मुझे मालूम है कि अदालत में आप मुझे दोषी साबित नहीं कर पाएँगे। लेकिन मेरे लिए अब जीवित रहने का कोई मतलब नहीं रहा। जब पैसा ही नहीं मिलेगा तो मैं जीवित रहकर करूँगा भी क्या? मुझे काका की हत्या करने का कोई पछतावा नहीं है। उन्हें मेरे से जरा भी प्यार नहीं था व हमेशा मेरे लँगड़ेपन का मजाक बनाकर खिल्ली उड़ाते थे। किंतु मैं सुकुमार दा का जरूर अपराधी हूँ और इसके लिए क्षमा प्रार्थी भी हूँ, लेकिन मेरे पास उनके अलावा कोई और व्यक्ति नहीं था, जिसके मत्थे यह दोष मढ़ सकूँ। और फिर, उसके जेल चले जाने से मेरा एक फायदा और भी होता। यह लाभ मेरे मन में पल रही उस गुप्त इच्छा से संबंधित था, जिसे अपंग होने के कारण मैं कभी जगजाहिर नहीं कर पाया।

''मैं यह नहीं बताऊँगा कि मुझे क्लोरोफार्म कैसे मिला? जो व्यक्ति मेरे लिए लाया था, उसे मेरे उद्‌देश्य की जानकारी नहीं थी, लेकिन बाद में शायद उसे संदेह हो गया हो।

"आप सचमुच में विचित्र प्राणी हैं। आपने उँगली के उस 'होल्डर' को भी नहीं छोड़ा! आपका कहना सही था, मैं उसे उठाना भूल गया था। यह मुझे याद तब आया, जब मैं अपने कमरे में वापस आया। वह अब भी यहीं-कहीं गिरा पड़ा होगा। उस रात जब मैंने सूई और होल्डर को सत्यवती की सिलाई टोकरी से चुराया था, उस समय वह रसोई में खाना बना रही थी। आपकी जगह यदि कोई और होता तो पकड़ नहीं पाता। लेकिन फिर भी मैं अपने को आपसे नफरत करने की स्थिति में नहीं ला पा रहा हूँ। नमस्कार! अब विदा लेता हूँ। बहुत दूर जाना है।

भवदीय,

फणी भूषणकर।"

ब्योमकेश ने विधू बाबू को कागज पकड़ाते हुए कहा, "मेरे खयाल से अब सुकुमार को हिरासत में रखना जायज नहीं है। उसकी बहन को भी खबर कर देनी चाहिए। मेरे खयाल से वह अभी अपने कमरे में होगी। चलो अजित।"

लगभग एक सप्ताह बाद हम दोनों एक दिन शाम को अपने कमरे में बैठे चाय पी रहे थे।

पिछले कुछ दिनों से ब्योमकेश रोजाना दोपहर में कहीं जा रहा था। उसने बताया नहीं और मैंने पूछा भी नहीं। कई बार उसे कुछ गोपनीय केस मिल जाते थे, जिनकी गोपनीयता रखने के लिए वह बताना उचित नहीं समझता था। मुझे भी नहीं बताता था। मैंने पूछा, "आज भी तुम्हें जाना है?"

ब्योमकेश ने अपनी घड़ी देखते हुए कहा, "हाँ!"

कुछ रूखेपन से मैंने पूछ लिया, "यह कोई नया केस तुमने लिया है?"

"केस? हाँ, लेकिन पूर्णतया गोपनीय है।"

मैंने विषय बदलते हुए पूछा, "सुकुमार की रिहाई का मार्ग अब खुल गया है न?"

"हाँ, उसने जमानत के लिए अरजी दी है।"

मैंने कहा, "ब्योमकेश, मुझे ठीक से बताओ, फणी ने यह हत्या कैसे की? मुझे विस्तार से समझाओ! अब भी मैं गुत्थी को सुलझा नहीं पाया हूँ।"

ब्योमकेश ने चाय के प्याले को मेज पर रखकर कहा, "ठीक है, मैं बताता हूँ, शुरू से अंत तक सिलसिलेवार। उस दिन मोतीलाल ने कराली बाबू से झगड़ा किया था। शाम को जब सुकुमार को पता चला तो वह कराली बाबू के पास अपनी

बात कहने गया था। पर जब कराली बाबू ने उसे अपने कमरे से निकाल दिया तो फणी के कमरे में गया और लगभग साढ़े सात बजे तक वहाँ रहा। उसके बाद उसने खाना खाया और सिनेमा देखने चला गया। यहाँ तक तो कोई उलझन नहीं है न?''

''नहीं।''

''रात में आठ से नौ बजे तक सत्यवती रसोई में थी। उस दौरान फणी ने उसके कमरे में घुसकर सूई और उँगली में लगाने वाला 'होल्डर' चुरा लिया। उसने अनुमान लगा लिया था कि कराली बाबू इस बार फिर अपनी वसीयत बदलेंगे, जिसमें इस बार संपत्ति उसको ही मिलने वाली है। उसने फैसला कर लिया कि अब वह उस खूसट को अपनी वसीयत बदलने का अवसर नहीं देगा। फणी के मन में कराली बाबू के लिए नफरत थी। अपंग लोग अपनी कमी को लेकर बहुत भावुक होते हैं। जो लोग उनकी कमियों को लेकर मजाक उड़ाते हैं, उनसे बदला लेने के लिए वे किसी भी हद तक जा सकते हैं। फणी इन्हीं बातों को लेकर उनसे नाराज था और बहुत पहले से उनकी हत्या की योजना बना रहा था।

''खानसामा के बयान के अनुसार हमें पता लगा कि मोतीलाल रात में लगभग साढ़े ग्यारह बजे घर से बाहर गया। अफीम की पिनक में अकसर समय का हेर-फेर स्वाभाविक है, इसलिए खानसामा निश्चय से कुछ नहीं कह पा रहा था। मेरे अनुमान के अनुसार मोतीलाल ने करीब ग्यारह बजकर पच्चीस मिनट पर घर छोड़ा। उसकी कमजोरी थी। उसने शायद ही कभी रात घर में बिताई थी।

''मोतीलाल के चले जाने के बाद फणी अपने कमरे से निकला। मोतीलाल का कमरा कराली बाबू के कमरे के ठीक नीचे था। फणी नहीं चाहता था कि शोर या आवाज मोतीलाल को सुनाई दे, इसलिए उसने उसके जाने की प्रतीक्षा की। उसे कराली बाबू को क्लोरोफार्म से बेहोश करने में पाँच मिनट लगे। उसके बाद फणी कराली बाबू की गरदन में सूई को ठीक से नहीं घोंप पाया। सही निशाने के लिए उसे तीन प्रयास करने पड़े। यदि यह काम सुकुमार जैसा मेडिकल छात्र करता तो उसे इतना समय नहीं लगता।

''उसके बाद फणी दूसरे कमरे में गया और उसने मेज की दराज से कराली बाबू की अंतिम वसीयत निकाली। उसने पढ़कर देखा, उसका अनुमान सही था। वसीयत उसी के नाम थी।

''इन सब कामों में उसे दस से बारह मिनट का समय लगा। अब उसके लिए

यह समस्या थी कि उस नई वसीयत का क्या करे? वह उसे उसी लॉकर में छोड़ दे सकता था, पर उससे सुकुमार के गले में फंदा कैसे लगता? और अपने को बचाने के लिए उसे किसी पर इल्जाम थोपना जरूरी था। इसलिए उसने वसीयत और क्लोरोफार्म को सुकुमार के कमरे में छिपा दिया। वह जानता था, ऐसी हत्या में बाद में कमरों की तलाशी होती है और उस तलाशी में ये दोनों चीज सुकुमार के कमरे से निकलेंगी। इस तरह एक तीर से दो निशाने हो जाएँगे।

''सुकुमार को फाँसी का फंदा और फणी को वसीयत की संपत्ति।

''उसने जब अलमारियाँ खिसकाई थीं, तब उनकी आवाज हुई थी। इसी से सत्यवती की नींद टूटी थी। उस समय पौने बारह बजे थे। सत्यवती ने सोचा, सुकुमार सिनेमा देखकर लौटा है। लेकिन सच्चाई यह थी, सुकुमार उस समय तक वापस आ ही नहीं सकता था। वह जब वापस आया, तब सभी घड़ियों में बारह के घंटे बज रहे थे। क्या अब भी कुछ और जानना चाहते हो?''

''और वसीयत में गवाही न होने का कारण क्या हो सकता है?''

ब्योमकेश एक क्षण सोचकर बोला, ''लगता है कि कराली बाबू ने वसीयत रात के खाने के बाद लिखी हो और वे चाहते हों कि सुबह वे खानसामा और नौकर से उस पर हस्ताक्षर करवा लेंगे?''

कुछ देर हम लोग शांति से सिगरेट के कश लगाते रहे, फिर मैंने ही पूछा, ''क्या सत्यवती से तुम दुबारा मिले? क्या कहा उसने? खूब धन्यवाद दिया होगा तुम्हें? है न?''

ब्योमकेश ने चेहरे पर निराशा लाते हुए कहा, ''कुछ नहीं, केवल साड़ी से सिर ढककर मेरे चरणों का स्पर्श किया, बस।''

''बहुत ही शालीन लड़की है, क्यों?''

ब्योमकेश खड़ा हो गया और मेरी ओर उँगली उठाकर बोला, ''तुम मुझसे उम्र में बड़े हो, याद रखना?''

और बिना उत्तर दिए अपने कमरे में चला गया। थोड़ी देर में सज-धज के आया। देखकर मैंने कहा, ''तुम्हारा गोपनीय क्लाइंट लगता है, बहुत ही शौकीन है! जासूस को भी रेशमी कुरते में देखना चाहता है, क्या कहने!''

ब्योमकेश ने सेंट से सुगंधित रूमाल से मुँह पोंछा और बोला, ''हाँ! सत्य का अन्वेषण कोई मजाक नहीं है! उसके लिए बाकायदा तैयारी करनी पड़ती है।''

मैंने कहा, "लेकिन सत्य का अन्वेषण करते हुए तुम्हें अरसा बीता, इससे पहले तो मैंने तुम्हें इतनी सज-धज में नहीं देखा ?"

ब्योमकेश ने गंभीर मुद्रा में कहा, "दरअसल सच्चाई यह है कि सही मायनों में सत्य की खोज मैंने हाल ही में शुरू की है।"

"तुम्हारा क्या मतलब है ? तुम्हीं जानो !"

"मतलब गहरा है, मेरे भाई, देसी आँखों से देखो।" और एक शरारत भरी मुसकान छोड़कर जाने के लिए उठ गया। "…सच्चाई ? सत्य… ?…"

मैंने मस्तिष्क दौड़ाया और फिर सबकुछ समझ में आ गया। मैंने दौड़कर ब्योमकेश को कंधों से जकड़ लिया, "सत्यवती ! अब समझा, यह थी तुम्हारी सत्य की खोज, जिसके लिए इतने दिनों से भागते रहे हो ? ब्योमकेश, तू भी यार इतना मतवाला निकला ! शेक्सपियर ने ठीक ही कहा है, यह सारी दुनिया ही प्यार का जंजाल है।"

ब्योमकेश बोला, "अब, खबरदार ! तुम मुझसे बड़े हो और इस लिहाज से तुम उसके आदरणीय जेठजी लगते हो ! इसके बाद दोस्ती की परिभाषा नहीं चलने वाली है। मैं भी तुम्हें भाई साहब कहकर पुकारूँगा। इससे तुम्हें आसानी भी रहेगी।"

मैंने टोक दिया, "क्या प्यारे ! अब मैं खटमल हो गया ?"

"मैं साहित्यकारों की नस्ल से बखूबी परिचित हूँ।"

मैंने जोर से निश्श्वास छोड़कर कहा, "अच्छा बाबा ! आज से मैं तुम्हारा बड़ा भाई हूँ।" मैंने ज्ञानी की मुद्रा में ब्योमकेश के सिर पर हाथ रखकर कहा, "जाओ, तात, विलंब न करो, चार बज रहा है। तुम्हें शीघ्र ही चलना चाहिए, मेरा आशीर्वाद तुम्हारे साथ है। तुम सदैव सत्य की खोज में लगे रहो, चाहे स्त्रीयोजित हो अथवा सांसारिक।"

और ब्योमकेश चला गया।

❑

विपदा का संहार!

निराश होकर ब्योमकेश ने अखबार मेरी गोद में फेंक दिया और बड़बड़ाने लगा, "कुछ नहीं, कहीं भी कुछ नहीं है। इससे तो अच्छा है कि प्रेसवाले अखबार के पृष्ठों को खाली ही छोड़ दें, कम-से-कम छपाई का खर्च तो बचेगा।"

मुझे उसकी झुँझलाहट बरदाश्त नहीं हुई, "क्यों, क्या कुछ भी नहीं है अखबार में! तुम्हीं तो कहते हो कि दुनिया की सारी खबरें केवल वर्गीकृत विज्ञापनों में होती हैं।"

ब्योमकेश ने मायूसी में एक चेरूट सुलगाया और बोला, "नहीं, कुछ नहीं। व्यक्तिगत सूचनाओं में भी कुछ नहीं। किसी ने विज्ञापन दिया है कि वह विधवा से शादी करना चाहता है। विधवा ही क्यों? जबकि कुँवारी लड़कियों की कतार लगी हुई है। जरूर उसके मन में चोर बैठा है।"

"बात तो सही लगती है। और भी तो कुछ होगा?"

"एक बीमा कंपनी ने बड़ा इश्तिहार छापा है। वह संयुक्त रूप से पति-पत्नी का बीमा करेगी और यदि किसी कारण से उनमें से एक की मृत्यु हो जाती है तो बीमा की सारी रकम जीवित साथी को मिलेगी। ये बीमा कंपनियाँ जीवन को इतना कष्टमय बना सकती हैं। यानी आदमी शांति से मर भी नहीं पाएगा!"

"ऐसा क्या है? इसमें भी तुम्हें कोई गूढ़ दोष दिखाई देता है?"

"बीमा कंपनी को तो प्रत्यक्ष रूप से कोई फायदा नहीं होने वाला है, पर क्या यह लोगों के दिमागों में अपराध का बीज बोना जैसा नहीं है?"

"मैं समझा नहीं, जरा विस्तार से समझाओ तो समझूँ।"

ब्योमकेश ने कोई उत्तर नहीं दिया। उसने हताशा से भरा निश्श्वास छोड़ा।

अपने पैरों को मेज पर रखकर छत की ओर देखते हुए चेरूट का कश खींचने लगा।

सर्दियों का मौसम था। क्रिसमस की छुट्टियाँ चल रही थीं। कलकत्तावासी छुट्टियाँ मनाने शहर छोड़कर दूरस्थ स्थलों के लिए निकल गए थे और दूसरे शहरों के वासी कलकत्ता घूमने आ गए थे। यह कहानी तब की है, जब ब्योमकेश का विवाह नहीं हुआ था।

अपने दैनिक कार्यक्रम के अनुकूल हम दोनों सुबह की चाय पर अखबार पढ़ रहे थे। तीन महीने की लंबी अवधि बिल्कुल खाली गुजरी थी। खाली बैठे-बैठे ब्योमकेश जैसे मजबूत व्यक्ति में भी एक प्रकार की ऊब और निठल्लापन बैठ गया था। दिनभर खालीपन के दिन लुढ़कते जा रहे थे। हर एक दिन अखबार देखते कि शायद कुछ मिल जाए, पर सब व्यर्थ! अखबारों में जो भी भरा होता, हमारे लिए बेकार था। दिन बीतने के साथ मन भी बोझिल होने लगा था। मैं कल्पना ही कर सकता था कि सोचने की ऊर्जा के अभाव में ब्योमकेश का मस्तिष्क कितना भूखा होगा ? मैंने इस विषय में ज्यादा चर्चा करना उचित नहीं समझा, क्योंकि मुझे लगा, यदि मैं इसकी चर्चा करूँगा तो शायद कहीं यह न सोच बैठे कि मैं उस पर निठल्ले का दोष मढ़ रहा हूँ!

आज सुबह भी उसके निराश चेहरे को देखकर मुझे दुःख हुआ। यह सोचकर कि जिस अंधी गली में वह फँसा बैठा है, उससे बाहर निकलने के लिए वह स्वयं ही योग्य है, मैंने खालीपन की चर्चा छोड़ दी और चुपचाप अखबार के पन्नों में खो गया।

सर्दियों में कलकत्ता सम्मेलनों और सेमिनारों का गढ़ बन जाता है। इस वर्ष भी सम्मेलनों की बाढ़ थी। अखबारवालों को अपने पन्ने भरने का भरपूर मसाला मिल रहा था। तरह-तरह की खबरें, तरह-तरह के सांस्कृतिक कार्यक्रमों के विस्तृत समाचार। मैंने देखा, इस समय कोई छह से सात सम्मेलन चल रहे थे। इसके अतिरिक्त दिल्ली में अखिल भारतीय साइंस कांग्रेस चल रही थी। बड़े-बड़े दिग्गज वैज्ञानिक देश के कोने-कोने से एकत्र होकर अपने सारगर्भित धुआँधार भाषणों से दिल्ली के प्रदूषण को और बढ़ा रहे थे। उनकी खबरों को पढ़ने से उत्पन्न जो सेकेंड हैंड प्रदूषण मेरा मस्तिष्क झेल रहा है, वह निश्चित रूप से मस्तिष्क पर एक कलौंच छोड़ जाएगा।

मैं अकसर सोचा करता हूँ कि हमारे वैज्ञानिक काम करने से ज्यादा बोलते

क्यों हैं? वैज्ञानिक जितना बड़ा होगा, उसका भाषण उतना ही बड़ा होगा। अगर कोई विमान या स्टीम इंजन का आविष्कार करे और धुआँधार लेक्चर दे तो उसको सुनने का बनता है, पर जब तुम एक कीड़ा या उसके मारने तक की दवा नहीं बना सकते तो तुम्हारी लफ्फाजी कौन सुनता है? सब-की-सब बकवास है।

साइंस कांग्रेस की खबर पढ़ते हुए एक नाम देखकर कुछ दिलचस्पी हुई। नाम था कलकत्ता के विख्यात प्रोफेसर और रिसर्चर डॉ. देबकुमार सरकार। उन्होंने अधिवेशन में एक लंबा भाषण दिया था। ऐसा नहीं कि बंगाल के अन्य प्रसिद्ध वैज्ञानिकों ने भाषणों से सम्मेलन को लाभान्वित न किया हो, पर प्रोफेसर देबकुमार सरकार के नाम पर नजर इसलिए पड़ी कि वे हमारे पड़ोसी हैं। हमारे घर से दो मकान छोड़कर कोनेवाला मकान उनका है। यद्यपि हमारी उनसे जान-पहचान नहीं थी, किंतु हम उनके बेटे 'हाबुल' को जानते थे, जो हमारे यहाँ आया करता था। वह दरअसल में ब्योमकेश का बड़ा प्रशंसक था। अठारह-उन्नीस साल का युवक हाबुल कॉलेज का छात्र था। वह आता और बड़ी श्रद्धा से ब्योमकेश को ताकता रहता था, और ब्योमकेश मुसकराकर मन-ही-मन उसकी श्रद्धांजलि स्वीकार कर लेता। कभी-कभी हम हाबुल को चाय पर भी बुलाते। उस समय उसके रोमांच का कोई अंत न होता।

इस लिहाज से भी मेरे मन में जिज्ञासा थी कि हमारे उस युवामित्र के पिता ने अपने भाषण में क्या कहा? एक सरसरी निगाह डालकर मैंने पाया कि उन्होंने भारतीय वैज्ञानिकों को विकास में जो आर्थिक कठिनाइयाँ आती हैं, उनके बारे में विस्तार से चर्चा की है। मैंने सोचा, यदि मैं उसे जोर से पढ़कर ब्योमकेश को सुनाऊँ तो शायद ब्योमकेश के बोझिल मस्तिष्क को कुछ राहत पहुँचे। यह सोचकर मैं बोला, "एई, सुनो! हमारे हाबुल के पिता ने दिल्ली में क्या कहा है?"

ब्योमकेश ने कोई उत्साह नहीं दिखाया और न ही अपनी नजरों को छत की बीमों से हटाया। फिर भी मैंने पढ़ना शुरू कर दिया—

'इस तथ्य को स्वीकार कर लेने में हमें कोई संदेह नहीं होना चाहिए कि कोई भी राष्ट्र वैज्ञानिक ज्ञान के बिना महान् राष्ट्र नहीं बन सकता। यह आम धारणा बन गई है कि भारतीय वैज्ञानिकों में खोज और आविष्कार तथा उत्पादक-रिसर्च करने की क्षमता नहीं है और इसी को भारत के स्वावलंबी न हो पाने का एक प्रमुख कारण बताया जाता है। लेकिन यह धारणा बिल्कुल गलत है। इसका कोई आधार नहीं

है। इसका सबूत है हमारा गौरवमय इतिहास। यहाँ यह बताने की आवश्यकता नहीं है कि भारत का प्राचीन काल ज्ञान और विज्ञान में इतना वैभवपूर्ण और उन्नतशील था, जिसके सूत्रों के बल पर ही आधुनिक विज्ञान की उत्पत्ति हुई और सुदूर क्षेत्रों में उसका विस्तार हुआ। आधुनिक वैज्ञानिक चिंतन के चार आधार-स्तंभ हैं—गणित, खगोल, विद्या, चिकित्सा और मूर्तिकला। इन चारों का जनक भारत ही है।

'फिर भी आज के युग में यह तर्क व्यर्थ ही कहा जाता है। इसके परिणामस्वरूप हमारी आविष्कार की अद्‌भुत क्षमता ह्रास की ओर अग्रसर है। ऐसा क्यों हुआ? क्या हमारी मानसिक ऊर्जा समाप्त हो गई है? नहीं, ऐसा नहीं है। इसके कारण कुछ और हैं, जिसने हमारी योग्यता की ऊर्जा को निष्क्रिय बना दिया है।

'प्राचीन काल में ऋषि-मुनि और ज्ञानियों को राजकीय संरक्षण प्राप्त था। उन्हें साधनों के बारे में चिंता नहीं करनी पड़ती थी। जब कभी धन की आवश्यकता होती तो वह राजकीय कोष से प्राप्त हो जाता था। राजकीय कोष की अकूत संपदा उनकी खोज और आविष्कारों के लिए हरदम उपलब्ध रहती थी। आर्थिक साधनों की चिंताओं से मुक्त रहकर ज्ञानी और वैज्ञानिक अपनी संपूर्ण ऊर्जा अपने शोध में लगाते थे और इसी के परिणामस्वरूप उन्हें अपने प्रयासों में पूर्ण सफलता मिलती थी।

लेकिन हमारे वैज्ञानिकों की दशा कैसी है? सरकारें वैज्ञानिक शोध को प्रश्रय देने से कतराती हैं। उधर समाज का आर्थिक रूप से सक्षम धनी-वैभवशाली वर्ग भी अनुसंधान और शोध की योजनाओं में खास दिलचस्पी नहीं रखता। ऐसी स्थिति में हमें सीमित साधनों में बँधकर अपना कार्य करना पड़ता है। यह साधक भी कुछ अनुदान अथवा कुछ विश्वविद्यालयों के आर्थिक सहयोग से एकत्र धन पर आधारित रहते हैं। इसलिए हमारी कार्यक्षमता और सफलता भी उसी के अनुरूप नियंत्रित रहती है। हमारी स्थिति ठीक उस चूहे की भाँति है, जो एक हाथी को अपनी पीठ पर ढो नहीं सकता। हम साधनों के अभाव में बड़े आविष्कार करने के लायक नहीं रहते। एक अभावग्रस्त मस्तिष्क विराट् की कल्पना कैसे कर सकता है?

इस सबके बावजूद मेरा अटूट विश्वास है कि यदि हम अपने मस्तिष्क को आर्थिक चिंताओं से मुक्त रखकर अपने शोध और अनुसंधान कार्यों में प्रयत्नरत रहें तो कोई कारण नहीं कि हम विज्ञान के क्षेत्र में दुनिया के दूसरे देशों से पिछड़

जाएँ। लेकिन सच्चाई यह है कि हम अभावग्रस्त हैं। किंतु इसके मायने यह नहीं हैं कि हमारे वैज्ञानिक चुपचाप बैठे हैं, बल्कि इन विपरीत स्थितियों के बावजूद उन्होंने अब तक जो भी शोध, अनुसंधान और आविष्कार किए हैं, वे तारीफ के काबिल हैं। क्या कोई ऐसी एजेंसी है, जो इन छोटे-छोटे वैज्ञानिकों की प्रयोगशालाओं में होने वाले प्रयोगों और आविष्कारों का हिसाब रखती हो?

यह ताज्जुब की बात है कि छोटी-छोटी प्रयोगशालाओं में ही ऐसे आविष्कार हो जाते हैं, जिसे देखकर सब वैज्ञानिक आश्चर्यचकित रह जाते हैं और अपने आविष्कार को दुनिया की नजर से बचाकर दूसरी खोजों में लग जाते हैं। वे जानते हैं कि वे अकेले हैं। कोई उनकी सहायता के लिए आने वाला नहीं है। ऐसी विचित्र स्थिति में किसी को अपनी खोज या आविष्कार बताने में भी भय खाते हैं, क्योंकि उन्हें भय रहता है कि जिस क्षण किसी को उनके आविष्कार का पता चल जाएगा, वह उसकी खोज का श्रेय वैज्ञानिक से छीनकर अपने पर ले लेगा, क्योंकि दुनिया में ऐसे चोरों की कमी नहीं है।

इसलिए मेरी आप लोगों से अपील है, हमें आर्थिक सहायता दो, हमारे पास शोध व अनुसंधान के लिए अनियंत्रित साधन हों तथा वैज्ञानिकों को उनके आविष्कारों का श्रेय देने की सुरक्षा सुनिश्चित की जाए। हम चाहते हैं…

"बस!"

प्रोफेसर के ज्ञान की चर्चा में यह भूल ही गया कि कोई और भी उसे सुन रहा है। ब्योमकेश ने एकाएक बीच में काट दिया, "बस, इतना काफी है।"

"क्या हुआ?"

"हमें यह चाहिए, हमें वह चाहिए और वह भी चाहिए। यह सुनते-सुनते कान पक गए। बस, दूर के ढोल सुहावने लगते हैं।"

मैंने कहा, "यही तो दोस्त! फेल होने के बहाने अनेक हैं। देब कुमार बाबू का भाषण पढ़कर लगता है कि देश के ज्ञानी और विज्ञानी भी कामचोरी की इस प्रवृत्ति से बरी नहीं हैं।"

ब्योमकेश के उदास होंठों पर हल्की मुसकान तैर गई। वह बोला, "हाबुल देखने में एक सीधा-सादा लड़का दिखाई देता है, पर बुद्धिमान है। उसके पिता होने के नाते देबकुमार बाबू कैसे ऐसे फिजूल की बातें अपने लेक्चर में बोलते फिरते हैं?"

"यह जरूरी नहीं कि बुद्धिमान लड़के का पिता मेधावी हो, क्या तुम प्रोफेसर सरकार से मिले हो?" मैंने पूछा।

"मैं शायद नहीं मिला हूँ और उनसे मिलने की लालसा भी नहीं हुई। लेकिन सुना है कि उन्होंने दूसरी शादी की है। इससे बड़ी मूर्खता और क्या होगी?"

और ब्योमकेश ने फिर से अपनी आँखें बंद कर लीं। घड़ी ने साढ़े आठ बजाए। मुझे कुछ सूझ नहीं रहा था तो मैं पुत्तीराम से एक और कप चाय बनाने के लिए कहने जा ही रहा था कि ब्योमकेश आँखें खोलकर सीधा बैठ गया।

"मुझे सीढ़ियों से पदचाप की आहट सुनाई दी है। कोई आ रहा है?" उसने कान फिर से लगाए और "हाबुल!" बोलते हुए फिर निराश मन से लेट गया। "हाबुल ही है। क्यों आया? लगता है, जल्दी में है।"

एक क्षण बाद दरवाजा खोलकर हाबुल तेजी से अंदर आकर बैठ गया। उसके मुँह पर हवाइयाँ उड़ रही थीं। आँखों में भय था, जैसे कोई बीभत्स घटना देखी हो। वह कोई आकर्षक लड़का नहीं था। मोटी थुल-थुल देह पर गोल चेहरा और हल्की घास जैसी दाढ़ी। वह व्याकुल दिखाई दिया। मैंने उठकर पूछा, "ऐई, हाबुल! क्या हुआ?" लेकिन हाबुल पागल की तरह ब्योमकेश को देख रहा था। मेरी बात शायद उसने सुनी ही नहीं। वह उठा और लड़खड़ाकर ब्योमकेश के नजदीक पहुँचा और बड़बड़ाया, "ब्योमकेश दा, सर्वनाश! मेरी बहन एकाएक मर गई!" और वह जोर-जोर से रोने लगा।

ब्योमकेश ने हाबुल का हाथ पकड़कर उसे कुरसी पर बैठाया। कुछ देर वह वैसे ही रोता रहा। अनायास बीभत्स कांड से लड़का अपना होश खो बैठा था।

हम लोगों को अब तक यह नहीं मालूम था कि हाबुल की बहन भी है। उसने अपने परिवार के बारे में कभी कुछ नहीं बताया था। मैंने इतना ही सुना था कि हाबुल की माँ के मरने के बाद देबकुमार बाबू ने दूसरी शादी कर ली है और हाबुल तथा उसकी नई माँ के बीच अच्छा रिश्ता नहीं है। थोड़ी देर में हाबुल कुछ शांत हुआ और बताने लगा, "पिताजी दिल्ली गए हैं और घर में वह, उसकी बहन और उसकी माँ है। आज सुबह, रोज की तरह पढ़ने के लिए ऊपर अपने कमरे में चला गया। घड़ी में आठ के घंटे बजने के बाद उसे माँ की चीख सुनाई दी। वह नीचे भागा। उसने देखा कि माँ रसोई के बाहर खड़ी जोर-जोर से रो रही है। मैं समझ नहीं पाया कि वह क्या कह रही है? इसलिए मैंने रसोई में घुसकर देखा कि

उसकी बहन रेखा स्टोव की ओर झुकी खड़ी है। उसने उससे पूछा कि उसे क्या हुआ है ? जब उसने कोई उत्तर नहीं दिया तो मैंने उसके पास जाकर उसे हिलाकर देखा तो पता लगा कि वह मर चुकी है। उसकी देह ठंडे पत्थर जैसी और हाथ-पैर अकड़ गए थे।'' इतना कहकर हाबुल फिर से सिसकने लगा, ''मैं क्या करूँ, ब्योमकेश दा ? पिताजी यहाँ नहीं हैं, इसलिए मैं आपके पास भागा आया हूँ। रेखा मर गई, हे भगवान्! यह कैसे हो गया, ब्योमकेश दा ?''

हाबुल की दशा देखकर मुझे भी दया आ गई।

ब्योमकेश ने हाबुल के कंधों पर हाथ रखकर कहा, ''हाबुल! अपने को सँभालो, भाई ! संकट में हिम्मत नहीं हारते! अच्छा यह बताओ कि रेखा को क्या कोई बीमारी थी ? कोई हृदय की बीमारी ?''

''मैं नहीं जानता। मैं नहीं समझता ऐसा कुछ था।''

''क्या उम्र थी ?''

''सोलह वर्ष। वह मेरे से दो वर्ष छोटी है।''

''क्या उसे हाल ही में बेरी-बेरी या कोई अन्य बीमारी हुई हो ?''

''नहीं।''

ब्योमकेश ने कुछ देर सोचा, फिर बोला, ''चलो तुम्हारे घर चलते हैं। जब तक मैं स्वयं न देख लूँ, क्या हुआ है, तब तक मैं कुछ नहीं कह सकता। तुम अपने पिता को तार देकर तुरंत आने को कहो। लेकिन रुको, अभी जरूरी है कि हमें एक डॉक्टर मिले। डॉ. रूद्रा तो तुम्हारे बगल में ही रहते हैं! तब चलो, आओ अजित।''

जल्दी ही हम देबकुमार बाबू के घर पहुँच गए। घर सामने से तिकोना था, जैसे दोनों तरफ बने घरों ने इस घर को दोनों ओर से घेरकर तिकोनिया कर दिया हो। इसलिए नीचे एक कमरा और रसोई दिखाई दी। उसके साथ भंडार घर और पीछे बाथरूम था। घर के दरवाजे पर पहुँचते हुए हमें दिखाई दिया, एक महिला खड़ी चीख रही है। स्वर में परेशानी और व्याकुलता थी, लेकिन शोक का आभास कतई नहीं था। स्पष्ट था कि महिला अपनी युवा पुत्री के मरने के शोक से चिल्ला रही है। दरवाजे पर एक बूढ़ा नौकर दिग्भ्रमित होकर खड़ा था। ब्योमकेश ने उससे कहा ''तुम यहाँ काम करते हो न ? जाओ, सामने के घर से डॉक्टर बाबू को बुला लाओ।''

कुछ काम मिल जाने से वह खुश होकर बोला, ''जी सर!'' और चला गया।

हम लोग हाबुल के साथ अंदर दाखिल हुए।

जिस महिला की चीख हमें बाहर से सुनाई दी थी, वह सीढ़ियों के नीचे खड़ी चिल्ला-चिल्लाकर अपने से ही बात करती जा रही थी। हमारे कदमों की आवाज से उसने चौंककर हमें अजीब नजरों से देखा कि हाबुल के साथ दो अजनबी आ रहे हैं तो जल्दी से आँचल ढककर सीढ़ियों से ऊपर चढ़ गई। चढ़ते समय मैंने उसके चेहरे की झलक से महसूस किया कि उसे हमारा आना अच्छा नहीं लगा। झलक के तुरंत बाद उसने चेहरे को आँचल से छिपा लिया।

हाबुल धीरे से बड़बड़या, "मेरी माँ हैं..."

"ओह, अच्छा!" ब्योमकेश ने कहा, "रसोई किधर है ?"

हाबुल ने छोटे से चौक की ओर इशारा कर दिया। उसके बगल में छोटे-छोटे कमरे थे। सबसे बड़ा कमरा रसोईघर था। बाहर नल लगा था, जिसकी टपकती बूँदों से वह स्थान चिकना हो गया था। हमने अपने जूते उतार दिए और अंदर गए। कमरे में रोशनी की कमी थी। कोई खिड़की भी नहीं थी। हाबुल ने आगे बढ़कर रसोई का स्विच दबाया, जिससे एक मटमैला प्रकाश फैला और हमें साफ दिखाई देने लगा।

दरवाजे के सामने वाली दीवार से सटे दो कोयले के चूल्हे एक ऊँचाई पर बने हुए थे, जिनमें कोयला भरा था, पर उनमें जला हुआ एक भी न था। एक चूल्हे के सामने एक लड़की आगे को झुकी खड़ी थी, जैसे पूजा कर रही हो। उसका सिर आगे की तरफ झुका हुआ था। एक हाथ नीचे लटका झूल रहा था। लेकिन पीछे से देखने में नहीं लगता था कि उसके देह में जान नहीं है। ब्योमकेश ने झुककर उसके हाथ की कलाई पकड़कर नब्ज देखी। उसके चेहरे को देखकर मैं जान गया कि उसको नब्ज नहीं मिली। उसके हाथ को देखकर ब्योमकेश ने उसके मुँह को उठाने की कोशिश की, वह थोड़ा सा ही ऊपर उठ सका, क्योंकि अब तक सारे शरीर में ऐंठन जम गई थी।

देखने में लड़की आकर्षक थी। रंग गोरा, तिकोनिया चेहरे पर मछली जैसे होंठ। उसकी उम्र के लिहाज से शरीर भरा-भरा था। लंबे बालों को शायद उसने यों ही छोड़ रखा था, जो पीछे झूल रहे थे। वह छपी सूती साड़ी पहने थी। दोनों हाथों में सोने की तीन-तीन चूड़ियाँ, कान में टॉप्स तथा गले में हल्का स्वर्ण हार था।

ब्योमकेश ने नजदीक से एक बार फिर उसका मुआयना किया। वह सीधा होकर तीन कदम पीछे गया। वहाँ से उसने एक बार फिर देखा। पूरा मुआयना करने के बाद वह दुबारा उसके पास गया और इस बार लड़की के मुड़े हुए दाएँ हाथ को देखा। उसने हथेली देखनी चाही तो देखा, वह कोयले से काली हो गई थी। स्पष्ट था कि उसने ही चूल्हे में कोयला भरा था। उसने देखा कि हथेली के अँगूठे से पहली उँगली सटी हुई है। दोनों को अलग करने में एक छोटा तिनका निकलकर नीचे गिर गया। उसने उठाकर देखा। वह जली हुई माचिस की तीली थी। तीली को नजदीक से देखने के बाद उसने फेंक दिया। फिर उसने लड़की के बाएँ हाथ को देखा। हथेली बंद थी। उसकी उँगलियों को हटाकर मुट्ठी खोली तो नीचे माचिस की डिब्बी गिर गई। ब्योमकेश ने डिब्बी को खोलकर देखा। उसमें कुछ तीलियाँ बची हुई थीं। फिर सोचकर वह धीरे से बोला, ''...वही तो! जो मैंने सोचा था, वही निकली...मृत्यु तभी हुई, जब उसने चूल्हा सुलगाने के लिए माचिस जलाई।''

ब्योमकेश ने अब उसे छोड़कर रसोईघर में चारों ओर नजर दौड़ाई। उसने लड़की के पीछे से दरवाजे तक फर्श पर बने पदचिह्नों को देखा और बोला, ''नहीं, मृत्यु के समय रसोईघर में कोई और नहीं था। बाद में एक महिला ने प्रवेश किया और फिर हाबुल अंदर आया।''

उसी समय रसोईघर के बाहर कुछ आवाजें सुनाई दीं। ब्योमकेश बोला, ''शायद डॉक्टर साहब आए हैं, हाबुल उन्हें अंदर ले आओ।''

हाबुल चला गया। उस समय मौका देखकर मैंने पूछा, ''कुछ मिला?'' ब्योमकेश ने हताश स्वर में कहा, ''ऐसा कुछ नहीं, इतना जरूर पता लगा कि मृत्यु से पहले तक लड़की को जरा भी आभास नहीं था कि उसकी मृत्यु होने वाली है।''

हाबुल डॉ. रूद्रा को लेकर आ गया। डॉ. रूद्रा मध्य वय के कलकत्ता के जाने-माने फिजीशियन थे, किंतु वे अपने रूखे स्वभाव और क्रोध के कारण बदनाम भी थे। उनका पारा हमेशा आसमान पर रहता था। यहाँ तक कि मरनेवाले मरीज के सामने भी उनका बरताव इतना बेहूदा और कर्कश होता था कि कोई और डॉक्टर होता तो उसको दुकान छोड़ भाग जाना पड़ता। लेकिन जहाँ तक योग्यता का प्रश्न था, वे अपने हुनर में इतने माहिर थे कि लोग उनके इस स्वभाव के बावजूद, हमेशा उन्हीं के पास जाते थे और यही उनकी सफलता का रहस्य था। उनकी प्रैक्टिस भी बहुत तगड़ी थी।

डॉ. रूद्रा की शक्ल उनका परिचय देने के लिए काफी थी। काले यानी कोयले से काले, घोड़े जैसे मुँह पर चमकती छोटी-छोटी लाल आँखें जिस पर पड़तीं, वह दहशत में आ जाता। होंठों पर भी वह कर्कशता—कोट पैंट और जूते पहने जैसे ही उनका प्रवेश हुआ तो लगा जैसे वातावरण में तेज गरमी की लहर व्याप्त हो गई है।

हाबुल ने चुपचाप अपनी बहन की ओर इशारा कर दिया। डॉ. रूद्रा ने अपनी आदत अनुसार रूखे स्वर में कहा, "क्या है? मर गई क्या?"

ब्योमकेश बोला, "आप देखिए और बताइए!"

डॉ. रूद्रा ने क्रोधी निगाह से ब्योमकेश को देखा और बोले, "आप कौन हैं?"

"मैं परिवार का मित्र हूँ।"

"ओह!" उन्होंने ब्योमकेश को अनसुना करते हुए हाबुल से पूछा, "यह लड़की कौन है? देबकुमार बाबू की बेटी?"

हाबुल ने स्वीकारोक्ति में सिर हिला दिया। डॉ. रूद्रा के चेहरे पर एक उत्सुकता तैर गई। उन्होंने भौंहें सिकोड़ते हुए पूछा, "इसी का नाम रेखा है?"

हाबुल ने फिर सिर हिला दिया।

"क्या हुआ इसे?"

"कुछ नहीं, एकाएक..."

डॉ. रूद्रा ने झुककर लड़की की नब्ज देखकर आँखों की पुतलियाँ देखीं और उठकर बोले, "उसकी मृत्यु हो चुकी है, मृत्यु लगभग दो घंटे पहले हुई है। शरीर अकड़ गया है।" उन्होंने यह बड़े चाव से कहा, जैसे यह सुनकर मौजूद लोगों में खुशी की लहर फैलने वाली हो!

ब्योमकेश ने पूछा, "क्या यह संभव है कि मृत्यु का कारण पता लग सके?"

"यह लाश के पोस्टमार्टम पर ही पता चलेगा। मैं जाता हूँ, हाँ मेरी फीस के बत्तीस रुपए मेरे घर भेज दें। और हाँ, पुलिस को सूचित करना न भूलिए, क्योंकि मौत अप्राकृतिक है।" यह कहकर डॉ. रूद्रा घर से बाहर निकल गए।

रसोईघर से बाहर आते हुए ब्योमकेश बोला, "हाँ, पुलिस को सूचित करना तो जरूरी है, अन्यथा बाद में समस्याएँ उत्पन्न हो सकती हैं। मैं स्थानीय चौकी के इंस्पेक्टर वीरेन बाबू को जानता हूँ। मैं उन्हें सूचित कर देता हूँ।"

उसने एक कागज पर कुछ पंक्तियाँ लिखकर नौकर को देते हुए कहा कि

वह यह चिट्ठी स्थानीय पुलिस चौकी में जाकर दे दे। फिर बोला, ''बॉडी से अब और कोई छेड़छाड़ न हो। पुलिस आकर खुद ही सबकुछ देख लेगी,'' और उसने रसोई-घर को बंद करके हाबुल से कहा, ''हाबुल, एक बार रेखा के कमरे का मुआयना कर लेना उचित होगा।''

हाबुल ने गंभीर आवाज में कहा, ''चलिए!'' और आगे-आगे सीढ़ियाँ चढ़ने लगा। शुरू के रोने-धोने के बाद वह जैसे जड़वत् हो गया था और यंत्रवत् बात करता था। जो पूछा जाता, उतना ही उत्तर, बस!

प्रथम तल पर तीन कमरे थे, जिनमें से अंतिम कमरा रेखा का था और पहले दो कमरे संभवत: देबकुमार बाबू और उनकी पत्नी के बेडरूम थे। रेखा का कमरा यद्यपि छोटा था पर साफ-सुथरा था। एक तरफ पलंग, दूसरी ओर खिड़की के पास डेस्क, जिसके पास दो बुकशेल्फ थे, जिनमें बँगला पुस्तकें भरी हुई थीं। एक कोने में शीशा लगा हुआ था, जिसके नीचे ब्रश, रिबन, हेयर क्लिप टँगे हुए थे। कहने का मतलब यह कि कमरे में आकर लगता था कि यह एक दक्ष, समझदार, पढ़ी-लिखी लड़की का कमरा है।

ब्योमकेश एकाध चीजों को उठाकर देखता रहा। उसने हेयर पिन और रिबनों को उठाकर देखा। उसके बाद खिड़की के पास जाकर देखा। वहाँ से डॉ. रूद्रा का घर दिखाई देता था। दोनों की छतें पास-पास थीं। उसके बाद वह डेस्क के पास आया। दराज खोलकर देखा। कुछ नोटबुक, लेटरपेड, सेंट की शीशी और कुछ सफेद गोलियाँ रखी थीं, ''एसपिरिन? क्या रेखा एसपिरिन लेती थी?''

''हाँ कभी-कभी, जब कभी उसे सिर दर्द होता था।'' हाबुल ने उत्तर दिया।

ब्योमकेश ने दराज बंद कर दी और तेज कदमों से चहलकदमी करने लगा। एकाएक वह पलंग के पास रुक गया। उसने ध्यान से देखा। रजाई पैरों की तरफ सिकुड़ी पड़ी थी, चादर पर सलवटें थीं और तकिए पर सिर के निशान मौजूद थे, यानी रात में रेखा अपने बिस्तर पर सोई थी। कुछ क्षणों के लिए मेरा दिमाग गमगीन खयालों में डूब गया। इस जीवन का क्या भरोसा है? अभी तक उसके नींद के लक्षण ज्यों-के-त्यों बने हुए हैं और वह प्राणी दूसरी दुनिया में पहुँच गया है! कितना क्षणभंगुर है जीवन!

विचारों में मग्न ब्योमकेश ने तकिए को उठाकर देखा तो उसके नीचे एक हरे रंग का कागज तय किया रखा दिखाई दिया। उत्सुकता से ब्योमकेश ने उसे उठा

लिया। वह लैटरपैड का कागज था। थोड़ी हिचकिचाहट के बाद ब्योमकेश ने उसे खोल लिया और पढ़ने लगा। मैं भी ब्योमकेश के पीछे खड़ा होकर देखने लगा। लिखावट स्त्री की थी, पत्र इस प्रकार था—

'नोंटूदा!

हमारा विवाह अब नहीं होगा, क्योंकि तुम्हारे पिता ने दस हजार रुपए दहेज के रूप में माँगे हैं और मैं जानती हूँ कि मेरे पिता इतनी बड़ी रकम नहीं दे पाएँगे। शायद, तुम जानते होगे कि मैं तुम्हारे अलावा किसी और से विवाह नहीं कर पाऊँगी, लेकिन इस घर में अब जीना भी कठिन हो गया है। क्या तुम मेरे लिए जहर ला सकते हो? मैं जानती हूँ कि तुम्हारी फार्मेसी में कई प्रकार के जहर होते हैं। मुझे कोई जहर ला दो। अगर नहीं लाओगे तो जीवन समाप्त करने का मैं कोई दूसरा साधन ढूँढूँगी। तुम जानते ही हो, मैं अपना वायदा निभाती हूँ।

सदैव तुम्हारी
रेखा।'

ब्योमकेश ने शांत वातावरण में पत्र को पढ़ा और उसे हाबुल को दे दिया। उसने फिर से वह पत्र पढ़ा और पढ़ते-पढ़ते रोने लगा···आँसुओं की धार उसके चेहरे पर बहने लगी···वह बोला···"मुझे मालूम था। एक दिन यह होगा। रेखा आत्महत्या कर लेगी···"

"यह नोंटू कौन है?"

'नोंटूदा डॉ. रूद्रा का लड़का है। दोनों के रिश्ते की बातचीत चल रही थी। नोंटूदा अच्छे व्यक्ति हैं, लेकिन उस जंगली पुरुष ने दस हजार के दहेज की माँग पर पिताजी को नाराज कर दिया।"

ब्योमकेश ने अपनी हथेलियों से एक बार अपना चेहरा साफ किया और बोला, "लेकिन!···चलो छोड़ो, जाने दो।" उसने हाबुल के हाथों को पकड़कर बैठाया और आहिस्ता धीमी आवाज में उसे सांत्वना देने लगा।

रुँधे गले से हाबुल बोला, "ब्योमकेश दा, मेरी एक बहन ही थी, जिनको मैं अपना कह सकता था। माँ गुजर गईं। पिता के पास हमारे लिए समय नहीं है।" उसने अपना चेहरा हाथों में छुपा लिया और फूट-फूटकर रोने लगा।

थोड़ी देर में ब्योमकेश के प्रयासों से हाबुल कुछ सँभल गया। तब ब्योमकेश उठ खड़ा हुआ और बोला, "चलो, अब पुलिस आती होगी। उससे पहले मैं तुम्हारी

माँ से कुछ प्रश्न पूछना चाहता हूँ।''

हाबुल की नई माँ अपने कमरे में थी। हाबुल ने जाकर ब्योमकेश की इच्छा की सूचना दी तो उसकी माँ दरवाजे पर आकर खड़ी हो गई। उसका मुँह अब भी थोड़ा ढका हुआ था। इससे पहले मैंने उसकी एक झलक देखी थी। इस बार मैंने ठीक से देखा।

उम्र लगभग सत्ताईस-अट्ठाईस वर्ष, दुबली और लंबा कद, रंग गोरा और नाक-नक्श सामान्य होने के बावजूद उसे सुंदर तो क्या, साधारण रूप से आकर्षक भी नहीं कहा जाएगा। कठोर व्यवहार की छाया उसकी आँखों में बस गई थी। यह उसकी भृकुटियों से पता लगता था। पतले और मुड़े हुए होंठों से दूसरों के प्रति अपमान व दुत्कार झलकती थी, जैसे हरदम दूसरों में दोष ढूँढ़ने के लिए तैयार हो। उसकी संपूर्ण चितवन से मुझे आभास हुआ कि स्त्री ने विवाह के पश्चात् कभी सुख नहीं पाया है। उसकी अपनी संतान नहीं थी, इस कारण शायद वह पति की पूर्व संतान से भी प्यार नहीं कर पाई और परिणामस्वरूप उसका कठोर हृदय सहानुभूति अथवा प्यार की भावना से सदा मरुस्थल की तरह वंचित ही रह गया था।

मैंने एक और बात देखी। वह अपने निजी जीवन में साफ-सफाई रखने में कटिबद्ध है और इसीलिए किसी को अपने निजी जीवन में या अपने कमरे में आने देना नहीं चाहती। जिस तरह वह आधे मुँह को आँचल से ढके द्वार पर आकर खड़ी हो गई थी, यह संकेत था कि उसे किसी का कमरे में प्रवेश पसंद नहीं है। वह नहीं चाहती कि कोई उसके निजी जीवन में खलल पहुँचाए।

इसलिए स्वाभाविक रूप से हमने उसके कमरे में जाने का कोई प्रयास नहीं किया और ब्योमकेश ने वहीं खड़े रहकर प्रश्न किया, ''क्या आपने आज सुबह रेखा को देखा था?''

इस सीधे-सादे प्रश्न के उत्तर में उस महिला ने बातों की झड़ी लगा दी। मैं समझ गया कि आदिकाल से मशहूर स्त्रीयोचित गुणों के साथ-साथ यह महिला वाचाल भी है, अर्थात् यदि बोलने का मौका मिल जाए तो रुकने का कोई अंत नहीं। ब्योमकेश के प्रश्न से मौका पाकर उसने दुनिया भर की चर्चा शुरू कर दी। आज सुबह जब उसे पता लगा कि आया नहीं आएगी तो उसने रेखा से रसोईघर को साफ करके चूल्हा जलाने के लिए कहा था, पर इसका यह मतलब नहीं कि

मैं अपने सौतेले बच्चों से रोजाना ही काम कराती हूँ। मेरी तबीयत ठीक रहने पर मैं कभी एक काम भी उनसे नहीं कराती। लेकिन आया के न आने से अकेले सब काम करना संभव नहीं हो पाता। इसलिए उसने रेखा से चूल्हा जलाने को कहा और खुद अपना कमरा साफ करके नहाने चली गई। उसके बाद, यह जाने बिना कि रसोईघर में क्या हो रहा है, वह ऊपर गई। नहाने के बाद उसने कपड़े बदले, बालों को सुखाया और दस बार ठाकुर को प्रणाम करके वह जब सीढ़ियों से नीचे पहुँची तो देखा···यह सर्वनाशी घटना···! वह सौतेले बच्चों के जीवन में कभी कोई रोक-टोक नहीं करती, पर उसकी किस्मत ही ऐसी है कि हर बार उसे ही समस्या से जूझना पड़ता है। इस बार भी जो हुआ है, उसका सारा दोष उस पर ही मढ़ दिया जाएगा। खासतौर पर जब घर के स्वामी लौटेंगे तो जो हंगामा होगा, वह ही जानती है। पहले से ही वे उसके खिलाफ हैं और अब चाहेंगे कि उसकी मौत ही हो जाए।

जैसे ही उस महिला की चपड़-चपड़ कम हुई, ब्योमकेश ने विशेष रूप से पूछ लिया, "क्या आपने आज सुबह रेखा को कोई कठोर शब्द कहे थे?"

यह सुनते ही महिला आगबबूला हो गई, "कठोर शब्द! कठोर शब्द मेरे मुँह से नहीं निकलते। मैं ऐसे माहौल में नहीं पली हूँ। जब से मैंने इस घर में कदम रखा है, तब से अपने सौतले बच्चों के साथ रहती आई हूँ। क्या कोई कह सकता है कि मैंने किसी से कभी अपशब्दों का प्रयोग किया हो? लेकिन आज सुबह जब मैंने रेखा को चूल्हा जलाने को कहा तो वापस आकर उसने यह कहते हुए कि उसे माचिस नहीं मिल रही है, वह मेरे कमरे में घुस आई और मेरी शेल्फ से माचिस ले ली। मैं उस समय कमरे में पोंछा लगा रही थी। मैंने उससे कहा, तुम बिना नहाए-धोए मेरे कमरे में घुस गई। इतनी बड़ी होकर तुममें इतनी सी अकल नहीं है? अगर तुम्हें माचिस नहीं मिल रही थी तो दुकान से मँगा लेती। बस, इतना भर मैंने कहा था। इससे अधिक एक शब्द नहीं बोली। अगर यह अपराध है तो मैं दोषी हूँ।"

शांत स्वर में ब्योमकेश बोला, "सवाल दोषी होने का नहीं है। लेकिन रेखा को आपके कमरे में माचिस के लिए क्यों आना पड़ा? क्या माचिस आपके कमरे में रहती है?"

महिला ने उत्तर दिया, "हाँ, मैं अँधेरे कमरे में नहीं सो सकती, इसलिए मैं कमरे में तेल का लैंप रखती हूँ। लैंप और माचिस शेल्फ पर रखे रहते हैं। यह सभी

जानते हैं। रेखा भी जानती थी।''

मैंने कमरे में झाँककर देखा। वाकई पलंग के सिरहाने की ओर दीवार से लगे शेल्फ पर एक छोटा सा लैंप रखा था। यही अवसर उसके कमरे में नजर दौड़ाने का था। पूरा कमरा साफ-साफ इतना चौबक था कि फर्नीचर भी जैसे जड़ गया था—यहाँ तक कि दीवार पर लगी तसवीर में माँ काली भी जिह्वा बाहर निकालकर इस भय से डरी लग रही थी कि उस कमरे की पवित्रता में कोई बाधा न पहुँच जाए?

भृकुटियों को तानकर ब्योमकेश ने पूछा, ''तो वह अंतिम बार था जब आपने रेखा को देखा? उसके बाद आपने उसे जीवित नहीं देखा?''

''नहीं...और...'' महिला दूसरी बार अपनी चपड़-चपड़ शुरू करने जा ही रही थी कि नौकर ने नीचे से पुलिस इंस्पेक्टर के आने की सूचना दी। हम लोग नीचे उतर आए।

ब्योमकेश इंस्पेक्टर बीरेन बाबू से खूब परिचित था। दोनों एक-दूसरे के महत्त्व को समझते थे। बीरेन बाबू मध्य वय का स्वस्थ और मजबूत काठी का बुद्धिमान और कर्मठ व्यक्ति था। ब्योमकेश के मन में उसके लिए काफी सम्मान था। विशेष रूप से इसलिए कि उसमें आम पुलिस अधिकारियों की तरह दिखावा और दूसरों को नीचा दिखाने की पुलिसिया प्रवृत्ति नहीं थी। मैंने भी कई केसों में देखा है कि ब्योमकेश ने उससे सलाह लेकर ही काम किया है। अपने कामकाज के दौरान उसने जुआरियों, पॉकेटमारों जैसे निचले दर्जे के अपराधियों के बारे में काफी अनुभव और दक्षता हासिल की थी।

हमारे अभिवादन पर उसने ब्योमकेश को देखकर कहा, ''क्या हुआ ब्योमकेश बाबू? क्या कोई गंभीर बात है?''

ब्योमकेश ने उत्तर दिया, ''इसका निर्णय आप ही करके बताएँ?'' और उसे अंदर लिवा लाया।

लाश को पोस्टमार्टम के लिए भेजना, देबकुमार बाबू को तार करना और अपने भरसक मामले को निपटारा करने में हमें दो बज गए। उसके बाद घर जाकर हमने खाना खाया। जब तक हम उठ पाए, सर्दियों की शाम ने घिरना शुरू कर दिया। ब्योमकेश गंभीर मुद्रा में बैठा रहा। मेरा मन भी अशांत था। कहाँ तो हम लोग किसी उत्साहवर्द्धक केस की बाट जोह रहे थे और कहाँ इस दुःखभरे मामले में फँसकर रह

गए हैं ? मुझे बराबर हाबुल का चेहरा नजर आता था। मन क्लांत हो गया।

धीरे-धीरे रात ने संध्या को अपने आवरण में ले लिया। ब्योमकेश खिड़की के पास बाहर ताकते बैठा रहा। आखिरकार मैंने ही पूछा, "तुम्हें क्या लगता है ? यह आत्महत्या का ही मामला है ?"

ब्योमकेश चौंक गया, "क्या ? ओह, यह रेखा का मामला ? तुम्हारी क्या राय है ?"

यद्यपि मैं पूर्णतः निश्चिंत नहीं था, फिर भी बोला, "और हो भी क्या सकता है ? उसकी मंशा उसके पत्र में स्पष्ट ही तो है।"

"ठीक है, यह तो मान लिया, पर तुम्हारे विचार से तुम आत्महत्या के तरीके के बारे में क्या कहोगे ?"

"जहर!" यह भी तो उसके पत्र में स्पष्टतया प्रकट हो जाता है।

"यह भी मान लिया, पर मैं यह समझ नहीं पा रहा हूँ कि जब तक वह जहर उसके पास नहीं आ जाता, उसने कैसे उसका प्रयोग कर लिया ? उसने अपने पत्र में जहर की माँग जरूर की थी, लेकिन वह पत्र अपने गंतव्य तक पहुँचा ही कहाँ ? वह तो उसके तकिए के नीचे ही दबा रह गया तो जहर उसके पास आया कहाँ से ?"

मैंने कहा, "पत्र में कहा गया कि यदि उसे जहर नहीं मिला तो वह किसी दूसरे तरीका का प्रयोग करने की कोशिश करेगी।"

"लेकिन तुम क्या सोचते हो कि पत्र को भेजने से पहले ही दूसरे तरीके के प्रयोग का प्रयास करेगी ?"

इस बार मैं चुप रह गया।

कुछ क्षण बाद ब्योमकेश बोला, "एक बात और! कोई चूल्हा जलाते समय आत्महत्या नहीं करता। रेखा की मृत्यु एकाएक हुई है, बिल्कुल बिजली की चमक की तरह। इससे पूर्व उसे आभास तक नहीं था। दुर्घटना इतनी क्षणिक और तीव्रगामी थी कि शरीर में दूसरी हरकत भी न कर पाई। जैसी थी, वैसे ही रह गई। यहाँ तक कि जली हुई माचिस की तीली भी जलकर वहीं रह गई।

"ऐसी मृत्यु कैसे हो सकती है ?"

"यही तो मैं समझ नहीं पा रहा हूँ। जितनी जानकारी मुझे जहर की है, उनमें मुझे केवल 'हाइड्रोसायनिक एसिड, ही ऐसा लगता है, जिसकी मार इतनी घातक होती है। लेकिन…"

शाम को लगभग साढ़े चार बजे देबकुमार बाबू दिल्ली से पहुँचे। वे हाबुल का तार पाते ही चल दिए थे और दोपहर में कलकत्ता पहुँचे।

उनकी आयु कोई चालीस के करीब थी, लेकिन आपदा ने उम्र को बढ़ा दिया था। दोहराते शरीर पर उड़े बालों से चाँद झलकती थी। आँखों पर भारी चश्मा। बात-बात में भूल जाने की आदत से लगता था कि वे भौतिक जगत् से ज्यादा खयाली दुनिया में खोए रहते थे। उनका बंद गले का कोट, गोल मुँह पर गोल-गोल चश्मा कलकत्ता के छात्र वर्ग में खूब प्रचलित था। पड़ोसी के नाते मैंने भी उन्हें देखा था। लेकिन इस वीभत्स घटना ने उनके चेहरे का रंग उड़ा दिया था। आँखों ने नीचे काले स्याह गड्ढे उनके झूले गालों से मिलकर उनकी आकृति को और भी बोझिल बना रहे थे।

आते ही उन्होंने मुझसे पूछा, ''आप ब्योमकेश हैं ?'' उत्तर में मैंने ब्योमकेश की ओर संकेत कर दिया। 'ओह' कहते हुए उन्होंने ब्योमकेश की ओर देखा और मेज के सहारे अपनी बेंत रख दी। ब्योमकेश ने सांत्वना के कुछ शब्द कहे, जिन्हें शायद उन्होंने सुना ही नहीं। बोलने से पहले उन्होंने एक नजर कमरे के चारों ओर दौड़ाई, फिर थकी आवाज में बोले, ''मैं दिल्ली से कल सुबह दस बजे चला था और दोपहर ढाई बजे कलकत्ता पहुँचा हूँ। करीब तीस घंटे से ट्रेन में…''

हम शांत बने बैठे रहे। शारीरिक थकान उनके सभी अंगों में दिख रही थी।

उन्होंने ब्योमकेश की ओर घूमकर कहा, ''मैंने आपके बारे में हाबुल से सुना है। आपने जो इस विपदा में मेरी अनुपस्थिति में परिवार की सहायता की है, उसका मैं सदैव आभारी रहूँगा।''

ब्योमकेश बोला, ''कृपया वह सब छोड़िए। अगर मैंने सहायता की तो एक पड़ोसी के नाते एक फर्ज के रूप में की है।''

''यह तो आप का विनय है, क्योंकि आप स्वयं ही एक व्यस्त व्यक्ति हैं।'' फिर एकाएक पूछा, ''उसे हुआ क्या था ? कुछ बता पाएँगे ? घर में कोई भी ज्यादा कुछ नहीं कह पाया।''

ब्योमकेश ने शुरू से अंत तक जो देखा था, उसका विवरण दे दिया। सुनते हुए देबकुमार बाबू ने अपनी जेब से सिगार निकाला। उसे होंठों पर लगाया, फिर बिना सुलगाए ही मेज पर रख दिया। मेरी नजर बराबर उन्हीं पर जमी हुई थी। वे ब्योमकेश के विवरण सुनने में इतने तल्लीन हो गए थे कि उन्हें पता नहीं था कि

उनके हाथ क्या कर रहे हैं। एक बार उन्होंने चश्मा उतारा और कुछ देर तक बड़ी-बड़ी आँखों से मुझे देखते रहे, फिर चश्मा लगाकर आँखें बंद कर लीं।

ब्योमकेश के विवरण समाप्त करने के बाद देबकुमार बाबू कुछ देर चुपचाप बैठे रहे, फिर एकाएक बोले, "ओह, वह डॉ. रूद्रा मेरे घर में? क्या वह मेरे घर में घुसा था? वह नीच, कमीना, जंगली राक्षस! पैसे का भूखा? क्या नहीं कर सकता है वह पैसे के लिए? वह पिशाच है।" क्रोध में आकर उन्होंने अपनी बेंत को कसकर पकड़ लिया। उनके चेहरे का रंग क्रोध में लाल हो गया।

लेकिन कुछ देर में उन्होंने अपने को नियंत्रित कर लिया और हमें अकचक देखते हुए झेंप गए। अपने गले को साफ करके उन्होंने कहा, "मैं अब चलूँगा, ब्योमकेश बाबू! मैं एक बार फिर आप का आभार व्यक्त करता हूँ।" और उठकर दरवाजे की ओर चल दिए।

दरवाजे पर पहुँचकर वे रुक गए, जैसे एकाएक उन्हें कुछ सूझा हो। वे मुड़कर बोले, "मेरे पास पैसा होता तो मैं आपको इस केस की जाँच-पड़ताल के लिए जिम्मा देता। लेकिन मेरी आर्थिक स्थिति ठीक नहीं है, मैं उतना खर्च नहीं कर पाऊँगा।"

ब्योमकेश ने कुछ कहना चाहा, लेकिन वे बेंत के इशारे से उसे चुप करते हुए बोले, "नहीं, मैं किसी की सेवा मुफ्त में ले पाऊँगा। पुलिस अपना काम कर रही है, उसे करने दीजिए, और फिर? जाँच के लिए शेष रहा भी क्या है? कितनी भी जाँच हो जाए, मेरी बेटी तो वापस नहीं आ सकती?" और बिना किसी अभिवादन के वे सीढ़ियाँ उतर गए।

उनके यादगार आगमन के बाद हम लोग चुप बैठे रह गए। कुछ देर बाद ब्योमकेश ने गहरी साँस ली और बोला, "चलो, एक संदेह तो दूर हो गया। मैं सोचने लगा था कि देबकुमार बाबू अपनी पहली की संतान से प्यार नहीं करते। यह तो साबित हो गया कि जहाँ तक रेखा का प्रश्न है, वे उससे बहुत प्यार करते थे।"

देबकुमार बाबू अपना सिगार मेज पर ही भूल गए थे। ब्योमकेश उसे देखकर बोला, "आश्चर्य है! कैसे भुलक्कड़ जीव हैं?"

मैंने कहा, "देखा, डॉ. रुद्रा के प्रति उनका क्रोध?"

ब्योमकेश ने सुना पर बोला कुछ नहीं। शाम को बीरेन बाबू डॉक्टर की रिपोर्ट लेकर आए। वे बोले, "रिपोर्ट में कुछ नहीं है। बार-बार टेस्ट करने के बाद भी मृत्यु

का कारण नहीं पता लग पाया।''

मैंने रिपोर्ट को पढ़ा। डॉक्टर ने लिखा है कि शरीर पर कोई जख्म या और कोई चिह्न नहीं पाया गया, रक्त में जहर का कोई अंश नहीं है। हृदय मजबूत और साधारण था, अत: एकाएक आघात मृत्यु का कारण नहीं है। ऐसा लगता है कि स्नायुमंडल में अचानक पक्षाघात से मृत्यु हुई है। लेकिन डॉक्टर यह कहने में असमर्थ हैं कि स्नायुमंडल में अचानक पक्षाघात कैसे हुआ? उसने ऐसा विचित्र केस पहले कभी नहीं देखा, जिसमें मृत्यु बिना किसी पूर्व चिह्न के हुई हो।

ब्योमकेश उस रिपोर्ट को लेकर सोचता रहा। उसके माथे पर शिकन बढ़ती गई।

बीरेन बाबू ने कहा, ''यह केस अब निश्चित रूप से 'कॉरोनर्स कोर्ट' में जाएगा। जहाँ फैसला होगा, 'अज्ञात कारण से मृत्यु।' उसके बाद हम, यानी पुलिस स्वतंत्र हो जाते हैं, चाहें तो जाँच को जारी रखें और न चाहें तो समाप्त कर दें। ब्योमकेश बाबू, आप क्या सोचते हैं? ऐसी पोस्टमार्टम रिपोर्ट के बाद जाँच से कुछ निकलेगा?''

ब्योमकेश ने कहा, ''मैं नहीं जानता कि जाँच में कुछ निकलेगा या नहीं, लेकिन जाँच जारी रहनी चाहिए।''

बीरेन बाबू ने उत्साह से पूछा, ''आप ऐसा क्यों कहते हैं? क्या आपको किसी पर शक है?''

''किसी एक पर शक नहीं है। लेकिन मुझे पूर्ण विश्वास है कि इसमें कुछ गलत तो हुआ है।''

बीरेन बाबू ने हामी में सिर हिलाते हुए कहा, ''मुझे भी लगता तो है? आप देबकुमार बाबू की पत्नी के बारे में क्या सोचते हैं?''

ब्योमकेश कुछ देर शांत रहा, फिर धीरे से बोला, ''देखिए! इधर-उधर शक फेंकने से कोई लाभ नहीं। इस रहस्य को सुलझाने के लिए हमें पहले मृत्यु का कारण ढूँढ़ना होगा। जब तक हमें यह नहीं पता लगता, तब तक किसी पर शक करने से कुछ लाभ नहीं होगा। हाँ, इतना जरूर याद रखने की बात है, जिस समय रेखा की मौत हुई, उस समय वहाँ उसकी माँ और भाई, ये दो ही घर में मौजूद थे। लेकिन इसी कारणवश मुख्य समस्या को नहीं भूलना चाहिए।''

''लेकिन जब डॉक्टर ही उसे नहीं बता पाया तो… ?''

"डॉक्टर ने तो केवल लाश ही देखी है। हमने तो बहुत कुछ देखा है। इसलिए यह कोई असंभव नहीं कि हम वह ढूँढ लें, जो डॉक्टर नहीं ढूँढ़ पाया है।"

कुछ संदेह से बीरेन बाबू बोले, "यह तो ठीक है, पर चलिए, आप जो कहते हैं वही सही। आप तो देबकुमार बाबू की तरफ से शुरू से ही हैं और अंत तक रहेंगे भी, तो चलिए हम लोग मिलकर काम करते हैं। जब जरूरत पड़ेगी तो आपस में सलाह-मशविरा करते रहेंगे।

क्षणिक मुसकान के साथ ब्योमकेश बोला, "अरे नहीं भाई! अभी थोड़ी देर पहले देबकुमार बाबू यहाँ थे। उन्होंने मुझे ड्यूटी करने से स्वतंत्र कर दिया है।"

आश्चर्य से बीरेन बाबू ने कहा, "अच्छा?"

"हाँ, वे फीस दिए बगैर मेरा काम नहीं चाहते और फीस के लिए उनके पास उतने पैसे नहीं हैं।"

"वाह-वाह! क्या कहते हैं? उनके पास पैसे नहीं हैं? उनकी अच्छी नौकरी है और सुना है, काफी मोटी तनख्वाह भी लेते हैं!"

"हो सकता है, यह सही भी हो।"

यह सुनकर बीरेन बाबू की त्यौरियाँ चढ़ गईं, वे बोले, "अच्छा तो यह बात है...लगता है, मुझे देबकुमार के आर्थिक स्थिति का चिट्ठा खोलना होगा। पर उसका और आपको काम पर न लगाने का रिश्ता क्या हो सकता है? क्या किसी को बचाना चाहते हैं?"

यह सुनकर मेरी हँसी फूट पड़ी, "देबकुमार बाबू किसी को बचाने के लिए ब्योमकेश की सेवाओं से ही इनकार कर देंगे! यह विचार मात्र ही हास्यास्पद!"

बीरेन बाबू को मेरा हँसना अखर गया। उन्होंने कुछ उखड़ेपन से पूछा, "इसमें हँसी की क्या बात है?"

मैंने कुछ संजीदगी से उत्तर दिया, "क्या आपने देबकुमार बाबू को देखा है?"

"नहीं।"

"यदि देखा होता तो समझ जाते, मैं क्यों हँसा था।

बीरेन बाबू जाने के लिए तैयार हो गए। उन्होंने ब्योमकेश से कहा, "मैं इस केस की छानबीन तब तक करता रहूँगा, जब तक मैं इसके तल में नहीं पहुँच जाता। मैं भी देखता हूँ, यह कितना गहरा है? लेकिन आपको मैं छोड़ूँगा नहीं। देबकुमार बाबू ने भले ही छोड़ दिया हो, पर मैं जब तक जरूरत होगी, सहायता के लिए आपके पास आऊँगा।"

''ठीक है! यह तो अच्छा प्रस्ताव है,'' ब्योमकेश बोला, ''मैं अपनी ओर से भरसक सहायता करूँगा। मेरा भी इस केस में निजी स्वार्थ हो गया है—हाबुल के कारण।''

''चलिए, ठीक है। पर ब्योमकेश बाबू! क्या आप जाँच के दो एक संकेत सुझा सकते हैं? किस दिशा में शुरुआत की जाए? आपकी नजर में कोई संकेत तो उभरे ही होंगे?''

ब्योमकेश ने कुछ देर सोचकर कहा, ''क्यों न शुरुआत डॉ. रूद्रा से की जाए। संभवत: रहस्य की कुंजी उन्हीं के पास से मिल सकती है।''

बीरेन बाबू जरा चौंककर बोले, ''ओह! तो ठीक है, आप कहते हैं तो...'' उनका सिर कुछ सोचने में झुक गया। वैसे ही वे चले गए।

पाँच-छह दिन ऐसे ही बीत गए। ब्योमकेश पहले जैसी मुद्रा में लौट गया था। सुबह अखबार पढ़ता, खिड़की से खाली आँखों से देखा करता। शाम को भी मेज पर पैर टिकाकर खिड़की से बाहर का नजारा देखता रहता। बीरेन बाबू का भी आना नहीं हुआ। इसलिए हमें पता भी नहीं कि केस में कितनी प्रगति हुई है। बस एक ही आगंतुक था, हाबुल। दो-तीन रोज में वह आकर बैठ जाता और सूनी-सूनी उदास आँखों से सबको देखता रहता। ब्योमकेश ने उसके हौसला बढ़ाने के लिए क्या-क्या न कहा, पर उसकी सूनी आँखों में अंतर नहीं आया। हम पूछते भी कि घर में क्या हो रहा है? उसका भी उत्तर हाबुल केवल देखते रहने में ही दे जाता। शायद गम के सैलाब ने उसके मस्तिष्क को जड़ बना दिया था। वह हमें एक-एक करके देखता और चुपचाप दरवाजा खोलकर सीढ़ियाँ उतर जाता। वह अपने घर के बारे में जो कुछ इशारों में बता पाया, उससे लगा कि उसकी सौतेली माँ का व्यवहार और भी कर्कश हो गया है।

अंतत: एक दिन वह आया और गहरी साँस लेकर बोला, ''पिताजी आज रात पटना जा रहे हैं, शायद उनका लेक्चर है।'' मैंने अनुमान लगाया कि देबकुमार बाबू शोकाकुल वातावरण से त्रस्त होकर पटना भाग रहे हैं। उन जैसे भुलक्कड़ वैज्ञानिक का जीवन वास्तव में दयनीय हो गया था।

उस दिन हाबुल के जाने के बाद बीरेन बाबू का आगमन हुआ। उनके चेहरे से स्पष्ट था कि केस में वे अधिक बढ़ नहीं पाए हैं। ब्योमकेश ने उनका भरपूर स्वागत किया। चाय का समय था और चाय भी आ गई।

ब्योमकेश ने बीरेन बाबू की ओर देखकर पूछा, "तो कैसा चल रहा है?"

चाय की चुस्की लेकर बीरेन बाबू ने गंभीर मुद्रा में कहा, "कोई भी प्रगति नहीं किसी भी ओर। कुछ नहीं मिल पाया है, अभी तक। सबूत तो छोड़िए, शक की गुंजाइश भी नहीं बन पा रही है। अलबत्ता, अब मुझे यह विश्वास जरूर हो गया है कि यह रहस्य बहुत ही कहीं गहराई में छुपा है, कदम-कदम पर जितना मैं फेल हो रहा हूँ, उतना ही विश्वास गहराता जा रहा है।"

ब्योमकेश ने पूछा, "मृत्यु के कारण की खोज में नया कुछ पता लगा?"

बीरेन बाबू ने सिर हिलाते हुए कहा, "मैं डॉक्टर के पास गया था। वैसे तो अपनी रिपोर्ट के बाहर वह कुछ कहने को तैयार ही नहीं थे, पर मुझे लगता है, उनके पास एक थ्योरी है। उनका अनुमान है कि मृत्यु किसी अज्ञात जहर की गैस सूँघने से हृदयाघात के कारण हो सकती है। उन्होंने यह सब स्पष्ट रूप से नहीं कहा, किंतु लगता है, उनका विश्वास कुछ ऐसा ही है।"

ब्योमकेश ने एक क्षण सोचने के बाद कहा, "क्या आपने उन्हें बताया था कि मृत्यु चूल्हा सुलगाने के समय हुई है?"

"हाँ।"

कुछ मिनट और चिंतन के बाद ब्योमकेश ने कहा, "चलिए, यह तो ठीक है। और दूसरी तरफ क्या आपने डॉ. रूद्रा के बारे में पता किया?"

"हाँ! जहाँ तक मुझे पता चला कि यह व्यक्ति निहायत ही कमीना और पैसे के लिए खून चूसनेवाला राक्षस है। अफवाह तो यह भी है कि अपने आविष्कार का प्रयोग करने के चक्कर में उसने टेटनस के अनेक रोगियों का सफाया तक कर दिया है। लेकिन इस केस में उनके खिलाफ कोई सबूत नहीं मिला। यह सही है कि देबकुमार बाबू की लड़की और डॉ. रूद्रा के लड़के की बातचीत चल रही थी। डॉ. रूद्रा ने दहेज के दस हजार रुपए की माँग रख दी, जिसे देबकुमार बाबू ने पैसा न होने की वजह से ठुकरा दिया था। लेकिन डॉ. रूद्रा का लड़का एक होनहार युवक है, उसने अपने पिता का विरोध किया और इसको लेकर पिता से उसका झगड़ा भी हुआ। इसी बीच यह दुर्घटना हो गई। रेखा एकाएक मर गई। उसके बाद से, मुझे पता लगा है कि लड़के ने घर छोड़ दिया है। उसका विश्वास है कि रेखा की मौत के लिए उसके पिता अप्रत्यक्ष रूप से जिम्मेदार हैं।"

मन्मथ के घर छोड़ देने की खबर नई थी, शेष बातें हमारे लिए नई नहीं थीं।

जब बीरेन बाबू चुप हो गए तो ब्योमकेश ने पूछा, ''आपने कहा था कि देबकुमार बाबू की आर्थिक स्थिति के बारे में पता करेंगे? क्या कुछ पता किया?''

''हाँ, पता किया था। उनकी आर्थिक स्थिति बहुत अच्छी नहीं है। कोई उधार वगैरह नहीं है, पर दस से बारह हजार एक बार में शादी में लगाना उनके लिए संभव नहीं है। वे रुपए-पैसों के मामले में ज्यादा परवाह नहीं करते। दूसरे, व्यावहारिक भी कम हैं। हालाँकि कॉलेज से आठ सौ रुपए का खासा वेतन मिलता है, लेकिन आपको जानकर आश्चर्य होगा कि वेतन का बड़ा भाग बीमा कंपनी को प्रीमियम चुकाने में खर्च हो जाता है। उन्होंने जीवन बीमा कराया है, वह भी इतनी देर से कि महीने का प्रीमियम भी एक बड़ी रकम हो जाती है। उसको चुकाने के बाद वेतन में ज्यादा कुछ बच नहीं पाता।''

ब्योमकेश ने आश्चर्य से पूछा, ''पचास हजार रुपए, यह तो…और…क्या पॉलिसी उन्हीं के नाम है?''

''उनके अकेले नहीं, संयुक्त रूप से पति-पत्नी के नाम है। यह बीमा उन्होंने पिछले वर्ष ही कराया है। उनकी दूसरी शादी है। यदि उन्हें एकाएक कुछ हो जाए तो बेचारी विधवा बेसहारा न हो जाए! मेरे विचार से इसीलिए उन्होंने संयुक्त बीमा कराया है। बच्चों को इसमें से कोई भाग नहीं मिलेगा।''

''अच्छा!…और कुछ?''

''और क्या? मैंने हाबुल पर भी नजर रखने के लिए एक आदमी को लगा दिया है। शायद उससे ही कुछ नया पता लग जाए। लड़का तो जैसे पागल हो गया है। उसने कॉलेज जाना छोड़ दिया है। दिन भर सड़कों को नापता फिरता है। कभी-कभी चुपचाप पार्क में बैठा रहता है और लगभग रोजाना आपके यहाँ एक चक्कर जरूर लगाता है।''

मैंने देखा, एकाएक ब्योमकेश आलस्य को छोड़ चपल हो गया है। इतने दिनों बाद उसकी आँखों में चमक देखकर मुझे लगा कि उससे जरूर कोई नया आभास हुआ है। मेरे हृदय की धड़कन बढ़ गई है। मैं समझा कि शायद वह कुछ बोलेगा, लेकिन ब्योमकेश अपने चेहरे पर प्रत्यक्षतः कुछ प्रकट न करते हुए अपने पहले अंदाज में ही बोला, ''हाबुल को तो छोड़ दिया जाए! क्या आप लौटकर पुलिस थाने जाएँगे? है न? अगर जरूरत पड़ी तो मैं आपको फोन करूँगा।''

बीरेन बाबू को ब्योमकेश का व्यवहार थोड़ा अटपटा जरूर लगा, पर उन्होंने

प्रकट नहीं किया और चले गए।

उनके चले जाने के बाद ब्योमकेश तेज कदमों से कमरे में चक्कर लगाने लगा। उसकी आँखों में वह पुरानी चमक फिर कौंधने लगी। मैं पूछने ही जा रहा था कि उसने बीरेन बाबू को एकाएक क्यों इस प्रकार विदा कर दिया, तभी देखा कि वह रुक गया है। उसने कुरसी से शॉल उठाते हुए कहा, "चलो, जरा घूमकर आते हैं, यहाँ मेरा दम घुट रहा है।"

हम दोनों बाहर निकल आए। ब्योमकेश का बिना किसी उद्देश्य के घर से निकल जाना कोई नई बात नहीं थी। यह उसके व्यवहार में शामिल था। कोई काम न रहने पर चुपचाप कोने में बैठा रहना भी उसकी विशेषताओं में से एक था। उसके साथ रह-रहकर मैं भी आलसी बन गया था और बाहर घूमने की अभिलाषा लगभग समाप्त हो गई थी।

इसलिए मुझे खुशी हुई कि आखिरकार ब्योमकेश अपने गरम मस्तिष्क को ठंडा करने के लिए बाहर निकलने को तैयार तो हुआ। लेकिन जैसे-जैसे हम चलने लगे, मेरी खुशी डूबने लगी। ब्योमकेश की चाल बहुत तेज थी, वह इतनी तेज चल रहा था कि रास्ते में लोगों से टकराने लगा। मैंने उससे थोड़ा आहिस्ता चलने को कहा, पर उस पर जैसे कोई असर नहीं पड़ा। उसकी चाल इतनी तेज थी कि भीड़ में कभी वह वृद्ध व्यक्ति के पाँव पर चढ़ जाता तो कभी कॉलेज जाती कन्या से टकराते-टकराते बचता। जैसे एक धुन में चला जा रहा कोई चक्रवात हो! मैंने कभी उसका यह पागलपन नहीं देखा था। मैं समझ रहा था कि उसे जरूर कुछ ऐसा सूत्र मिला है, जिसको पकड़ने की दौड़ में उसके मानसिक श्रम की तेज रफ्तार के मुकाबले उसका शारीरिक श्रम पिछड़ता जा रहा है। लेकिन सड़क पर चलनेवालों को कौन कहे? और इस तरह रास्ते में लोगों की गालियाँ और कटाक्ष झेलते हुए हम कॉलेज स्क्वायर पहुँच गए। पूरा वातावरण कॉलेज के छात्र-छात्राओं से अँटा पड़ा था। उनकी हँसी, ऊँची आवाजों में बातें, नोक-झोंक। मैं मौका देखकर ब्योमकेश को बाँहों से पकड़कर एक कोने में ले गया। चौक के बीचोबीच तालाब था, जिसके दोनों ओर से लोगों का हुजूम जा रहा था। हम लोग एक ओर के रेले में मिल गए। इसमें टकराने की गुंजाइश कम थी। ब्योमकेश के चेहरे पर शिकन ज्यों-की-त्यों थी और उसे जैसे होश भी नहीं था कि वह कहाँ है? बार-बार उसका शॉल कंधों से खिसक जा रहा था, लेकिन उसे उसकी जरा भी परवाह नहीं थी।

मैं बड़ी देर से यही सोच रहा था कि आखिर बीरेन बाबू और ब्योमकेश के वार्त्तालाप में ऐसा क्या था, जिसने ब्योमकेश के मस्तिष्क को पहले गिअर शिफ्ट कर दिया और पंजाब मेल की तरह भागने लग गया? क्या रेखा के रहस्य का सूत्र उसे मिल गया है?

लगभग आधा घंटे चलने के बाद ब्योमकेश फिर अपनी चेतन अवस्था में लौट आया। उसने मेरी ओर देखकर कहा, ''देबकुमार बाबू, आज शाम को पटना जाने वाले हैं? हैं न?''

मैंने स्वीकारोक्ति में सिर हिलाया।

''वे नहीं जा सकते। उन्हें…''

ब्योमकेश आगे भीड़ देखकर और तेजी से चलने लगा। मैंने देखा कि एक कॉर्नर की एक बैंच के पास लोगों की भीड़ जमा है। वे जोर-जोर से बोले जा रहे थे। जो लोग कुछ दूरी पर खड़े थे। वे गरदन झुकाकर उसी ओर देखकर जानना चाह रहे थे कि क्या हुआ है? उनके चेहरों से लग रहा था कि वहाँ कोई असाधारण घटना घटी है? वहाँ पहुँचकर ब्योमकेश भीड़ में घुस गया।

उसने पूछा, ''मामला क्या है?'' एक युवक ने उत्तर दिया, ''मुझे ठीक से पता नहीं। मेरे खयाल से कोई बैंच पर बैठे-बैठे मर गया है?''

ब्योमकेश ने भीड़ में घुसकर रास्ता बनाया। मैं भी उसके पीछे-पीछे गया। बैंच के पास पहुँचने के बाद हमने देखा एक युवक सिर नीचे किए हुए बैठा है, जैसे कि सो गया हो। उसका सिर सीने की ओर लटका था और पैर आगे की ओर थे। उसके होंठों के बीच एक सिगरेट चिपटी हुई थी, पर उसे जलाया नहीं गया था। उसके बाएँ हाथ की मुट्ठी में माचिस थी।

एक मेडिकल छात्र ने उसकी नब्ज टटोलने की कोशिश की और बोला, ''साँस नहीं है! इसकी मृत्यु हो गई है?''

शाम का झुटपुटा हो गया था और भीड़ में स्पष्ट कुछ दिखाई भी नहीं दे रहा था। ब्योमकेश ने मृत युवक की ठोढ़ी उठाकर उसका चेहरा देखना चाहा पर चेहरा देखते ही जैसे करंट लग गया। मेरा हृदय भी धक् से रह गया, वह हाबुल था।

जल्दी ही पुलिस आ गई। हमने देबकुमार बाबू का पता दे दिया और वहाँ से चल दिए। रास्ते में सड़क की रोशनी जल गई थी। तेज कदमों से लौटते वक्त ब्योमकेश दहशत से त्रस्त आवाज में धीरे से बोला, ''किस्मत ने कितना भयंकर

बदला लिया! कितना वीभत्स मजाक है!''

मेरा मस्तिष्क बिल्कुल बुझ चुका था, लेकिन इस शोक के वातावरण में मैं केवल यही कामना कर रहा था कि यदि इस जीवन के परे भी कोई दुनिया है तो हाबुल की प्यारी बहन की आत्मा का मिलन अपने भाई की आत्मा से हो गया होगा।

घर पहुँचकर ब्योमकेश ने कमरे में घुसकर दरवाजा बंद कर लिया। थोड़ी देर में मैंने उसको फोन करते हुए सुना।

करीब एक घंटे बाद ब्योमकेश अपने कमरे से निकला और थकी हुई आवाज में उसने पुत्तीराम से चाय लाने को कहा। उसके बाद वह सिर झुकाए सोचता रहा। मैंने भी उसे परेशान करना उचित नहीं समझा।

साढ़े आठ बजे बीरेन बाबू आ गए। ब्योमकेश ने उनसे पूछा, ''आप वॉरंट लेकर आए हैं?'' बीरेन बाबू ने स्वीकारोक्ति में सिर हिला दिया।

कुछ मिनटों में हम लोग देबकुमार बाबू के घर के सामने खड़े थे। घर में मरघट जैसी शांति थी। कहीं कोई लाइट का चिह्न नहीं था। केवल नीचे के कमरे में रोशनी हो रही थी। ब्योमकेश ने दरवाजा खटखटाया। कोई उत्तर न मिलने पर उसने दरवाजा ठेला तो वह खुल गया। हम लोगों ने अंदर प्रवेश किया।

छोटे से कमरे में एक सोफे पर देबकुमार बाबू चुपचाप बैठे थे। हमारे अंदर आने पर उन्होंने रक्तरंजित नेत्रों से हमें देखा और कुछ क्षण यों ही देखते रहे। फिर उनके चेहरे पर एक कटु मुसकान उभर आई। सिर हिलाकर वे बड़बड़ाए, ''मेरी तमाम मेहनत...शोध का फल...सबकुछ व्यर्थ ही रह गया। मैंने समुद्र का मंथन किया और मिला क्या? जहर की हाँड़ी!''

बीरेन बाबू ने आगे बढ़कर कहा, ''देबकुमार बाबू, हमारे पास आपके नाम का वारंट है।''

जैसे वे अब होश में आए हों, उन्होंने इंस्पेक्टर की वरदी देखकर कहा, ''आप आ गए हैं। अच्छा हुआ। मैं स्वयं पुलिस स्टेशन जाने की सोच रहा था। उन्होंने दोनों हाथों को आगे बढ़ाकर कहा, ''लीजिए, हथकड़ी लगा दीजिए।''

बीरेन बाबू बोले, ''इसकी जरूरत नहीं पड़ेगी। कृपा करके पहले अपने खिलाफ चार्ज सुन लीजिए, जो आप पर लगाए गए हैं।'' और फिर ऐसे दिखाया जैसे पढ़ने के लिए तैयार हो रहे हैं।

किंतु देबकुमार बाबू फिर से अचेतन अवस्था में चले गए। उन्होंने अपने पॉकेट में हाथ डालकर कुछ ढूँढ़ने की कोशिश करते-करते फिर बड़बड़ाना शुरू कर दिया···"किस्मत! और नहीं तो क्यों? हाबुल ही क्यों उस माचिस का प्रयोग करेगा? मैंने क्या सोचा था और क्या हो गया? मैं तो चाहता था कि रेखा की शानदार शादी करूँ? मेरी खुद की एक बड़ी प्रयोगशाला हो, हाबुल को पढ़ने विदेश भेजूँ··· !" उसने पॉकेट से सिगार निकालकर होंठों पर लगा लिया।

ब्योमकेश ने अपनी जेब से माचिस निकालकर उनके सिगार को सुलगा दिया। उसने कहा, "देबकुमार बाबू! आपको वह मैच बॉक्स हमें दे देनी होगी।"

देबकुमार बाबू ने चौंककर देखा, "ब्योमकेश बाबू आप ही हैं, घबराइए नहीं, मैं अपने को नहीं मारूँगा। मैंने अपने बेटी-बेटे को मार दिया। मैं तो अब चाहता हूँ कि मुझे अपराधी की तरह फाँसी पर लटकाया जाए।" ब्योमकेश ने कहा, "तो कृपया वह मैच बॉक्स दे दीजिए।"

देबकुमार बाबू ने अपनी जेब से मैच बॉक्स निकालकर सामने मेज पर रख दिया और कहा, "यह रहा वह मैच बॉक्स। लेकिन खबरदार! यह खतरनाक चीज है। हर तीली में जहर लगा है। एक बार जलाई कि गए···बच नहीं सकते।"

ब्योमकेश ने मैच बॉक्स उठाकर बीरेन बाबू को दिया। उन्होंने बड़ी सावधानी से अपनी पॉकेट में रख लिया। देबकुमार बाबू फिर बोलने लगे, "क्या खूब आविष्कार है? एक बार के जलाने पर मौत···और किसी तरह कोई सबूत ही नहीं!"

"यह आविष्कार आधुनिक युद्ध की परिभाषा को ही बदल डालता। केवल जहर ही नहीं है, यह विनाश का सूत्र है। लेकिन सबकुछ डूब गया।" और एक लंबा निश्श्वास छोड़कर वे पस्त हो गए।

बहुत ही आहिस्ता से बीरेन बाबू बोले, "देबकुमार बाबू, अब चलने का समय आ गया।"

"चलिए!" वे तपाक से उठ गए।

कुछ संकोच करते हुए ब्योमकेश ने पूछा, "क्या आपकी पत्नी घर में मौजूद हैं?"

"पत्नी!" देबकुमार बाबू की आँखें क्रोध से भयानक हो गईं। वे जोर से पागलों की तरह चिल्लाए, "पत्नी! मेरी फाँसी के बाद उसे ही मेरे बीमा की पूरी रकम मिलेगी। यही तो किस्मत का खेल है। आइए, चलते हैं।"

टैक्सी बुलाई गई। ब्योमकेश ने उन्हें टैक्सी में ले जाकर बैठाया। उनके बराबर बीरेन बाबू बैठे। जाने कहाँ से दो सिपाही प्रकट होकर टैक्सी में बैठ गए।

देबकुमार बाब्रू अंदर से ही चिल्लाए, "ब्योमकेश बाबू, आप चाहते ही थे, मेरी रेखा की मौत के रहस्य आप सुलझाएँ! मैं आपका आभारी हूँ।"

हम लोग फुटपाथ पर खड़े रह गए और टैक्सी चली गई।

दो-एक दिन तक ब्योमकेश ने इस केस की चर्चा नहीं की।

मैं उसके मस्तिष्क की हालत समझ सकता था, इसलिए मैंने भी इस सिलसिले में कोई बात नहीं की। पर तीसरे दिन शाम को वह अपने आप ही बोलने लगा। "अंग्रेजी, में एक कहावत है 'बदले की भावना घर आती है अड्डा जमाने के लिए' और यही देबकुमार बाबू के साथ हुआ। वे अपनी पत्नी की हत्या करना चाहते थे, लेकिन किस्मत देखिए, दो बार उन्होंने अपना निशाना बनाया तो दोनों बार अपने बेटी और बेटे को खो बैठे, जो उन्हें अपने जीवन से भी ज्यादा प्यारे थे!"

यह विधि का विधान ही था कि देबकुमार बाबू अनजाने में ही एक असाधारण आविष्कार करने में सफल हो गए थे, जिसकी उन्होंने स्वयं कल्पना तक नहीं की थी। लेकिन आर्थिक साधन के अभाव में वे उसका उचित प्रयोग नहीं कर पाए। ऐसे आविष्कार का 'कॉपीराइट' बुक करने के लिए आवेदन नहीं किया जा सकता, क्योंकि वाणिज्यिक मार्केट में इसका कोई मूल्य नहीं है। लेकिन युद्धोन्मुख देश जैसे जर्मनी, जापान अथवा फ्रांस आदि को इस आविष्कार की यदि भनक भी पड़ जाए तो वे इस फॉर्मूले को लेकर अपनी प्रयोगशालाओं में शोध करके नरसंहार के हथियार बनाने में जुट जाएँगे। और आविष्कार करनेवाले न तो कुछ कर पाएगा और न ही उसे कोई लाभ हो पाएगा। इसलिए देबकुमार बाबू ने इसको अपने तक ही सीमित रखा था। इस जहर के विभिन्न प्रयोगों के लिए बड़े पैमाने पर अनुसंधान की जरूरत थी और इसलिए उन्हें आर्थिक अनुदान चाहिए था। लेकिन आर्थिक सहायता का कोई प्रश्न नहीं था। उन्हें पैसों की सख्त जरूरत थी, क्योंकि इसके प्रयोग पर शोध करने के लिए उन्हें अपनी प्रयोगशाला चाहिए थी और उसके लिए पैसे का होना जरूरी था, और पैसे आते कहाँ से?

इधर, घर में उनका जीवन दुश्वार होता जा रहा था। उनकी पत्नी ने अपनी हरकतों से उनकी स्थिति को दयनीय बना दिया था। जो लोग मानसिक गतिविधियों

में व्यस्त रहते हैं, उन्हें घरेलू जीवन में अमन-चैन की जरूरत होती है। किंतु उनके जीवन में इसका नितांत अभाव था। उनकी पत्नी की तुनक-मिजाजी, रूखापन और बात-बात पर रोने-पीटने के व्यवहार ने देबकुमार बाबू के जीवन को बेजार कर दिया था। स्वभाव से वे एक शांत पुरुष थे। एक शांतिपूर्ण जीवन में रहकर अपने वैज्ञानिक शोध में प्रगति करते रहने से अधिक उन्हें कोई और चाह नहीं थी। अपने बच्चों के प्रति उनके प्यार को देखकर यह स्पष्ट हो जाता है कि वे अपने बच्चों का कितना खयाल किया करते होंगे! उनकी दूसरी पत्नी ने यदि प्रयास किया होता तो वह भी उनके प्रेम की भागीदार बन सकती थी, किंतु उसकी प्रकृति का गठन ही दूसरा था। नौबत यहाँ तक आ गई थी कि देबकुमार बाबू उसके चेहरे तक से नफरत करने लगे थे।

साधारणतया कोई भी व्यक्ति किसी व्यक्ति की हत्या तब तक नहीं करना चाहेगा, जब तक कि उसका बरदाश्त का पैमाना भर नहीं जाता। देबकुमार बाबू का पैमाना भी भर चुका था और यही वह समय था, जब यह घातक जहर उनके हाथ लग गया। उन्होंने दिमाग में सोचा, यही मौका है कि वे अपनी पत्नी से हमेशा के लिए छुट्टी पा जाएँ! उन्होंने भीतर ही भीतर अपनी योजना पर काम करना शुरू कर दिया।

और तब उन्होंने बीमा कंपनी का वह विज्ञापन देखा, जिसमें कहा गया था पति-पत्नी संयुक्त रूप से जीवन का बीमा कर सकते हैं और यदि दोनों में से कोई एक उस दौरान मर जाता है तो पूरी रकम दूसरे को मिल जाएगी। इसको पढ़कर उनके सभी प्रकार के संदेह दूर हो गए। ऐसा अवसर उन्हें फिर कहाँ मिलेगा? वे दोनों का संयुक्त बीमा करने के बाद अपने ही आविष्कार से उससे हमेशा के लिए छुट्टी पा लेंगे। एक तीर से दो निशाने! पैसा भी मिलेगा और उससे छुट्टी भी मिल जाएगी और किसी को कोई संदेह भी न होगा।

देबकुमार बाबू ने पहला काम बीमा करवाया और फिर अवसर की तलाश में समय गुजारने लगे। जल्दबाजी करने से बीमा कंपनी को संदेह का निमंत्रण देना था। इसी प्रकार एक वर्ष बीत गया। अंततः उन्होंने क्रिसमस की छुट्टियों में अपने प्रोजेक्ट को अंजाम देने का निर्णय लिया।

जो जहर उन्होंने आविष्कृत किया था, उसमें विस्फोटक तत्त्व थे। जब तक उन तत्त्वों को नहीं छेड़ा जाता, वह सामान्य ही रहेगा, लेकिन जैसे ही उसका संपर्क

अग्नि से होगा, उसके विस्फोटक तत्त्वों से जहरीली गैस निकलेगी, जिसे मात्र सूँघ लेने पर तत्काल मृत्यु निश्चित है।

अब देबकुमार बाबू ने अपनी योजना के कार्यान्वयन के लिए एक बहुत ही नायाब तरकीब निकाली। ऐसी तरकीब एक वैज्ञानिक के मस्तिष्क में ही पैदा हो सकती है। उन्होंने माचिस की कुछ तीलियों के मसालों पर इस जहर का लेप कर दिया। मैं नहीं कह सकता कि लेप चढ़ाने का तरीका उन्होंने क्या अपनाया होगा, किंतु इसका परिणाम यह निकला कि जो भी व्यक्ति उस तीली को माचिस पर रगड़ेगा तो गैस सूँघते ही तुरंत मर जाएगा। इन तीलियों को बना लेने के बाद देबकुमार बाबू ने दिल्ली में होने वाली साइंस कॉन्फ्रेंस में जाने की तैयारी शुरू कर दी। धीरे-धीरे जाने का दिन आ गया। उन्होंने प्रस्थान से पूर्व रेखा के कमरे में रखी माचिस की तीलियों में उस जहर की एक तीली को रख दिया और चले गए। उन्हें मालूम था कि उनकी पत्नी रोजाना लैंप जलाने के लिए माचिस जलाती है। इस माचिस का प्रयोग कहीं और नहीं होता। कल या कभी भी माचिस जलाने में वह तीली उसके हाथ लग ही जाएगी। उस समय देबकुमार बाबू बहुत दूर दिल्ली में होंगे। कोई शक भी न कर पाएगा कि वह उनका काम हो सकता है।

सबकुछ योजना के अनुसार हो रहा था किंतु किस्मत को कुछ और ही मंजूर था। रेखा चूल्हा जलाने गई। वहाँ उसे माचिस नहीं मिली। माँ के कमरे से माचिस लेकर गई। माचिस जलाने को हुई तो उसका हाथ उसी जहरीली तीली पर पड़ा और...

देबकुमार बाबू ने दिल्ली से लौटकर जब यह वीभत्स घटना देखी तो उनके हृदय में पत्नी के लिए नफरत की आग और भी तेज हो गई। वे गम में डूब गए। चूँकि उनकी बेटी मर चुकी थी, इसलिए अब उनकी पत्नी को मरना ही था। कुछ दिन और बीते। उन्होंने फिर एक जहरीली तीली को माचिस में रखा और पटना जाने को तैयार हो गए।

लेकिन विपदा ने देबकुमार बाबू के जाने के पहले ही अपना तांडव दिखा दिया। हाबुल को सिगरेट पीने की आदत थी; उसकी माचिस संभवत: खाली हो गई थी, इसलिए उसने अपनी माँ की माचिस से कुछ तीलियाँ निकालकर अपनी माचिस में रखीं और घूमने निकल गया...और...

देबकुमार बाबू ने विज्ञान के महासमुद्र में मंथन कर बड़े यत्न से जो रत्न पाया था, उन्हें लगा कि वह उनके जीवन की सर्वश्रेष्ठ उपलब्धि होगी। उन्हें जरा भी संकेत न मिला कि वास्तव में उनकी उपलब्धि इतनी जहरीली और विनाश में घातक साबित होगी। उनके द्वारा निर्मित जहर की चिनगारी उस सबको स्वाहा कर देगी, जो उन्हें जीवन में प्यारा था।''

ब्योमकेश ने गहरी साँस ली और चुप हो गया।

कुछ क्षण मौन रहकर मैंने ही पूछा, ''अच्छा यह बताओ, तुम्हें कब शक हुआ कि देबकुमार बाबू ही अपराधी हैं?''

''जिस समय मुझे पता लगा कि उन्होंने पचास हजार रुपए की बीमा पॉलिसी ली है। उससे पहले तो यह भी नहीं सोचा था कि रेखा की हत्या के पीछे कोई उद्देश्य भी हो सकता है? क्योंकि उसकी हत्या से किसी को क्या फायदा होना था और किसी के मार्ग में वह कोई बाधा भी नहीं पहुँचा रही है। और यह भी सोच न पाए कि रेखा हत्यारे का लक्ष्य क्यों हो सकती है?

''लेकिन एक बहुत ही छोटा सा सूत्र मुझे अन्यत्र मिल गया। जब रेखा के पोस्टमार्टम से कुछ तथ्य नहीं मिला तो मेरे सामने एक ही संभावना रह गई और वह थी कि जिस जहर से रेखा की मृत्यु हुई, उसकी जानकारी अभी तक वैज्ञानिक जगत् को नहीं हो पाई है। अर्थात् यह कोई नया आविष्कार है। तुम्हें याद है, देबकुमार बाबू का दिल्ली का भाषण? उस समय हम लोगों ने उसे एक असफल वैज्ञानिक का प्रलाप कहकर मजाक बनाया था। हमें क्या पता था कि वह एक कर्मठ वैज्ञानिक की विलक्षण खोज का संकेत है, क्योंकि उनके भाषण में आविष्कार से संबद्ध कुछ संकेतों का जिक्र भी शामिल था।

''जो भी हो, सवाल यह है कि यह आविष्कार किसके हाथों हुआ? दृश्य में दो ही वैज्ञानिक थे। पहले डॉ. रूद्रा और दूसरे देबकुमार बाबू! इसमें डॉ. रूद्रा चूँकि डॉक्टर थे, इसलिए शक उन पर जाता है, क्योंकि किसी जहर के लिए उनकी पहुँच आसान थी। दूसरे, आविष्कारकर्ता यदि देबकुमार बाबू हैं, तो क्यों वे अपनी ही पुत्री को जहर देंगे?

''इसलिए शक डॉ. रूद्रा पर टिकता था। फिर भी मेरा मन इस धारणा पर स्थिर नहीं हो पा रहा था। डॉ. रूद्रा एक नीच व्यक्ति थे, किंतु क्या वे केवल

इसलिए रेखा की हत्या कर सकते थे, क्योंकि उनके लिए उनका बेटा उनसे विमुख हो गया था? और मान भी लें कि वे चाहते भी रहें हो, पर वे रेखा तक कैसे पहुँच सकते थे? वे किसी के घर में वह जहर कैसे ले जा सकते थे? रेखा और मन्मथ आपस में मिला करते थे; छत पर एक-दूसरे को चिट्ठियाँ फेंका करते थे, लेकिन इसकी जानकारी डॉ. रूद्रा को कहाँ थी?

"दिमाग के किसी कोने में यही धारणा पल रही थी कि हत्या किसी जहरीली गैस से हुई है। जरा सोचो, रेखा के हाथ की उँगली में जली हुई तीली थी और दूसरी मुट्ठी में माचिस की डिबिया। इसका सीधा सा अर्थ है कि मृत्यु उसके माचिस जलाते ही हुई है। यह मात्र इत्तेफाक हो सकता है या फिर माचिस के घिसने और उसके बाद की घटना में कोई लिंक हो सकता है। देबकुमार बाबू ने भी बहुत सतर्कता बरती थी। उन्होंने मैच बॉक्स में केवल एक ही जहरीली तीली रखी थी, जिससे कि यदि शेष तीलियों की जाँच की जाए तो कोई सबूत नहीं मिल पाए। मैं जो माचिस लाया था, उसमें मैंने अन्य तीलियों की जाँच की तो कुछ नहीं मिला। हाबुल के केस में भी माचिस में केवल एक जहर की तीली थी। लेकिन भाग्य की क्रूरता देखो, पहली ही तीली को उठाया और वही जहर की निकली!

"अजित तुम लेखक हो। तुम्हें इसमें कुछ सीखने का कोई पाठ नहीं दिखाई देता? जिस दिन मनुष्य ने दूसरे के संहार के लिए जिन शस्त्रों का आविष्कार किया, उसी दिन उसने उन्हीं शस्त्रों द्वारा स्वयं के विनाश की इबारत भी लिख ली। जिस प्रकार दुनिया में चोरी-छिपे जिन विनाशकारी शस्त्रों का आविष्कार किया जा रहा है, वही एक दिन पूरी मानवजाति का ही नाश कर देंगे। उस राक्षस की तरह, जो ब्रह्मा की कल्पना से ही पैदा हो गया था; जैसे फ्रेंकस्टीन, जो अपने ही जन्मदाता को खा गया! क्या तुम ऐसा नहीं सोचते?"

रात के अँधेरे में मैं ब्योमकेश को ठीक से नहीं देख पाया, लेकिन यह जरूर लगा कि उसके विचार वास्तव में आनेवाले कल के लिए भविष्यवाणी हैं।

❑❑❑